人民共和國文化與文學叢書

九　編

李　怡　主編

第 **11** 冊

我和舒蕪先生的網聊記錄
（第三冊）

吳　永　平　編著

花木蘭文化事業有限公司

國家圖書館出版品預行編目資料

我和舒蕪先生的網聊記錄（第三冊）／吳永平 編著 -- 初版
-- 新北市：花木蘭文化事業有限公司，2021〔民 110〕
目 2+188 面；19×26 公分
（人民共和國文化與文學叢書 九編；第 11 冊）
ISBN 978-986-518-509-1（精裝）
1. 舒蕪 2. 學術思想
820.8　　　　　　　　　　　　　　　　110011117

特邀編委（以姓氏筆畫為序）：

吳義勤　孟繁華　張　檸
張志忠　張清華　陳思和
陳曉明　程光煒　劉福春
（臺灣）宋如珊
（日本）岩佐昌暲
（新西蘭）王一燕
（澳大利亞）鄭　怡

ISBN-978-986-518-509-1

9 789865 185091

人民共和國文化與文學叢書
九　編　第十一冊　　　　　ISBN：978-986-518-509-1

我和舒蕪先生的網聊記錄
（第三冊）

編　　著　吳永平
主　　編　李　怡
企　　劃　四川大學中國詩歌研究院
總 編 輯　杜潔祥
副總編輯　楊嘉樂
編　　輯　許郁翎、張雅淋、潘玟靜　美術編輯　陳逸婷
印　　刷　普羅文化出版廣告事業
出　　版　花木蘭文化事業有限公司
發 行 人　高小娟
聯絡地址　235 新北市中和區中安街七二號十三樓
　　　　　電話：02-2923-1455／傳真：02-2923-1452
網　　址　http://www.huamulan.tw 信箱 service@huamulans.com
初　　版　2021 年 9 月
全書字數　556951 字
定　　價　九編 12 冊（精裝）台幣 30,000 元　　　版權所有・請勿翻印

我和舒蕪先生的網聊記錄
（第三冊）

吳永平　著

目

次

第一冊

弁　言

編輯凡例

網聊正文 …………………………………………………… 1

　一、2005 年 9 月 30 日至年底 ………………………… 1

　　2005-09 ……………………………………………… 1

　　2005-10 ……………………………………………… 2

　　2005-11 …………………………………………… 27

　　2005-12 …………………………………………… 81

　二、2006 年全年 ……………………………………… 127

　　2006-01 …………………………………………… 127

　　2006-02 …………………………………………… 152

第二冊

　　2006-03 …………………………………………… 187

　　2006-04 …………………………………………… 243

　　2006-05 …………………………………………… 298

　　2006-06 …………………………………………… 335

　　2006-07 …………………………………………… 367

第三冊

2006-08 ………………………………………… 401
2006-09 ………………………………………… 470
2006-10 ………………………………………… 503
2006-11 ………………………………………… 510
2006-12 ………………………………………… 544
三、2007 年全年 ……………………………… 581
2007-01 ………………………………………… 581

第四冊

2007-02 ………………………………………… 589
2007-03 ………………………………………… 598
2007-04 ………………………………………… 615
2007-05 ………………………………………… 620
2007-06 ………………………………………… 646
2007-07 ………………………………………… 672
2007-08 ………………………………………… 698
2007-09 ………………………………………… 708
2007-10 ………………………………………… 712
2007-11 ………………………………………… 720
2007-12 ………………………………………… 724
四、2008 年（5 月 9 日至 11 月 11 日缺）……… 729
2008-01 ………………………………………… 729
2008-03 ………………………………………… 736
2008-04 ………………………………………… 739
2008-05 ………………………………………… 740
2008-11 ………………………………………… 743
2008-12 ………………………………………… 744
五、2009 年 1 月至 2 月 ……………………… 751
2009-01 ………………………………………… 751
2009-02 ………………………………………… 752
2009-03 ………………………………………… 755
附　錄 …………………………………………… 759
一、胡風「三十萬言書」的另類解讀 ………… 759
二、細讀胡風之「關於舒蕪問題」…………… 768

2006-08-01

Wu yongping，您好！（主題詞：龍應台的一篇好文章）舒蕪

　　（龍應台：《注視一個古都的注視一個古都的蛻變——我看北京奧運》）

先生：（主題詞：寫作情緒受到干擾）

　　今天上午剛打開電腦，一些為那位女士求情的信件便湧至。都是朋友，礙於情面，還要一一覆信剖白態度和立場，好似你所說的「打消遙遊」，好費事也麼哥。

　　寫作情緒也受到影響。又要調整。下一節恐怕得幾天工夫。

　　永平上

2006-08-02

　　舒蕪先生寄來《橫掃一切牛鬼蛇神》《「橫掃一切牛鬼蛇神」與原始文化中的驅鬼巫術》等網文。

2006-08-03

　　舒蕪先生寄來《中國知識界百人責 xx 禁言路》《越南民主在蹣跚前進》《喜讀「民主不能等待」》等網文

2006-08-04　第 11、12 節的修訂稿

先生：（主題詞：11 節）

　　寄上新寫的第 11 節，談《論中庸》的構思過程。

　　收到後請覆信。永平上

　　（11.《論中庸》的構思 4057）

　　舒蕪先生對第 11 節的批註及我的修改意見：

　　「中庸」是儒家學說的核心觀念，有學者認為它「既是一種思想方法，又是一種行為準則，更是一種理想目標」。其權威的表述當然是孔子的言論，如載於《論語》的「過猶不及」和「無可無不可」，及見於《中庸章句》的「仲尼曰：君子中庸，小人反中庸。君子之中庸也，君子而時中；小人之反中庸也，小人而無忌憚也」等等〔註85〕。

　　（舒蕪批註：《大學》《中庸》原皆只是《禮記》中的一篇，朱熹將二篇提

〔註85〕轉引自楊慶中《論孔子「中庸」思想的內在邏輯》。

出作為二書，與《論語》《孟子》並列「四書」。朱熹為此四書所作的注釋，都名為《某某章句》，總為《四書章句》。反對宋儒者根本不承認《大學》《中庸》各為一書。我們不必深究這個問題，但引《中庸》就只稱《中庸》，無須加「章句」二字了。）

（吳擬改為：及見於《中庸》的「仲尼曰：『君子中庸，小人反中庸。君子之中庸也，君子而時中。小人之中庸也，小人而無忌憚也。』」）

⋯⋯

第三，被迫閱讀了蔣介石授意、陶希聖執筆、蔣介石署名的《中國之命運》之後而激發起的敵愾和反彈情緒。該書是蔣政權抗戰後期在政治、經濟、文化各方面推行專制統治的政治綱領，1943 年 3 月公開出版後，國民黨通令國統區各機關、團體、軍隊、學校都要閱讀，舒蕪供職的中央政治學校當然更不能例外。

（舒蕪批註：當時雖有此命令，並沒有什麼具體布置，中央政校裏面並無強迫閱讀的要求，我讀它，只是自己拿來作為思想鬥爭的對象而已。）

（吳擬改為：1943 年 3 月公開出版後，國民黨通令國統區各機關、團體、軍隊、學校都要閱讀，中央政治學校當然更不能例外，只不過，舒蕪是拿它作為思想鬥爭的對象來看的。）

（舒蕪批註：這一節問題較大。《中國之命運》裏面，並沒有提倡「中庸」，反而是反對「誤解中庸的道理，養成一種模棱兩可、似是而非的風氣」，也就是委婉地反對「中庸」。它反對考據是一事，反對中庸是另一事。我只反對它之反考據，並沒有涉及它反對中庸的問題。我寫《論中庸》，與《中國之命運》無關。）

（吳注：關於《中國之命運》中是否倡導「中庸」的意見。這一大段我要重新考慮，是否保留，怎樣修改。容後寄上。）

⋯⋯

（舒蕪在文末批註：《論中庸》裏面有哪些比《論主觀》更發揮之處，要不要分析一下？）

（吳注：在稍後的一節中，還要具體談《論中庸》是如何承接《論主觀》的。）

Wu yongping，您好！似乎我還是「被迫」看了《中國之命運》似的，實際完全不是。中央政治學校根本沒有任何具體布置。我完全自動看的，也只

略看。國民黨的事，有些荒唐得出乎想像之外。連該校黨部正式發的油印通告：「奉校長諭：本校員工須一律加入本黨。」也只是發出來而已，並無任何具體布置，結果不了了之，我在《口述自傳》裏詳細說過。此而如此，何況讀一部書這樣的事？所以，「通令閱讀」云云，「也不能例外」云云，還是都不必說為好。舒蕪上

先生：關於《中國之命運》有關部分的修改。蔣鼓吹「思想統一」是為關鍵。
　　修改稿見附件。
　　永平
　　（附件略，吳注）

wu yongping，您好！
　　一、沒有「被迫閱讀」。
　　二、寫《論中庸》反對「中庸」，與《中國之命運》毫無關係。
　　三、《飲水思源尊考據》與《論中庸》沒有關係。
　　這三點仍請考慮。整個第三點取消為是。
　　舒蕪上

wu yongping，您好！
　　《中國之命運》反對「誤解」中庸，是為了宣揚法西斯的黑白分明的武斷精神，與我的反對中庸完全兩事。我也根本沒有注意到它反對「誤解中庸」這些話。總之，我寫《論中庸》與《中國之命運》毫無關係。只有寫《飲水思源尊考據》才是以它為對象，是另一回事。舒蕪上

　　先生：關於讀《中國之命運》一部分，初步決定刪去。只是《尊考據》一文，不知放在什麼地方敘述為好？永平上

　　wu yongping，您好！可不可以放在沒有忘記對「我們」之外的「他們」的鬥爭中提？舒蕪上

先生：（主題詞：12節）
　　寄上第12節。收後請覆函。此節寫到當年你去北碚拜訪顧頡剛的事，也許你會有看法。但我所據史料全是公開發表的，我不寫清楚，別人以後會胡亂猜想的。永平上
　　（12.《希望》的易轍6739）

舒蕪先生對第 12 節的批註及我的修改意見：

舒蕪遭遇到的麻煩是：他不想再在中央政治學校繼續呆下去了！自路翎辭職去北碚後，他在學校裏形單影隻，可與交談的師長同事只剩下了「半」個人（指黃淬伯先生）〔註86〕，（舒蕪批註：為什麼只能算「半個」？因為以舒蕪筆名寫文章對黃還是保密。這似乎要說明。）（吳注：照改，並作說明。）校園內惡濁的政治氣氛令他再也無法忍受。

……

黃先生見顧如此賞識舒蕪，不禁產生「成人之美」之類的想法，他力促舒蕪放假後去北碚顧家登門拜訪，說是一則或可以請顧幫忙在《文史雜誌》編輯部覓得一份職位，二則或可以與顧家女公子締結良緣。黃先生甚至非常鄭重地表示願意為其「介紹通函」，但他提出的條件是：「一通函，就非成功不可。」舒蕪時年 22 週歲，雖然與他年齡相仿的阿壟和路翎此時都在談婚論嫁，但他尚無組織小家庭的念頭，於是只得婉言謝絕，「支吾對之，使之完全不得要領」〔註87〕。

（舒蕪批註：此事既然不能不說，就得說明：不是黃淬伯先生主動起意做媒，而是顧先生主動「招女婿」請黃先生「作伐」。我所謂「甘露寺」就用劉備招親的典故。此事涉及女士，（彷彿聽說這位女士終身未婚，）而且我一向討厭借別人吹噓自己，用這樣的事來吹自己更加惡劣，您能迴避過去，免使我陷於惡劣乎？考證雖是您的，讀者總會認為我自己吹噓出來的也。）

（吳注：此事已見於張以英編《路翎書信集》和《胡風全集》，我不能迴避。如果你認為我在此節中就這樣含糊著寫，不太傷及當事人的話，我看就不用提顧先生「招女婿」了，就讓黃先生主動作伐罷。行嗎？這種寫法不會使人誤以為「吹噓」，因為我沒有採納您現在提供的資料。）

……

舒蕪的課是在 7 月 11 日結束的，7 月 16 日後便赴北碚一遊〔註88〕。行前，他將此行的日程函告路翎，約其見面聊聊，並開玩笑說，可能要「順便

〔註86〕舒蕪 9 月 21 日致胡風信：「這裡寂寞了。嗣興兄走後，還有『半』個可談的人，就是那黃先生。」

〔註87〕舒蕪 1944 年 8 月 3 日致路翎信。收入張以英編《路翎書信集》。

〔註88〕舒蕪 6 月 30 日給胡風信：「一放暑假，擬即遊北碚，屆時當過梅兄處及你處。我的課，是在七月十一號結束的。」胡風 7 月 12 日覆信，稱：「來此日期，頂好過了十六日。」

演一演『甘露寺』」。7 月 14 日路翎即函告胡風，稱：「管兄大約日內就要來玩了……這還是我那回說的，就是要大教授（指顧頡剛）『賠了夫人又折兵』也。」由上述可知，當年舒蕪和路翎都不甚尊敬顧，蓋因他們都「尤尊魯迅」，念念不忘魯迅在《野草》中對顧的譏諷罷？！

（舒蕪批註：不僅是《野草》而已，此外多了。）

（吳擬改為：念念不忘魯迅生前與顧頡剛的過節罷。）

……

不管怎麼說，舒蕪此次的北碚之行，給顧頡剛留下的印象是不錯的。《文史雜誌》8 月號（哲學專號）發表了舒蕪的《釋體兼》，顧在「編後記」中還美稱其為「青年哲學家」。

（舒蕪批註：是「青年墨學家」。）（吳注：照改。）

……

從上可知，在（《論主觀》）文稿後附加「意見」的建議是舒蕪首先提出來的。前文數次提及，舒蕪一度「怯」於將學術爭鳴捲入政治鬥爭，長期在自我與他我之間痛苦地掙扎。這個建議又一次深刻地洩露出他內心隱藏著的無可抑制的「怯」。說是為了「預防一些冷拳」，當然是預計到這篇「關於陳君的問題」而作的文章發表後會引起中共內部權威人士的不滿，於是建議事先把已經看出的缺陷與不足一一公開，爭鳴者縱然可以尋隙而入，但更可能發生的情況則是，為避免「拾人牙慧」之譏而緘口。質言之，舒蕪的這個建議雖出於「怯」，但也不失為一著高招或險招。說它是高招，是指後來它果然為主編者胡風提供了 遁逃的捷徑；

（舒蕪批註：不用這樣情緒性的諷刺成語，如何？）

（吳注：此事您提出過多次，這裡卻有條漏網之魚，實在抱歉。改為「為主編者胡風提供了迴避中共重慶文化界人士批評的藉口」）

wu yongping，您好！（主題詞：關於 12 節）

其他都好。關於顧女士總覺得遺憾，奈何。舒蕪

2006-08-05　第 13 節，胡風如何「呼應」《論主觀》

先生：（主題詞：關於「半個人」）

關於「半個人」補充說明如下：

舒蕪遭遇到的麻煩是：他不想也似乎不能再在中央政治學校繼

續呆下去了！自路翎辭職去北碚後，他在學校裏形單影隻，可與交談的師長同事只剩下了「半」個人〔註89〕。不過，這裏所說的「半個」，與其說是指黃淬伯先生，不如說是指他自己，是說他自己只能以「半個」面目以示黃先生。他在中央政治學校使用的是本名（方管），發表墨學論文也用的是本名，而在《新華日報》《群眾》《中原》上發表文章則用的是筆名（舒蕪），這個筆名他從來沒對黃先生說過，因而黃先生只知道他是「方管」，並不知道他還是「舒蕪」。中央政治學校的特殊政治環境是絕不允許「舒蕪」存在的。

　　　永平上

Wu yongping，您好！這樣解釋也有趣，但與注釋引信中所說「可談的人」不符。又，《群眾》上始終沒有發表過文章。舒蕪上

　　先生：「可談的人」似乎不必穿鑿，認真起來則只能說半個黃先生可談，半個黃先生不可談，容易引起誤解。《群眾》為誤記，刪去。永平上

先生：兩信一起覆。

　　文中沒有點出「顧女士」，只用「女公子」帶過。以後也不會再提。

　　將「尊考據」文放在對「他們」的鬥爭中，這主意甚好。我還曾為沒寫到你們當年與國民黨的鬥爭而覺得有什麼不妥呢！

　　　吳上

Wu yongping，您好！在《新華日報》上發的文章還有《從教育觀點看言論自由問題》等，以及《希望》絕大部分雜文都是對國民黨的。舒蕪上

　　先生：我將在合適的地方進行插述補充。永平

　　先生：寄上第13節修訂。請回覆，並指正。永平上

（13. 胡風如何「呼應」《論主觀》6566）

舒蕪先生對第13節作的批註及我的修改意見：

　　胡風信中提到的「一則短論」，指的是他為給《論主觀》「配樣子」而趕寫的論文《置身在為民主的鬥爭裏面》（以下簡為《置身》），該文「第一回」將文學上的反「客觀主義」提升到哲學上的「崇主觀」的高度，明顯地受到

〔註89〕舒蕪9月21日致胡風信：「這裏寂寞了。嗣興兄走後，還有『半』個可談的人，就是那黃先生。」

《論主觀》的影響；「胡四」，本是曹禺劇本《日出》裏的一個非常猥瑣的角色，這裡指的是《新華日報》的胡繩，他在南方局文委「整風」中作過檢討，胡風因此十分鄙視他；「下一期」，說的是《希望》的第二期，胡風表示將在這一期考慮是否刊發《論中庸》。

　　（舒蕪批註：是否需要指出胡繩本來也是被稱為「才子集團」的一員，發表過《感性生活與理性生活》等文章，受批評後作過檢討，才被鄙視。而且「胡四」之稱不僅是胡風如此稱呼，陳家康同樣如此稱之。）

　　（吳注：將在再修訂中寫清楚。）

　　……

　　信中第一段說的「寫完了」，指是他於當年 9 月下旬起筆的小冊子《人的哲學》，這是胡風 1943 年 9 月建議撰寫的以取代范文瀾《大眾哲學》（舒蕪批註：不是范文瀾，是艾思奇。）（吳注：照改）的通俗哲學讀本，經過一年多的反覆構思，現在終於寫成了，胡風答應交由南天出版社出版，後因故未果。

先生：（主題詞：反饋）

　　您一下子就看過了。呵，這節改動不大，只改動了「精神奴役」首倡者的提法。關於您的意見，下午會考慮修改的。關於《尊考據》的針對性，插在文中。類似雜文，大致只能這樣來交代了。我想把全書控制在 30 萬字以下。永平上

2006-08-06　第 14、15 兩節

先生：（主題詞：14～15）

　　寄上第 14～15 節。收到請覆。

　　這兩節改動不大，只是在文字上推敲了一下。

　　永平上

　　（14.「在壇上，它是絕對孤立的」7200）

　　（15.「頂怕朋友們的消沉」6940）

Wu yongping，您好！（主題詞：14～15 意見稍多）

　　這兩節貢獻意見稍多，有不少是第一次想過而沒有想清楚的，現在全部提出請指教。舒蕪上

舒蕪先生對第 14 節的批註：

1 月 17 日，胡風致信路翎，慎重地道出心中的隱憂：「不管他們口頭上的恭維，在文壇上，我們是絕對孤立的。到今天為止，官方保持著沉默。……——恐怕管兄又已引起一些官僚在切齒了。」

信中的「官方」指的是中共南方局文委，「官僚」指的是其中的政治權威人士。（舒蕪批註：不可能是指國民黨官員張道藩之流，鑒於後面所引曉風注釋，恐怕特別著重要說明。）胡風自認為刊物有著非常積極的政治目的，然而「官方」卻不認可，這不能不讓他感到深深的「寂寞」；

（擬修改為：然而，胡風此時並不太重視普通讀者的看法，也不甚留意學者們有什麼批評，他最關心的是中共南方局文委方面的態度。根據種種跡象，他不無理由地認為，「在又得到了讀者的熱情接受之下，同時招到了文壇上頗大的阻力。」他在這裡用了一個「又」字，指的是《希望》再次遭遇《七月》曾受過無端的責難，如來自中共方面的關於「托派」、「盲動」、「宗派」之類的指責。）

……

金長祐是東北愛國民主人士，早年就讀於日本早稻田大學，與郭沫若關係密切。抗戰時期他與著名文化人梁純夫〔註 90〕合作創辦「五十年代出版社」，承接了《希望》的印刷和出版業務。當年，文化人辦出版社的事情並不鮮見，胡風本人在桂林時曾參與創建「南天社」，重返重慶後又籌建「希望社」，他應該懂得「在商言商」的道理。按照「買賣人的習慣」，金長祐絕不會把私人關係放在商業利益之上，他提議要多用名家的稿件，當是從「生意」著想，似無「宗派」的意味在內。胡風因此疑心遭到金、郭、茅等人「宗派主義的謀害」，這是沒有任何事實依據和情理依據的。

（舒蕪批註：「似無」，推測語氣；「沒有任何」，絕對否定語氣：邏輯上可斟酌。）

（吳擬修改為：當是從「生意」著想，並無「宗派」的意味在內。胡風疑心遭到了金、郭、茅等人「宗派主義的謀害」，似缺少事實依據和情理依據。）

〔註 90〕梁純夫（1913～1970.3.16）新聞出版家，廣東台山人。抗戰時期曾在重慶美國新聞處工作。解放後曾任政務院出版總署翻譯局副處長兼北京大學教授，人民出版社國際問題圖書編輯室主任，世界知識出版社副總編輯，全國政協委員，民進中央常委，終年 57 歲。

……

胡風用如此鄙夷的口氣談到與會諸人對《論主觀》的批評，可見他的牴觸情緒非常強烈〔註91〕。這裡提到的「伏線」，指的是《希望》創刊號「編後記」中的「要無情地參加討論」那句話，他滿心以為有了這個「伏線」，所有的責任便會轉移到不願寫爭鳴文章者的身上。

（舒蕪批註：「伏線」究竟什麼意思，我一直沒有弄清。當時也不曾問過。我以為，他一再要批評者寫出文章，是要在公眾面前樹立活靶子之意，（至少我是如此理解，）不是封住人家嘴，還要人家負起不肯爭鳴責任之意。）

（吳擬修改為：胡風用如此鄙夷的口氣談到與會諸人對《論主觀》的批評，可見他的牴觸情緒非常強烈。這裡提到的「伏線」，指的是《希望》創刊號「編後記」中的「要無情地參加討論」那句話。他滿心以為有了這個「伏線」，自己便成了逍遙事外的「爭鳴」的組織者，爭鳴便成了舒蕪與批評者之間的問題。誰要是持有異議而又不能拿出「文章」來參加爭鳴，誰就應該承擔壓制自由的思想探討的責任。因此，胡風對茅盾等批評者的回答是：「寫出文章來。」這是早就預想好的「叫陣」，這是早就計劃好的「挑戰」，所謂「伏線也完全下對了」，就是從這個意義上說的。）

……

然而，此時胡風還不知道，中共南方局文委組織召開這次文藝座談會，採取內部討論的形式座談《論主觀》，完全出於從政治大局著眼，幫助黨外人士統一思想提高認識的善意，並沒有「悶死」誰的意思。

（舒蕪批註：今天來說，說得客觀些好，善意與否不做評價為好。）

（吳擬修改為：然而，此時胡風還不知道，中共南方局文委組織召開這次文藝座談會，採取內部討論的形式座談《論主觀》，是有著延安來的最新指示精神為政治保證的。概而言之，就是要引導、團結、聯合一切進步力量，積極推進反對國民黨獨裁專制的民主運動，為此要求儘量避免進步文化界內部因抽象的理論探討而發生的爭論和糾紛，以免削弱了對敵鬥爭的力量。）

〔註91〕戴光中在《胡風》一書第92頁寫道：「出席座談會的胡風，不幸把這些批評誤解為作家間的宗派主義。而實際上，批評《論主觀》的根本的內在的原因，是由於胡風對《講話》的看法和何其芳等人的看法有差距。（《講話》是1944年初傳到重慶的）」該著由中國華僑出版社，1998年7月出版。

……

　　讀過這封電文，1 月 25 日的座談會及以後圍繞《希望》展開的一切論爭都可以得到合理的解釋——延安不主張在黨外人士中開展整風，而胡風希望大家都投入這個「使中華民族求新生的鬥爭會受到影響的」運動；延安主張積極推動向國民黨當局要自由爭民主的群眾性的群眾運動，而胡風卻號召大家都來批判現實主義營壘中的「客觀主義」；延安不主張抽象地爭論哲學問題和歷史問題，而胡風卻號召大家「無情地參加」關於《論主觀》的討論；延安主張通過「教育」來提高黨外文化人的認識，而胡風卻把這種善意看成了「擺陣」。〔註92〕（舒蕪批註：今天來說，說得客觀些好，善意與否不做評價為好。）（吳注：「善意」全部刪去。）

……

　　參看上面提到的延安電文，就能明白當年茅盾、以群、侯外廬都「不肯寫」爭鳴文章的真正原因。（舒蕪批註：他們不寫由於這個原因，有證據麼？有別的原因麼？）然而問題在於，為什麼他們都能及時知曉延安指示，而惟獨胡風一人似蒙在鼓裏？其實，真正的問題並不在這裡。當年胡風也是知曉中共的這個「文件」的，只是他不願遵照執行罷了。（舒蕪批註：黨內文件，胡是不是看到？）

　　（吳注：1977 年 7 月胡風在《關於喬冠華》一文中寫道：「當時馮乃超等毫無主見，只是向侯外廬求主意，我就專誠一再請侯外廬寫批評文章，他也不肯寫。誰也沒有正視問題，用鬥爭打開局面的想法，只是企圖背誦文件上的詞句敷衍過日子，防止有什麼他們不能控制不能理解的問題出現。」請看引文中的「文件上的詞句」，可見他是知道該「文件」的。）

……

　　可見，關鍵的問題在於胡風並不把中共「文件」當回事！馮乃超等黨性較強，他們的工作有中共南方局文委的政治保證，並非「毫無主見」；而胡風缺少政黨生活經驗，以為自己比政黨高明，故不肯低首服從。

〔註92〕戴光中的看法不一樣，他寫道：在何其芳看來，《講話》傳到國統區後，「不久就成為那個區域的革命文藝工作的指南」，胡風堅持自己的文藝思想，「就實質上成為一種對毛澤東的文藝方向的抗拒了。」（何其芳《關於現實主義的序》），又寫道：「然而，不幸，胡風是個十足的書生，他壓根兒沒往政治方面去想，對於有關的批評，一律視為正常的學術爭鳴，至多是作家間個人的恩恩怨怨。他把這樣批評，竟不無嘲諷地稱為『大的騷動』。」

　　（舒蕪批註：文委領導不肯公開討論是一回事，侯外廬等不肯寫文章是另一回事。胡認為如公開，對方一出場，就進入我們部署的「陣」，我們有必勝把握。侯等則不肯貿然進入胡部署的「陣」。至少我當時如此理解。胡給我信上說：「我的答覆是要他們寫出文章來。」分明是「叫陣」口氣。）

　　（吳注：這部分的展開放在他處寫。）

　　……

　　按照胡風的上述說法，（舒蕪批註：胡的材料是獄中應「揭發喬冠華」的要求而寫的，材料中避開政治，單舉喬「基本同意舒蕪」一事，略有揭發之意，這一點也有趣。）周恩來當時完全接受了他的發表《論主觀》是為了「引起批判」的解釋，（舒蕪批註：52 年周給胡信中肯定了舒蕪的《從頭學習》，並勸胡也再看看，可見周並沒有接受「引起批判」的解釋。這裡是不是將這個點明？）也欣然認同了他對「客觀主義」的理論詮釋，在這次會議上受到嚴厲批評的不是《論主觀》，更不是主張反「客觀主義」的他，反倒是茅盾和他的小說《子夜》。且不論他（舒蕪批註：他，指誰？）對茅盾及其《子夜》的評價是否公正，僅就他發表《論主觀》的真實動機（舒蕪批註：支持陳家康等反教條主義）而論，「引起批判」說顯然過於荒誕，這對於為《希望》貢獻了近三分之一稿件的舒蕪而言是極不公正的。胡風為何要這樣做？這與他的政治鬥爭經驗及策略思想不無關係，他曾向舒蕪傳授過「在忍受中不忍受，以不忍受之實放在忍受的表皮下面」的「看風使舵」的戰術〔註 93〕，也曾向他傳授過「遇著危險就機靈地逃走，保存『革命實力』的人們懂得什麼是生命」的「基本的方法」〔註 94〕。從這個角度而言，施教者在難以自保的情況下為保存「革命實力」而「逃走」，棄受教者於不顧，並不是沒有這種可能。（舒蕪批註：不用這些譴責譏諷語，如何？）

　　（吳注：這段徹底改寫，請看附件。此處略去。）

　　……

　　周恩來提請胡風注意的這兩點，其份量不可謂不重，涉及到了對革命政黨及革命政黨指導思想（毛澤東思想）的態度問題。他剛從延安歸來，參加了為劃時代的「中共七大」統一思想而先行召集的高級幹部的「整風」，明確

〔註93〕胡風 1944 年 3 月 21 日致舒蕪信：「我希望別人不陷入我似的苦境，但如果不肯看風使舵，想遭到順境總是很艱難的罷。」
〔註94〕胡風 1945 年 1 月 24 日致舒蕪信。

了全黨必須統一於「毛澤東思想」的這一新的歷史要求。他以此最新精神告誡胡風，完全出自對非常接近於中共的黨外人士的真誠關懷。他不在大會上對胡風進行公開批評，而轉而指責了與中共溯源更深的茅盾，當是顧及到了統戰關係及民主人士的「面子」。（舒蕪批註：這全是推測了，是不是用推測語氣為好？）而胡風竟然不能省悟到這一點，反而認為周恩來「肯定」了他的工作，

（吳擬修改為：他不在會議上對胡風進行公開批評，而轉而指責了與中共溯源更深的茅盾，而又在「單獨談話」時在重大原則問題上對胡風進行勸告，也許是顧及到胡風的「面子」罷。）

……

舒蕪直到晚年看到《關於喬冠華》才領會到胡風當年所說的「還沒有正式問到你」與事實有相當大的差距，但他卻只能把滿腔苦水咽在肚子裏。（舒蕪批註：不必這麼說。只說「已經是遙遙往事了」就行。）

（吳擬修改為：舒蕪直到晚年才讀到胡風的《關於喬冠華》，才領會到胡風當年所說的「還沒有正式問到你」與事實有多麼大的差距，但那已是僅供追懷的往事了。）

舒蕪先生對第 15 節所作的批註：

信中提到的「梁老爺」，指的是五十年代出版社的梁純夫先生；「老爺們」和「老爺」，似乎也應與出版社中人有關連。按照信中的意思，出版社（書店）可以決定刊物是否送審，梁先生卻堅持要送審，似乎是對刊物的「箭頭」指向有微辭。胡風於是建議舒蕪多寫雜文，讓梁先生看清楚「箭頭」的所向，從此不再挑刺。然而，曉風先生對「老爺們」卻有另外的解釋，她認為應指「國民黨的圖書審查（官）」〔註95〕。此說十分令人費解。（舒蕪批註：現在看來，這很要特別著重說明。）

（吳注：這方面內容在此節中已寫得很充分，在後續部分再補充說明。）

……

會後，他在給舒蕪信中只叮囑了兩件事：「你現在，一要預備雜文，二要加緊對這問題作更進一步的研究。準備迎戰。可惜你不能看一看第五位聖人的材料。要再接再厲！」

〔註95〕《胡風全集》第 9 卷，第 496 頁。

「雜文」，其作用仍是為了塞「文壇大家」們的悠悠之口；而「這問題」，則是需要投入全力的「研究」對象。

（舒蕪批註：「這問題」不是接著說雜文，而是指「主觀」問題，「準備迎戰。」）

（吳擬修改為：「雜文」，其作用仍是為了塞「文壇大家」們的悠悠之口；而「這問題」，指的則是《論主觀》，後面的「準備迎戰」、「再接再厲」，都是敦促舒蕪為反擊批評作理論準備。）

......

出於誤解也罷，出於信念也罷，胡風是絕不會讓舒蕪中途退陣的。為了引起爭鳴，他<u>兩面挑動</u>，俗話所謂「<u>扇陰陽火</u>」，一方面以他們要「悶死你」激起舒蕪的敵愾之心，一方面「再三」邀請侯外廬撰文爭鳴。

（舒蕪批註：請注意譏諷貶斥語。）

（吳擬修改為：為了引起爭鳴，他在兩方面用力：一方面向茅盾、侯外廬「叫陣」，刺激他們撰文爭鳴；另一方面以他們要「悶死你」激起舒蕪的敵愾之心，激勵他對「主觀」問題作深入研究。一句話，他非常希望能擴大論爭。）

......

在《〈回歸五四〉後序》中，舒蕪委婉地寫到這件事：

> 我在《論主觀》中以馬克思主義哲學的「約瑟夫（斯大林）階段」為題目，原是幾年前看了侯外廬慶祝斯大林六十壽辰的文章得來的印象，這時大概有人記得是他最初提出這個「斯大林階段」的，所以動員他出來寫批判《論主觀》的文章。

動員侯撰文爭鳴的人是胡風，文中提到的「有人」當然也就是胡風，舒蕪心中十分清楚，筆下卻只寫「大概」，似乎仍有顧慮。

（舒蕪批註：我當時以為文工會請侯去講演，是請他出來寫舒蕪如何「歪曲斯大林階段」的文章，我指的「有人」就指文工會請侯去講演的人。而侯不肯寫，則是侯看到胡風如此一再「叫陣」，起了戒心，不肯上當，是另一事。我寫《後序》時不會還有顧慮。）

（吳擬修改為：舒蕪非常清楚胡風的用意，侯外廬在文工會講評過《論主觀》後，他趕到重慶與胡風見過了面。胡風把兩次會議的「記錄」都交給他，讓他回去準備「答文」。）

2006-08-07　第 16、17 兩節

先生：（主題詞：意見越多越好）

　　剛讀過您的意見，覺得很好。

　　一是關於胡風叫陣事，應該特別強調出來。

　　二是「官方」，應該再說明白一點。

　　三是語言上還要推敲。

　　等細讀後再回覆。我還沒有吃早飯。

　　永平上

　　wu yongping，您好！鑒於胡先生父女都把信中譏嘲諷刺對象往國民黨方面解釋，因此，「官方」、「老爺」等何所指，是應該先來一段專門解釋，以正視聽。但根據這些，五五年毛定胡為反革命，是不對的，而今之反體制反主流者尊胡為先覺先驅，也是不對的。這種兩條戰線上的鬥爭，相信您會把握好。舒蕪上

先生：（主題詞：16～17）

　　再寄上第 16、17 兩節。改動稍大一點，但基本觀點未作大的修訂。永平上

　　16.《論中庸》發表始末 4827

　　17. 胡風批評舒蕪「墜入小康式的陶然自得」8113

　　舒蕪先生對第 16 節所作的批註及我的修改意見

　　1943 年年底，中共南方局文委在內部整風中對陳家康等人的幾篇文章進行了批評，批評涉及「思想與感覺、理性與感性、感情與理智的關係」等範疇，董必武曾就「感情與理智的關係」批評了他們提出的所謂「大後方知識分子思想得太多，感覺得太少」的錯誤觀點〔註96〕。（舒蕪批註：今天不必評價為「錯誤」了。）

　　前文已述，1944 年 5～6 月間舒蕪撰寫《論中庸》之前，已讀到了「關於

〔註96〕《董必武關於檢查〈新華日報〉、〈群眾〉、〈中原〉刊物錯誤的問題致周恩來和中宣部電》（1943 年 12 月 16 日）中有「在十月八日開第一次座談會，十月十五日開第二次座談會，十一月二十六日我最後講話，解釋思想與感覺、理性與感性、理智與感情的關係，並批評他們說：大後方知識分子思想得太多，感覺得太少的不對。」

陳君的那文章」〔註97〕，這篇「文章」是胡風轉送給他看的，內容與董老在黨內整風會上的總結發言有關。因此，他對陳家康等挨批的內容是比較清楚的。既知道批評者是中共元老董必武，而又無所顧慮地反批評，可見這群黨外知識分子當年是如何的放言無忌。

（舒蕪批註：相信真理面前人人平等，至少是政治問題以外問題上人人平等。）

（吳注：照改。）

……

該文（《論中庸》）發表時，正值中共第七次全國代表大會召開。黨史學界通常認為，這次大會的歷史意義在於使全黨認識在馬列主義、毛主席思想的基礎上統一了起來，達到全黨的空前團結。為中國共產黨領導人民奪取抗日戰爭和新民主主義革命勝利奠定了政治、思想、組織基礎。也有學者認為，這次會議也是一個確立思想「體系」和政治「權威」的會議，「通過這次大會，中共的核心層領導權威、思想權威、組織權威得到了普遍的認同。」〔註98〕

（舒蕪批註：指出狐假虎威，並非否定虎威，只是否定狐狸。）

（吳擬補充：然而，「體系」確立後是否還應根據變動的現實進行修正和補充，思想「統一」後是否還應允許黨內外人士繼續進行獨立的探索，這是其後多少年也未能得到解決的新問題。）

先生：您好！前後四節的意見都收到。修改結果下午寄出。祝好。永平上

先生：寄上第14、15節的再修訂稿。吳

（附件略，吳注）

舒蕪先生對第17節所作的批註：

胡風在來信中寫道：「二文都是讀者來稿。一中學生，一大學生。前者所提的第二點，確係問題，我想，所謂基本原則者，只能反映前史時期的，到真

〔註97〕參看3月13日舒蕪給胡風信，內容已見前述。另，舒蕪在《回歸五四後序》說，「指批判陳家康的一份文件」。
〔註98〕伍小濤：《從權威層面看中共七大的歷史意義》，載《蘇州科技學院學報（社會科學版）》2004年第1期。

正歷史開始後，當然有反映新的客觀內容的新原則出現罷。總之，這一點須究明，其餘的，似都由不理解及行文的誤解而來。但應想到是好意的讀者來的，這樣的讀者還有疑問，那麼，其餘的讀者就可想而知了。給以誠懇的回答，一同發表如何？目的當然還是向一般讀者。」

　　信中所說的「前史時期」，指的是國民黨統治時期；「真正歷史開始後」，指的是未來的人民的世紀。（舒蕪批註：前史時期，指階級社會；真正歷史，指全世界革命成功後：這是恩格斯的說法。不是指國民黨統治的前後。）由此信可知，胡風認為《論主觀》中提出的若干理論「原則」是有「此時此地」的功用限制的，並期待於「彼時彼地」的「反映新的客觀內容的新原則」的出現。順便說一句，這便是胡風、舒蕪等將毛澤東的《論聯合政府》稱之為「真的主觀」的思想基礎。

　　先生：關於第十七節意見。

　　你的批註：前史時期，指階級社會；真正歷史，指全世界革命成功後：這是恩格斯的說法。不是指國民黨統治的前後。

　　修改：引文提到的「前史時期」及「真正歷史」時期，都出自恩格斯的提法，前者指的是指階級社會，後者指的是世界革命成功後。由此信可知，胡風認為《論主觀》中提出的若干理論「原則」是有「此時此地」的功用限制的，並期待於「彼時彼地」的「反映新的客觀內容的新原則」的出現。順便說一句，這便是胡風、舒蕪等後來將毛澤東的《論聯合政府》稱之為「真的主觀」的思想基礎。

　　永平

Wu yongping，您好！（主題詞：真正歷史時期）

　　記得當時的意思是：前史時期，人類還不能掌握客觀，其理論原則重在如何反映客觀；真正歷史時期，人類已經掌握客觀，其理論原則便重在如何發揮主觀作用。這是為《論主觀》找到更遠大的理論空間。與後來讚美《論聯合政府》為「真的主觀」無關。舒蕪

先生：（主題詞：真正歷史時期）

　　我只是提到這可視為「思想基礎」，意思是你們當時都把毛澤東提出的「聯合政府」作為實現「真正歷史時期」的一個先聲。這樣理解大概可以吧？

永平上

Wu yongping，您好！「茅盾離會時，胡風向他索要了發言提綱，說是要轉給舒蕪看看。」

好像胡並沒有說給舒蕪看，只說他要仔細看看。舒蕪

wu，你好！我把侯外廬的問題系統地說一下。「斯大林階段」之說來自侯的祝壽文章，文工會的人是知道的，此其所以才會請侯來談《論主觀》問題。我一聽說請侯來講演，就領悟到這個原因，並且認為文工會請侯出來目的當在於請他作文公開批判舒蕪歪曲斯大林階段，講演只是初步而已。所以我說的「有人」請侯作文，的確只是指文工會的人。不管侯起初怎樣答覆文工會的，答應作文沒有，至於後來胡風叫陣太切，引起侯的戒心，不肯寫，則是另一事，我沒有把胡風包括在「有人」請侯作文之內。舒蕪

先生：（主題詞：先生莫怪）

兩信一起覆。胡風找茅盾要發言提綱，他自然要說明理由，說是給你看，這是十分合理的推測。而「有人」請侯作文，胡風在回憶錄中自承是「讓他們寫出文章來」，這當然可以包括胡風。胡風一再叫陣，而侯不太想作，陳家康又制止，這也可以把胡風包括進「有人」之列。

總之，合理的推測是應該允許的。說句笑話，先生萬勿見怪，這是研究者的權利。

永平上

wu yongping，您好！我寫《後序》時，「有人」的確不是指胡，也不是因年代久遠而記憶模糊，我自己清楚的。舒蕪上

先生：（主題詞：決定修改）

關於這點，倒是可以改過來。你寫後序時說的「有人」，是存於你心中的想法。我可以指出是你的誤解，胡風當年在會上會下說的做的，你並不是全都知情的。永平

wu yongping，您好！我沒有誤解。我是把胡的叫陣與文委請侯出馬區別開來。至於文委請侯出馬，是不是不包括寫文章而只止於講演，待考。如果文委確實沒有請侯寫文章，而我以為還要他講演後寫出文章，那麼在這一點上我是誤解了。但與我不完全瞭解胡在會上會下的作為無關，胡的一再叫陣

我是知道的。舒蕪上

wu yongping，您好！對於修改本沒有意見。舒蕪上

先生：你看的是我的上封信，後來我已改變主意，作了徹底的改動。永平上

舒蕪先生寄來《林彪日記檔案揭秘》等網文。

2006-08-08
先生：（主題詞：有人）

第15節關於「有人」部分作了徹底的修改，隱去了對「有人」的分析。你看這樣行不行？永平上

（修訂稿略去，吳注）

wu yongping，您好！（主題詞：沒有意見）

對於修改本沒有意見。舒蕪上

2006-08-09　第18節，真的「主觀」在運行
先生：寄上第18節，這節談的是「真的主觀」，前半是改寫的，表現當時的新的政治環境，及你在新情況下的思想波動。下節改寫你在女子師院的「飯碗」問題，原稿寫到魏建功先生處皆用「某教授」代之，但考慮到你的書信將公開發表，其中並未隱去魏先生名，擬指明。不知先生是否同意？永平上

（第18節，真的「主觀」在運行3865）

wu yongping，您好！這一節沒有不同意見。魏的事，我也躊躇。當時信中是那樣說，現在事過境遷，還要重新算老賬否，又當別論。或者，採取折衷辦法，我的信雖公開發表，您的論述仍然姑隱其名，有心人要對照也方便，如何？舒蕪上

先生：在行文時可以姑隱其名，但在引文中是否也要把「魏」字隱去仍成問題，你說呢？當然，我不會對魏先生的行為作任何評論。永平上

wu yongping，您好！引文仍用原文不改，如何？舒蕪上

先生：同意你的辦法。原文仍用「某教授」，引文不動。任別人去想。永

平上

先生：（主題詞：請教）

讀胡風 1945 年 7 月 1 日給路翎信，其中寫道：

> 「附上管兄一信。這已不止是急於向教條求救命了。我回信，不敢談基本問題，只把市場情形和刊的經濟情形告訴了他。他『上』來，我能做的是把刊的稿費以外的（如果有）歸他（沒有明說）。」

> 「人的想法會差得這樣遠，是只有吃驚的。我今年碰到了三次『上』『壇』的問題，盧君、駱才子（為呂君呼冤）以及管兄。覺得可怕得很，恐怕非開跳舞會不可了。如果把刊交出去或丟掉，也許好點，但前法無力行，後法又不願行，真不知如何是好。」

第二段中的「盧君、駱才子（為呂君呼冤）」是否指盧（？）、駱賓基和呂熒。

「跳舞會」是什麼意思？

永平上

wu yongping，您好！

盧，駱，呂，均難確解；跳舞會，尤其不知道什麼意思。但我要「上文壇」，居然被理解為我要分《希望》的收入，從來做夢也沒有夢過的事，實在浪漫主義得高水平。舒蕪上

2006-08-10　第 19 節，「總難甘心於中國羅亭」

先生：（主題詞：第 19 節）

寄上第 19 節，下節將寫「胡風疑心舒蕪想進《希望》編輯部，是新寫，可能得兩天。永平上

（第 19 節，「總難甘心於中國羅亭」6812）

舒蕪先生對第 19 節的批註及我的修改意見：

1945 年 5 月，舒蕪因「真的主觀」的澎湃而引發的對「小主觀」的「疑慮」，並未因讀過胡風的來信而消除；不久，身邊發生的一場風波嚴重地威脅到他在女子師範學院的「飯碗」，更使他非常煩惱。思想上的「疑慮」加上「飯碗」的危機，對時年 23 歲的副教授舒蕪是雙重的折磨。由於「舊讀書人」狷介的性格，（舒蕪批註：此類偏於好意的解釋語，能省則省為妥。）他在通信

中未能及時地將實情告訴胡風，反而在信中寫了一些含義不甚清楚的言辭，引起了對方的猜疑和惱怒。這番由誤解而生嫌隙的插曲雖然很快就消除了，卻可以從中透視出他們兩位在思想觀念上隱藏已久的裂痕。

這個插曲要從 1945 年 6 月國立女子師範學院國文系教授間的一場傾軋談起。

前面已經述及，1944 年下半年黃淬伯先生離開了中央政治學校的教席，轉赴國立女子師範學院任國文系教授兼系主任，在他的大力薦舉下，時任中央政校助教的舒蕪受聘為國立女子師範學院國文系副教授。半年後，黃淬伯先生與某教授之間的不和漸發展成水火不相容之勢。某教授遂遷怒於黃先生的「私人」舒蕪，指使某人從中央政治學校搞到教職員名冊，查到方管（舒蕪原名）只擔任過「助教」的記錄，便將黃越級拔擢、任用私人的事情告到了教育部。教育部責令學校查辦，幾乎造成要把舒蕪從副教授降為講師的嚴重後果。（舒蕪批註：搞到政校教職員名冊上告的，顯然是魏，但沒有直接證據，說得最好含混些。）

舒蕪聽到風聲後，當然十分抱屈，他雖然跨越講師階段而任副教授，憑學識在講臺上不僅站得住，而且還受到了學生的熱烈歡迎。某教授「憎屋及烏」，所為何來？！（舒蕪批註：似乎也不必代抱不平。）

……

所謂「和光同塵」之說，他在《論中庸》中已經演繹過一次，他借用國學大師（舒蕪批註：無須加此頭銜。）章太炎的《諸子學略說》中「所謂中庸者，是國願也，有甚於鄉愿者也」的說法，取「國願」之「中庸」意加之於政黨中反對思想探索的「主觀完成者」，他認為「國願」所追求的「挫其銳，解其紛，和其光，同其塵」與「主觀完成者」提倡的「意識改造」如出一轍。

……

他發現胡風對他的失望已達「痛心」的程度，但自以為「還不至壞到那樣」的地步；他檢討了「急功近利」及「士大夫之孤高」等「舊讀書人」的毛病，但發誓絕沒有自立門戶、馳騁文壇的「幻想」，為此懇求對方予以重新「信任」；然而，他在信末卻拋出了兩個問題：一是要求胡風坦誠相待，有什麼意見和看法都應該說清楚；二是要求胡風澄清誤解，自己沒說的話不好強加的。

　　（舒蕪批註：我雖然沒有說「我們過去只是孤獨作戰」的話，但他敏感到的倒不是全無根據，我的確已經對我們自己的宗派圈子不滿，他不是完全誤解。）

2006-08-11　小恙

　　先生：收到 19 節的意見，我想你的要求仍是「客觀」「客觀」。好的，我會注意的。

　　這書稿還得改寫，現在只能做到史實無訛，貫串全書的線索還得提煉，譬如宗派主義，譬如個性主義，等等。

　　但今天不能改稿了。這兩天我患上感冒，大約是「空調病」吧，頭疼發熱，需要休息兩天。祝好！

　　永平上

　　wu yongping，您好！祝好好休息！舒蕪

2006-08-12　改寫的第 19、20 節

先生：（主題詞：19～20）

　　改寫第 19 節，分為新的兩節。內容也有所改動。永平上

　　19. 舒蕪心中忽起「大洶湧」6812

　　20. 胡風懷疑舒蕪想進《希望》編輯部 3623

　　舒蕪先生對第 19 節的批註及我的意見：

　　「戀愛婚姻問題」是年初剛剛迫上眉睫的。舒蕪在女師院教大一國文，而「她」是高年級班的，本無結識的機會。後來「她」由臺靜農教授之介紹來向舒蕪借書，借去路翎小說《飢餓的郭素娥》，讀後大加讚賞，成為知音，舒蕪乃通過「她」幫助國文系的學生們組織文藝團體「野火社」，出版壁報，並替她們看稿改稿，這樣才與「她」有所交往而漸生愛慕之情。「她」是個「才女」，又有「風度氣質」，身邊的追求者不少，這一度使舒蕪的「情緒變得很壞很壞」〔註 99〕。

　　（舒蕪批註：方框內添加的幾句，所說情況細節，別處不曾發表過，這裡要不要加，請您斟酌。）

　　（我的意見：添加內容可在《舒蕪口述自傳》第 146 頁找到，說法大致

〔註 99〕《舒蕪口述自傳》，第 146 頁。

差不多。因此決定添加。）

舒蕪先生對第 20 節的批註及我的意見：

從此信可以讀出，舒蕪從來就沒有產生過想進入《希望》編輯部的念頭，他只是想請託幫忙在「書店」找份職業，哪怕是顧頡剛的《文史雜誌》社也無不可。但由於他深知胡風對顧頡剛沒有好感，故不敢直接向胡風說明。順便提一句，路翎似乎並不太贊同舒蕪在職業上過分仰賴於黃淬伯和顧頡剛。

（舒蕪批註：找顧，無須託胡轉找，他並不認識顧，我自己可以直接找。胡雖然秉承魯迅而對顧不會好感，但對我與顧的關係從來沒有意見，有些像黨員同志間看待黨外統戰關係一樣，反正「求同存異」，有利用性質而已。路翎也是這樣。我在胡、路面前，把我與黃、顧交往一切情況鉅細無隱；而在黃、顧面前，連「舒蕪」這個名字都保密，其他更不用說：這也很像黨內黨外區別一樣。

（我的考慮：我在這裡只是順著路翎信中的解釋往下說的。路翎信中寫道：「他說原是只想託你向什麼書店設法，但怕有『上壇』的嫌疑，所以索性公開說出。」）

（擬改為：從此信可以讀出，舒蕪從來就沒有產生過想進入《希望》編輯部的念頭，他只是想請胡風幫忙在「書店」找份職業，自己也有在顧頡剛負責的《文史雜誌》社找事做的打算。但由於他深知胡風對顧頡剛沒有好感，故不願向胡風說明。順便提一句，路翎似乎並不太贊同舒蕪在職業上過分仰賴於黃淬伯和顧頡剛。）

wu yongping，您好！胡早知道我曾要去《文史雜誌》，並無反對。這回我也沒有因為怕他對顧無好感而不敢向他明說之意，總之，我與黃顧關係，從來與我與胡關係沒有矛盾。尊作中似乎暗示有矛盾之語，仍以取消為好。請酌。舒蕪上

先生：你說的胡對顧並無戒心，這是事實。可改。

但路翎信中寫道：「怕有『上壇』的嫌疑。」

有此「怕」的，大概並不止你一人，胡風為何不准你們「上壇」？這倒是令人費解的事。

永平上

wu yongping，您好！並不費解。從當時來說，胡一貫對我們把文壇描寫

成漆黑一團，污七八糟，給我的信上，答覆我問文壇情況道：「關心壇上麼？狗打架而已。當然，並不真打。」如果想上這樣的文壇，想混入狗打架群中，自是極其可惡可羞恥的。從現在來說，無非要把這些青年人永遠控制在他掌握下。陳守梅比我們年齡大些，胡之外的文壇關係多些，胡就不滿，幾次對我表示過。他從不介紹我們參加文壇活動，文壇上知道有路翎舒蕪綠原等人，但誰都沒有見過這幾個人。偶而在他那裡遇著文壇上人，他從不給我們介紹，或者只介紹「方管」的本名，含混過去。那人走後，才告訴我那是誰誰。舒蕪上

先生：那一段修改如下。完全不談顧頡剛的事，而只談「上壇」。

路翎 7 月 3 日覆信胡風，替朋友舒蕪作了一些解釋，他寫道：

> 「信到。同時接管兄（舒蕪）來信，他已接到你的信了，他說原是只想託你向什麼書店設法，但怕有『上壇』的嫌疑，所以索性公開說出。他想，在什麼書店裏用方管之名，做『國學』的事情。此刻他那裡黃教授又與人大吵一架，辭了，所以看來蹲不下去，又想到文史社去。」

> 「一面雖然是現實的情形，一面卻是精神的問題。人活在這個世上，只要不在或某一點上嬌生慣養，是不會謀到『生』的。他就是在某些點上嬌慣了的。但正因了這樣的情形，現在看來是愈益痛苦了。他原不該把那個地方看成『學界』的。」

從此信可以讀出，舒蕪並沒有要進入《希望》編輯部的打算，倒是胡風十分忌諱他們有「上壇」的念頭。舒蕪、路翎、阿壟當時在「壇上」都算是有點名氣的青年作家了，但胡風從不介紹他們參加進步文藝界的活動，也不介紹他們結識其他進步作家，文壇上知道他們名字，但誰也沒有見過他們。舒蕪曾好奇地問起「壇上」的情況，胡風的回答是：「關心「壇」上麼？──狗打架而已。當然，並不真打。」〔1〕胡風如此糟蹋鄙薄「文壇」，當然是不想讓他們進去。聶紺弩曾疑心胡風想把這批青年作家藏在「口袋」裏，恐怕並不是事出無因罷。

〔1〕胡風 1945 年 5 月 22 日覆舒蕪信。

wu yongping，您好！

可以加上綠原，阿壟可以不提，他比我們年齡大，已經三十多歲，文壇

上胡以外的關係也較多。舒蕪上

wu，你好！（主題詞：關於宗派主義）

　　胡曾經與我談過宗派主義問題，說：「說我宗派主義！我要是宗派主義，該把你介紹到什麼學會，把嗣興介紹到什麼文藝協會去呀！」意思是，宗派主義就要在污穢的文壇之內擴充勢力，而他只是要在污穢文壇之外保存一塊乾淨土而已。這樣解釋是否宗派主義，我聽了覺得很新鮮。他此說不知道見於他的公開文章沒有。談時只有他我二人，我也不曾與別人交流過。想起來供您參考。

　　bikonglou@163.com

　　舒蕪先生寄來《江選披露……》《江……寫信反對重評……》《越共改革與中共封網》《回首文革：副統帥的誕生》《回首文革：接班人之死》等網文。

2006-08-14

　　先生：胡風說過，我只在陌生人中尋找。這話說了一半，另一半就是你說的「要在污穢文壇之外保存一塊乾淨土」。

　　今天我要去出版社談出版事，那本書的出版已刻不容緩了。

　　下午再聊。

　　永平上

2006-08-15

　　先生：這兩天為那位女士的剽竊事在作善後，心緒不安。現已坐回到書桌前，繼續修訂。請稍待。永平

2006-08-16　第 21 節，舒蕪論「魯迅的中國」

先生：（主題詞：第 21 節）

　　這一節幾乎是重寫的。天氣太熱，心情也不好，腦袋似乎轉不動。永平上

　　（21. 舒蕪論「魯迅的中國」5300）

　　舒蕪先生對第 21 節的批註及我的修改意見：

　　注二：1945 年 10 月 17 日胡風在致舒蕪的信中寫道：「《堅持……》看了

一下，拿給報紙也不會發表的。」這裡提到的《堅持……》，疑是《魯迅的中國》的原題。（舒蕪批註：不是。原題就是《魯迅的中國與魯迅的道路》。至於《堅持……》，不記得了，後來大概不知所終，反正不是《魯迅的中國與魯迅的道路》。《魯迅的中國與魯迅的道路》這樣長文，不可能考慮「拿給報紙」與否的問題。）

（我的修改：1946 年 10 月 14 日胡風為《希望》第 2 集第 4 期寫「編後記」，提出：「在這一個月裏面，臨到了魯迅先生逝世十週年。應該認真紀念的，但由於困難，由於我們的無力，沒有法子做到。兩篇文字，而且還有一篇是舊作的重載，是不能滿足我們以及讀者的願望的。」）

……

胡風自 1942 年香港脫險抵達桂林之後，就習慣地用「混亂」這個詞來形容大後方文壇，並把這種狀況歸咎於「文藝市儈們」的作祟。其後五、六年間，他先後賦予「市儈」以名目繁多的各種具體稱謂，如「市儈的『抒情主義』或公式主義」、「市儈的『現實主義』或客觀主義」、「市儈的『唯物主義』」、「市儈色情主義」、「市儈投機主義」、「市儈滑稽劇」，等等。當然，這還只是在公開發表的文章中的比較客氣的表述，而在私人通信中，他就索性將所鄙視的那些文藝人及文藝事稱之為「馬褂」、「蛆蟲」、「政客」、「狗打架」及「跳加官」、「開跳舞會」和「魔鬼之舞」了。

（舒蕪批註：跳加冠，是對於自己不得不奉陪的自嘲，可否除掉。）

（我的意見：修訂時去掉。）

……

抗戰後期，胡風曾倡導發動了一場「整肅」文壇的運動，以討伐他所謂的「主觀公式主義」及「客觀主義」傾向，北碚的許多青年學生都曾被捲了進來，沙汀、嚴文井、臧克家、姚雪垠、碧野、蕭紅（舒蕪批註：有她在內麼？）（吳注：有，石懷池一篇文章是批蕭紅的，觀點是胡風的。）等一批在社會上頗有影響的進步作家的作品受到酷評，冰心、徐訏、無名氏等自由派（或民主派）作家的「生活態度」受到了嚴重的非難，除了「新現實主義」以外的各創作流派均遭到誤解。

……

舒蕪並沒有直接參與胡風倡導的「整肅」文壇運動，但他的理論主張對於上述那些參與著「無原則的」或「近於謾罵的」批評者來說，在精神上是起

到了支持作用的。換言之，他們為什麼都樂於採用以「惡毒、憎恨、懷疑、偏狹、自衛、冷酷」為突出特徵的「文藝批評」方式呢，大概因為他們都自信是出於「良善、和愛、信任、公平、犧牲、熱情」等崇高目的吧。他們以此寬恕自己，不管別人怎麼想。

（舒蕪批註：當時我在幹什麼，現在想不起，對於那次他們大規模「整肅」沒有印象。我當然不會反對他們的漫罵方式，但他們的謾罵方式，似乎倒也無待我的主張的支持。）

（吳注：崇尚粗鄙，在那時形成了空氣。你的理論主張反映了當時的這種情況，而實踐者們當然不必直接從你這兒得到精神支持。又如「逃集體」之說，不管你想表達的是對真正的集體生活的追求，但實際影響卻是你想像不到的。）

……

繼《魯迅的中國》之後，舒蕪又一口氣寫下了總題為《更向前》的一組雜文（《說「方向」》《辭「理想」》《逃「集體」》《斥說教者》），其基本特徵都是正話反說，正因為視「方向」、「理想」、「集體」和「理論」為非常寶貴的事物，所以偏偏要 「糾」 、要「辭」、要「逃」、要「斥」。

（舒蕪批註：諸題中並無「糾」字。）

（吳注：你的系列文章標題中確實沒有個「糾」字，改為「說」。）

舒蕪先生寄來《新西蘭梅西大學最近在校刊上……》等網文。

2006-08-17　舒蕪提出「根本性的建議」

Wu yongping，您好！（主題詞：根本性的建議）

昨天發上第 21 節（批註）後一直思考一個問題。您曾說，弄不清自己究竟要說什麼。我曾建議您用最明白的話向讀者說清楚胡風究竟要什麼。兩個問題現在看來是同一回事。抗戰勝利後胡風派發動的文壇整頓運動，說明其所要的是橫掃以郭茅為首的國統區整個進步文壇，代之以以胡風為首的希望派絕對君臨的文壇，沙汀姚雪垠首當其衝。朱光潛張恨水更無須說。有人說胡風是為作家爭取自由，有人不同意，說他只是反對加在胡派頭上的「五把刀子」，胡風如果得勢，會比周揚左得更厲害。又有人反駁說歷史不能假設。其實用不著假設，抗戰勝利後胡風派發動的文壇整頓運動已經是見諸行動的鐵的事實了。可以想見，他何止是要在污穢的文壇之外保留一塊乾淨土，何

止是要在解放後繼續獨立主編一個刊物？他是要拿他那一塊乾淨土來取代整個郭茅文壇，他自己更進而取代周揚的奴隸總管的地位，他最後三十萬言上書把問題「端上去」的目的就在此。而毛批曰「清君側」，也沒有冤枉他。所以建議這一節最好大大重寫，著重詳述那次文壇整頓運動，畫龍點睛，其「睛」在此，不使讀者滑眼看過去。您全書要說什麼？恐怕也就是要說這個，要把這個貫穿全書，是不是？附帶說一下，我沒有參加整頓運動也不是偶然，我對整個進步文壇的觀感，對一些作品的觀感本來就不一樣。沙汀的〈困獸記〉我就很喜歡，路翎的抹殺我就很難接受，當然也不曾公開提出。整個文壇是不是真如胡所描繪的那麼污七八糟，我內心也是將信將疑，口頭上儘管也順著說。胡對此是有覺察的，對我關心文壇經常給以特別的敲打。他說我根本不懂創作，我實在也只寫過一篇《什麼是人生戰鬥》，算是談文藝創作的，還是從思想角度來談的，此外只是談理論文化思想，以雜文罵國民黨而已。我和他們這一點不同，就埋伏後來分手的種子。所以，這一節談那次文壇整頓運動，是不是需要以我的《魯迅的中國》引起，是不是還可以斟酌？

　　舒蕪上

先生：（主題詞：謝謝建議）

　　您這個根本性的建議，對我有很大的啟發。

　　抗戰後期胡風搞的文壇整肅，我在那本書中寫過，作為重點寫的。就資料來說，是並不缺少的。

　　胡風獨霸文壇的雄心，也許應該在這本書中也寫一寫，不作為主要的內容，只是作為你的文章的小背景。層層著色，漸漸地明晰。而不是一下子全部點明。

　　這要作全盤的綜合考慮，如何分配筆力，這是個問題。最後點明應是在「清君側」那時。

　　這本書，構思時就確定以「考」為主，而不是「論」。後面還要大量刪節，只突出「關係」這條線。如果寫《舒蕪論》或《舒蕪評傳》，那當然是另外一回事。

　　這次修改並非定稿，可能還要改上幾遍。我那本書，至少改了五遍。我並不急於出這本書，如果明年下半年交出版社，我還有一年時間修改。

　　永平上

wu yongping，您好！解放初期有人說胡風要求高爾基待遇，何止於此？高爾基並沒有他自己一個宗派拿出來統治文壇。是不是要求魯迅待遇呢？也不是。《中國新文學大系小說二集序》那樣文章，毫無宗派成見，胡風就不可能寫出。舒蕪上

先生：胡風自 1945 年後一直在與中共文化人鬧彆扭，1948 年又曾遭到港派文人那樣的批判，他在中共領導人心中的地位和重要性已非常低。解放初，中共可以重用郭沫若、茅盾等更有資望的民主人士，不一定要用他。更何況，在一般人看來，胡風本是中共的人，用不用他，這都是黨內的事。胡風的不滿和牢騷，以致於後來的要端上去，都是不清楚自己的地位造成的。林默涵 1952 年對你說，胡風的理論已不重要，說的也就是這個意思。

永平上

wu yongping，您好！丁玲告訴我，她與胡風在北海划船，曾勸告胡風：「官也得有人做，你讓郭，茅做官去，你當你的作家豈不是好？」可見大家都看得出胡不滿什麼，與誰相比。舒蕪上

先生：讀你 1945 年 12 月 1 日致胡風信，如下一段：

> 「寫完了這篇東西以後，聽窗外雨聲，看盆中殘火，就仍然興奮得很，只好給你寫信。這見解大約是不對的，事實上大約也尚未至於真那麼『聲聞路絕，言語道斷』的時候吧？但憑藉直覺，總覺得如此。而且，恐怕又會挨罵的吧？所以我也不想發表它，只請你看看就是了。」

「聲聞路絕，言語道斷」，似是佛經中的話。不詳何意。請先生指教一二。又，丁玲與胡風解放初的那次對話，我已寫進拙著中。永平

wu yongping，您好！是佛經語。我也沒有詳考，一向當作無理可說，說也無用之意來用。現查魯迅《死地》云：「三月十八日段政府慘殺徒手請願的市民和學生的事，本已言語道斷，只使我們覺得所住的並非人間。」注釋云：「言語道斷佛家語。《瓔珞經》：『言語道斷，心行處滅。』言語道斷」，原意是不可言說，這裡表示悲憤到無話可說。舒蕪上

wu，你好！（主題詞：相反的「考」）

一個更清楚的想法：不錯，是以「考」而不是以「論」為主。但要「考」

的，似乎是別人熱心參加整肅，而舒蕪沒有參加這個矛盾；不是《魯迅的中國》如何影響整肅的。這與您寫的是根本相反角度的「考」，請考慮。

bikonglou@163.com

先生：您說的對。不能給讀者造成這個印象，說是你的文章引起整肅。我會注意修改的。另，關於「言語道斷」。謝謝你提供的注釋。永平上

2006-08-18 第 22 節，「你還不覺得他們是權貴麼？」

先生：（寄上第 22 節）

此節在措辭上作了一些調整。永平上

（第 22 節，「你還不覺得他們是權貴麼？」10647）

舒蕪先生對第 22 節的批註及我的修改意見：

1945 年 8 月 28 日，中共領袖毛澤東和周恩來、王若飛從延安飛抵重慶，與國民黨政府商談戰後中國的諸問題，史稱「重慶談判」的重大事件揭開了序幕。談判從 8 月 29 日開始，10 月 10 日結束，歷時 43 天。

毛澤東的秘書、中共理論權威胡喬木也同機來到了重慶。公務忙碌之餘，（舒蕪批註：是在毛還在重慶談判期間的事麼？那時他抽得出時間麼？我一向認為喬木來找胡風談話只是毛回延安，喬木同機回去又重來重慶之後的事。）他曾兩次約請胡風談話，以瞭解大後方文化思想界的動態。長談中，他曾提到舒蕪的《論主觀》和《論中庸》，說是這兩篇文章「值得一讀再讀」，但「沒有脫掉唯心論」。

（吳按：是發生在談判期間。）

……

然而，話卻要說回來。胡喬木對中共「整風」運動的宗旨真不如胡風「理解」得透徹嗎？事實恐怕並不是這樣。1942 年 6 月延安成立主管整風的最高機構「總學委」，毛澤東任主任，康生任副主任，他任秘書；1943 年 3 月中共政治局成立中央宣傳委員會，毛澤東任書記，王稼祥任副書記，他還是任秘書。「總學委」和「中宣委」都是「整風」期間負責全黨意識形態工作的。如果說，胡喬木對「整風」的「理解力也有限」，胡風未免過於託大了一點。

（舒蕪批註：不是專指對整風的理解力，是指對一般思想理論問題的理解力。）

（吳的修改意見：如果說，胡喬木的「理解力也有限」，胡風未免過於託

大了一點。）

......

信中第二段明白地道出了他們對政黨中人如此關注《論主觀》而感到非常困惑，及商議好的應對之策：胡喬木來談過了，陳伯達還要來談，如此鄭重其事，令人不無惶惑；《論主觀》的核心問題是為陳家康等人受黨內批評鳴不平，此事萬不可涉及，（舒蕪批註：是指這個麼？）只能「從具體問題出發」，即就哲學而談哲學，「使他們摸不著頭腦」。

（吳的修改：《論主觀》的核心問題是為聲援陳家康等人，此事不便談，只能「從具體問題出發」，即就哲學而談哲學，「使他們摸不著頭腦」。）

......

11 月 17 日晚，胡喬木到胡風家辭行。他奉命於次日返回延安，此次未能說服對方，有負中央重託，不知他作何感想。胡風的基本態度卻不因胡喬木的謙恭下士而有任何改變，他仍只服膺政黨管政治的原則，而堅持文化人管思想文化的本位，且唯魯迅的戰法為圭臬。從這個角度而言，他何嘗有意通過爭鳴在國統區擴大延安「整風」運動的影響，他始終在做的事情是，反對政黨的自上而下的思想整肅，鼓勵獨立的思想探索，主張知識分子通過自我改造而「完成自我」，等等。

（舒蕪批註：這樣說，好像他真是在為知識分子爭取自由了。其實不然，而且相反。）

（我的修改：胡風始終在做的事情是，鼓吹「主觀戰鬥精神」、「人格力量」和「自我鬥爭」，反對所謂「以教條主義反對教條主義」的偏向，並聲討抗戰文壇上所謂的「主觀公式主義」和「客觀主義」的作家作品，等等。）

2006-08-19 第 23 節，「用反教條主義掩蓋反馬克思主義」

wu yongping，您好！22 節重發上。另外想到一事：所有「寫到」，似乎都要改為「寫道」。舒蕪上

先生：您認為所有「寫到」都要改為「寫道」，這個意見還要斟酌。當然，改起來倒是很方便的。永平

wu yongping，您好！都同意。只「寫到」之詞，不能改為「寫道」的，雖也有，但恐怕絕少。仍請酌。舒蕪上

先生：容我翻翻別人的著作看看，如宜於改為「寫道」，當然全部改正過來。永平

先生：（主題詞：23 節）

寄上第 23 節，收後即覆。永平上

（第 23 節，「用反教條主義掩蓋反馬克思主義」6652）

舒蕪先生對第 23 節的批註及我的修改意見：

又是誰「把政治降低為非政治的日常瑣事」呢？這裡指的似乎是舒蕪。舒蕪在剛出版的《希望》第 3 期上發表了一篇論文，題為《思想建設與思想鬥爭的途徑》，其中寫道：「更重要的，還是自己的現實生活。如果能在自己的現實生活裏進行毫不怠忽的戰鬥，從自己的每一個生活節目裏發現新思想的靈魂，那麼，即使自己平常所抱持的思想與現實世界的發展不合，也能隨時糾正自己；或者，在發現表面的確不合而實際上卻不錯的時候，也能堅定自己的信心。反過來，如果抱住了一個思想體系，就自以為得到了一切，在錯誤的生活基礎上推演著思想的方程式，那結果無非加深錯誤而已。」（舒蕪批註：《思想建設與思想鬥爭的途徑》，題目原作《思想建設與思想鬥爭的新途徑》，胡風當面建議刪去「新」字，我欣然同意，胡風滿意地笑道：「從來就這麼一個途徑呀。」可見他對此文的滿意。）

……

這裡提到的「胡喬木也批判到他」，大概指的就是「C 君」在該座談會上的發言，（舒蕪批註：不是。我在白沙，根本看不到新華日報，根本不知道那個座談會，胡風也從來沒有告訴過我。直到現在讀大作才知道當時開過這麼一個會。我告訴陳家康的，是喬木與我談話，開宗明義就指出「我們幾個同志等如何如何，和你有相同處」。）上文已經分析過「C 君」曾激烈地批評有些人「用反教條主義掩蓋反馬克思主義」，他指責的「有些人」就包括了陳家康。

（吳的修改意見：這裡提到的「胡喬木也批判到他」，是指胡喬木在兩次談話中曾提到黨內有一些人執有與《論主觀》相同的觀念，不贊成批「主觀論」，卻提倡反「教條主義」及「反客觀主義」。舒蕪把胡喬木批評轉告給陳家康，引起陳的強烈不滿。當時舒蕪和陳家康都並不知道「C 君」在座談會上還有這麼一個激烈的發言，如果得知他把問題上升到了「用反教條主義掩蓋反

馬克思主義」的程度，還不知道會有多麼氣憤呢？）

　　……

　　胡風在《關於喬冠華》中也曾寫道：「胡喬木和舒蕪談兩次話沒有結果，我不記得和喬冠華談過什麼。只記得在一次集會上和陳家康談了幾句，陳家康只覺得胡喬木做得急躁了一點。」

　　胡喬木和舒蕪的談話發生在 11 月 8～9 日，胡喬木在《新華日報》組織的座談會上發言發生在次日（11 月 10 日）。胡風與陳家康的對話只可能發生在這兩件事之後，陳批評胡喬木「急躁了一些」，也應該包括在這次座談會上的發言。（舒蕪批註：「急躁了一點」不知道是否原話。陳家康同我講的可沒有這麼斯文，他是說：「哼，我們一起穿開襠褲長大的，想騎在我頭上拉屎呀！」）

　　wu yongping，您好！喬木說的不是「不贊成批主觀論」，而是直接指先於《論主觀》的陳家康等的「錯誤」，即「才子集團」的錯誤。舒蕪上

　　先生：已改成下面這樣——

　　這裡提到的「胡喬木也批判到他」，是指胡喬木在兩次談話中曾提到黨內有一些人執有與《論主觀》相同的觀念，批評他們不積極地「反對主觀主義」，卻提倡反「教條主義」及「反客觀主義」。舒蕪把胡喬木批評轉告給陳家康，引起陳的強烈不滿〔註 100〕。

　　永平上

　　wu yongping，您好！這就妥帖了。但若不說「兩次談話中曾提到」，而是談話的開宗明義就指出，是不是更明確些？舒蕪上

wu yongping，您好！（主題詞：參考材料）請看附件。舒蕪上

　　（附件：梁由之《關於魯迅（百年五牛圖之一）》和某人《列寧的「暗算」——兩個局外人的對談錄之十四》）

〔註 100〕 舒蕪曾回憶道：「舊政協在重慶開會，我從報紙上看到中共代表團工作人員中有陳家康，就特意去看了他一次。他很忙，我們還是擠時間交談了一點情況。我介紹了與胡喬木談話的情況，他的態度和喬冠華不一樣，當即表示出對胡喬木不以為然。胡喬木曾說像我那樣的錯誤不是個別的，指名道姓說在陳家康的文章中就發現有類似問題。陳家康說：『我們是穿開襠褲一塊長大的，誰還不知道誰的底細呀！想騎到我的脖子上拉屎可不行。』」《舒蕪口述自傳》，第 155 頁。

先生：梁由之的關於魯迅，寫得有特點，雖然都是些人所共知的東西，重新編排起來，仍有意思。魯迅太偉大了，一般人所不能理解；魯迅太深刻了，一般人只能仰望；魯迅太複雜了，一般人只能猜度。王朔那句話說得還是有道理的，如果魯迅在世，誰知他要搧誰。永平

2006-08-21　第 24 節，「寂寞與復仇」

先生：（主題詞：24 節）

寄上第 24 節，其中涉及您的私事，請無情地提出意見。下午出去開個小會，晚上才能覆信。永平上

（第 24 節，「寂寞與復仇」9873）

舒蕪先生對第 24 節的批註及我的修改意見：

所謂「失敗的消息」指的是教育部決定採取高壓政策，下令解散女師學院，把院長、教授們 統統解聘 ，（舒蕪批註：院長的職務自動失效。教授一律重發聘書，幾個沒有發新聘書的才等於解聘。）成立所謂「院務整理委員會」，學生重新登記，教師重發聘書。這一著果然厲害，師生隊伍頓時分化，（舒蕪批註：教師隊伍無所謂分化，沒有發新聘書的只是幾個人，接到新聘書而拒絕應聘的也只是幾個人，其餘全部應聘，並不被視為妥協投降。學生中的登記派和反登記派才水火不容，大會辯論，鬥爭激烈。）學生立刻分為兩派，登記派、反登記派；教師有應聘的，也有拒絕應聘的。

（吳的修改意見：最後一句改為「學生隊伍頓時分化」。）

……

「求職」過程是困難的。成都的朋友倪子明曾幫他在社會大學找到了一個教職，但他卻「不願意在那裡混」〔註101〕，他的女友剛離他而去，第三者（舒蕪批註：他們是舊相識，他是舊追求者，不是第三者。我當然也不是第三者。後面還有詳細情況。）就是成都一位小文人；

（吳的修改意見：「求職」過程是困難的。成都的朋友倪子明曾幫他在社會大學找到了一個教職，但他卻「不願意在那裡混」〔註102〕，原因無它，他的初戀女友剛離他而去，那位競爭者當時正在成都。）

……

〔註101〕舒蕪 1946 年 3 月 30 日致胡風信。
〔註102〕舒蕪 1946 年 3 月 30 日致胡風信。

　　胡風早已搭乘飛機出川了，路翎也從陸路輾轉出川了，陳家康等朋友也離去了，舒蕪四顧茫茫，為寂寞和孤獨所困。此時，他實際上正處在人生的一個重要的歧路口上，能否出川及何時出川只是表面上的問題，實質性的問題是以後能否繼續與胡風等人保持密切的聯繫。他一直處於兩個人際關係圈子的拉扯之中：一個是比較狹小而穩固的學術圈子，圈內人物大致有黃淬伯、臺靜農、顧頡剛等教育界名流，及一群求知若渴的學子；一個是比較闊大而鬆散的文化圈子，圈內人物主要是胡風、路翎、阿壟這些朋友，及接近的中共文化人士。在抗戰勝利後的「復員」狂潮中，兩個圈子中人各顯其能，乘機、包船、坐車，紛紛東下，爭先在各個領域裏搶佔著有利的位置。

　　（舒蕪批註：陳家康是工作調動，路翎是普通的還鄉，「搶佔有利位置」的似乎極少。似乎我是出川問題上最倒楣的一個了，其實不然。路翎、化鐵那樣孤身輾轉陸路出川回南京，才是最沒有辦法而尚年輕的人能做的。）

　　（吳的修改意見：在抗戰勝利後的「復員」狂潮中，兩個圈子中人各顯其能，乘機、包船、坐車，紛紛東下。胡風走得較早，他是飛走的；路翎、化鐵剛剛離渝，他們是輾轉陸路出川的；舒蕪當然並不上是最倒楣的一個，他畢竟還有一些得力的親戚，最後還是在他們的幫助下乘船東下。）

　　……

　　在胡風看來，「職業」只是保證形而下「物質生活」的手段，「事業」才是形而上安身立命的根本，沒有經濟上的保障，什麼也談不上，這是他從魯迅的經歷中學到的很珍貴的教訓。他對舒蕪的批評非常鋒利，他是不怕傷害對方的自尊心的，「我從未覺得你是在學術界」，這句話含蘊深遠，幾乎與「我從未認為你從事過學術研究」同義。胡風的批評沉重地打擊了舒蕪在學術研究上的自信心，動搖了他尚有的對於學術研究的嚮往。（舒蕪批註：當時毫不覺得他打擊了我在學術研究上的自信心，因為我自己已經把「在學術界」當作貶意的「脫離現實」的同義語。）（吳的修改：在最後加上一句「只是，舒蕪當時並未完全意識到而已。」）

　　……

　　胡風對杜谷態度，也相當耐人尋味。1942 年他編選《七月詩叢》第一輯時曾擬收入杜谷的詩集《泥土的夢》，並親自撰寫廣告辭，曰：「深深的沒入了地母的呼吸、氣息、希望、歡喜，以及憂傷與痛苦，詩人才能夠唱出了這樣深沉的大地的歌。這樣的歌，只有深愛祖國的詩人，善良到像土地一樣善良

的詩人，坦白到像土地一樣坦白的詩人才能夠唱出來。」可惜送審時未獲通過。1946 年胡風開始編選詩叢第二輯，這時送審制度已經取消，但 他沒有考慮再收入杜谷的詩集 。

（舒蕪批註：這是張瑞事件之後，七月派主人開除杜谷的表示。）

……

路翎曾回憶道：「這期間（指胡風返回上海後），胡風提議，如有條件可以辦一些小的不定期的刊物。於是，方然在成都辦了《呼吸》；我認識的歐陽莊、吳人雄在南京辦了《螞蟻小集》，後在上海繼續出版，有化鐵、梅志參加。」〔註 103〕

他漏掉了成都的《荒雞小集》和北平的《泥土》等同類型刊物，也沒有提到該「提議」是阿壟首倡，而後胡風附議的。（舒蕪批註：《呼吸》和《泥土》等不是一回事。守梅首倡的是《呼吸》那樣大型正式刊物，這個辦不下去，胡風才退一步提出辦小的不定期刊物。但《泥土》是大學生們自發辦起來的，胡可能受它啟發才有那個提議。）

（吳修改：這一段全刪去。）

……

發表在《呼吸》創刊號上的總題為《更向前》的 4 篇雜文原作於 1945 年 8〜9 月間，曾由胡風送交《新華日報》，未被採用。此時，舒蕪 想必又作了一些修訂 ，（舒蕪批註：還是原樣，並無修訂，不能說專對成都文化而發。下面各篇的解釋均扣緊成都文化，似乎稍隘些。）不僅能充分表達出他此刻的「寂寞與復仇」情緒，而且更能渲泄他對「成都文化」的強烈義憤——

（吳的修改：發表在《呼吸》創刊號上的總題為《更向前》的 4 篇雜文原作於 1945 年 8〜9 月間，曾由胡風送交《新華日報》，未被採用。此時，舒蕪將它們找出來送給《呼吸》發表倒是頗有針對性，不僅能充分表達出他此刻的「寂寞與復仇」情緒，而且更能渲泄他對「成都文化」的強烈義憤了——）

（吳注：《說「方向」》，可視為對「成都詩人」的政治宣判。以下幾篇介紹，都加上「可視為」，作為筆者的主觀意見。）

……

話又要說回來，舒蕪何以對「成都文化」、「成都詩人」及「平原詩社」有

〔註 103〕路翎：《我與胡風（代序）》，《胡風路翎文學書簡》，第 23 頁。

如此大的仇恨呢？難道僅僅是由於阿壟、張瑞與杜谷的關係，及由此而釀成的悲劇嗎？不僅如此，這裡還牽涉到舒蕪自己的失敗的初戀，那位頗有風度的「才女」與他確定戀愛關係後不久，就被「平原詩社」的一位 小詩人 吸引開去了，這個變故使得他的情緒曾變得「很壞很壞」[註104]。

（舒蕪批註：那位並非詩人，而是翻譯家。他與平原詩社有沒有關係我也不知道。我當時心目中根本沒有平原詩社，我只聽說成都有個二泉茶社，經常聚集成都小文人們，被稱為「二泉文人」，及其女性崇拜者們，杜谷、張瑞、那位翻譯家、我的那朋友，皆二泉出身。「二泉文人」的含義範圍比平原詩社更廣。附帶奉告，杜谷現在是四川舊體詩界很活躍的老詩人。）

（吳的修改：最後一句改為——那位頗有風度的「才女」與他確定戀愛關係後不久，就被成都的那位小文人吸引開去了，這個變故使得他的情緒曾變得「很壞很壞」。）

（至於當年與你們有矛盾的「二泉文人」，未見於你的回憶錄及書信集，不便修改。只能根據你給胡風的信，定為「成都詩人」和「成都詩社」）

wu yongping，您好！（主題詞：24 節意見反饋的反饋）

修改都好，只有「他的初戀女友剛離他而去，那位競爭者當時正在成都」這一句還有點問題。他雖是成都文人出身，但當時已經不在成都，而是在重慶的《商務日報》工作。我不願意去成都，只能籠統地說是因為厭惡「成都文化」吧。還請斟酌。舒蕪上

先生：（主題詞：反饋的反饋）

涉及到您的私事，全部照改。就籠統地說厭惡「成都文化」，沒人會深究的。

永平上

2006-08-22　第 25～28 節

Wu yongping，您好！（主題詞：根本矛盾何在）

我進入高校教師隊伍後，除了中央政校一段沒有上講堂講課外，一直是受到學生歡迎的，我能開「墨子研究」這樣專門課，回憶當時各校同事中還沒有別人能開。我開「歷代詩選」「詞選」課，用《苦悶的象徵》和《十九世

[註104]《舒蕪口述自傳》，第 146 頁。

紀文學之主潮》以及別車杜的觀點方法來講，並且不掛牌地暗用了某些馬克思主義，使學生耳目一新，在當時還很少有。此外還開過「中國近代思想史」「讀書指導」等等。總之在大學裏，向來沒有在學問和教課方面受到什麼壓力，如果照這個方向走學術研究之路，並無困難。我的矛盾在於，始終嚮往當專業作家，「上文壇」，視教書而同時研究為第二流的事，總想擺脫，因而多次與胡風矛盾，與先生所云「學術研究與現實關懷」的矛盾不同，似乎覺得並無那樣矛盾。至於解放後一直當編輯，又次於教書一等，那就更不用說。但文革後發現，譚丕模要我去北師大而沒有去成，倒是塞翁失馬，如果去了，可能沒有命了。

bikonglou@163.com

先生：（主題詞：寄上三節）

您當時的這種矛盾，一流、二流的說法，我還要考慮。真正的矛盾在什麼地方呢？胡風和路翎為什麼總是譏諷你把教育界錯當成「學術界」呢？他們為什麼要這樣說，是認為您總保留著一條退路，總與他們不喜的人結交，或是別的什麼呢？永平上

寄上新改的三節。

25.「狐鼠縱橫，今昔如一」5644

26. 是不是你已經覺得我正逐漸遠去 6708

27. 完全非「進步女性」一流 8328

Wu yongping，您好！（主題詞：關於矛盾）

他們怎麼說是一回事，我自己有沒有這個矛盾是另一回事。我沒有在學術研究與現實關懷的矛盾中兩難不決。現實關懷並不坊礙我的學術研究，我在教書中同時研究，教學相長，一直順利，沒有問題。有矛盾的，只是我一直想完全擺脫這邊的學術研究專門「上文壇」而不可得。哪有把這邊當作一條「退路」的意思呢？他們不喜歡我結交的也不是學術界中黃顧等人，不是我只以方管之名去結交的人，而是與文藝界有關的臺靜農等人，是我以舒蕪之名去結交的人。新改三節待細讀。舒蕪上

先生：正改到 1947 年，覺得那時胡風路翎對你的態度已非常不好。但當時你並沒有做過什麼對他們不利的事情，他們為何如此呢，這樣便只能從你的社會關係上找原因了。關於你對自己當年處境的看法，也許是正確的，但

未見於書面的材料，我卻不敢引用。您也知道，我這本書的調子已經有點偏向於您，如果再過多地利用您提供的沒有公開發表的資料，似乎不太好。

因此，在寫作中保留一些與您的看法不相符的議論和揣測，我想是有必要的。有些事情只能在心裏明白，不一定非要寫進書中。您說是嗎？

永平上

wu yongping，您好！「距離美學」極好，完全同意。但請將「揣測」語句的「揣測」色彩調得更濃些，與考證確鑿的部分顯著分開。如何？舒蕪上

先生：謝謝你的理解。我會這樣試著寫的。永平上

舒蕪先生對第 25 節的批註及我的反饋：

國統區政治環境險惡，人心難測，胡風對「舊關係」中人存戒備之心，也許是必要的；他傳授？舒蕪以「不露真相」的韜晦之法，也許也不無道理。然而，舒蕪不能像胡風教導的那樣做，他不是自由身，而是「職業人」，不可能不與同事發生社交聯繫。（舒蕪批註：僅以方管之名進行的一般社交聯繫，包括詩詞唱和，並不違反「韜晦」之法，胡風並不反對。露不露「舒蕪」的真相，才是個大關鍵。）不久，他便與貼鄰而居的柴德賡先生作詩唱和起來，臺靜農等先生們聞知後也參與了進來。「此後，我們就常在一起作詩，靜農先生、柴德賡先生、吳白匋先生、歷史系教授羅志甫先生，和我，這幾個人常相唱合，作的詩互相傳觀商榷。」〔註 105〕

此期，舒蕪曾作詩贈臺靜農先生，詩曰：

（舒蕪批註：作贈臺詩，與幾個人詩詞唱和並無必然聯繫，不是因為詩詞唱和才有此詩，所以不必從詩詞唱和說起。）

（吳擬改為：國統區政治環境險惡，人心難測，胡風對「舊關係」中人存戒備之心，也許是有必要的；他告舒蕪以「不露真相」的韜晦之法，是提醒他不要在他人面前暴露「舒蕪」的筆名，《希望》立場峻激，可能會招致政治上的麻煩。當然，他並不反對舒蕪以「方管」之名在同事間進行交際。

此期，舒蕪曾作詩贈臺靜農先生，詩曰：）

……

1944 年 11 月 30 日舒蕪致信胡風，稱：「臺君，生氣過少，倒無太多的話可談。」這當然只是一句敷衍話，因為接著他又寫道：「昨晚與臺君談，他對

────────

〔註 105〕舒蕪：《憶臺靜農先生》，《舒蕪集》第 8 卷，第 12 頁。

喬君登在中原三期的那篇文章太為稱賞，問我可知道為何許人。我約略告訴他一些，他更大為歎賞，頗有『不圖彼中亦有此人』之意。由這一點，亦可見到他的一斑了。」信中提到的文章指的是於潮（喬冠華）的《方生未死之間》，胡風非常欣賞此文中提出的「到處都有生活」的觀點，舒蕪於是 投其所好 。（舒蕪批註：？）

　　（吳擬修改為：信中提到的文章指的是於潮（喬冠華）的《方生未死之間》，舒蕪知道胡風非常欣賞此文中提出的「到處都有生活」的觀點，於是專以此事告胡風。）

　　……

　　出於「自我保護」的需要，胡風主張周圍的朋友們在職業環境中「韜晦」，儘量縮小交際圈子，避免不必要的麻煩，這自然是有必要的；不過，「自我保護」過甚，懷疑一切，也容易導向「自我孤立」。（舒蕪批註：一般的「交際圈子」他並不主張儘量縮小，他主張的「韜晦」的關鍵只是不要露「舒蕪」的真相。）當年，胡風的許多青年朋友都對「自我孤立」的做法表示過懷疑。

　　（吳注：考慮到下面寫到了 1940 年何劍熏與路翎關於「胡風在文壇上有一些孤立」的私下議論，上面不擬作修改。）

　　……

　　臺先生在女師學院風潮中貞廉自守的品質，也不能不令舒蕪刮目相看。臺先生本是女師學院國文系的臺柱，為抗議教育部的亂作為而毅然拒聘，靠 典當 衣物來維持生計；（舒蕪批註：只是斥賣，沒有當鋪去典當。）

　　（吳擬修改為：後來竟困窘到靠變賣衣物來維持生計；）

　　舒蕪先生對第 26 節的批註及我的反饋：

　　隨便提一句，1948 年他到南寧師院任教後，追隨譚丕模等進步教授投入爭民主反專制的鬥爭， 乾脆就連半點風聲也不再透露給胡風了。 此是後話，在此不贅。

　　（舒蕪批註：記得當時並非有意隱瞞，而是覺得他根本看不起這類鬥爭。）

　　（吳擬修改為：隨便提一句，1948 年他到南寧師院任教後，追隨譚丕模等進步教授投入爭民主反專制的鬥爭，乾脆就連半點風聲也不再透露給胡風了，他似乎認為胡風根本瞧不起這類鬥爭。此是後話，在此不贅。）

　　……

　　信中提的這些問題，任何人都無法回答。當初熱戀的時候，他並未向對方透露信息；如今失戀了，卻急切地求教於對方；愛情本無對錯，失戀更無須追究「意義」；對方並不是戀愛專家，又能提供什麼建議呢？更何況胡風當時正處在失去長兄的痛苦之中，肝膽欲裂，怒氣填胸，哪有心情為他「解答」呢？

　　（舒蕪批註：胡風曾要我代他做他大哥的墓誌，我做了，用了與否不知道。）

　　舒蕪先生對第 27 節的批註及我的反饋：

　　舒蕪自承該文「文字本身太隱晦」，以為這是造成胡風誤會，託辭「沒看懂」的主要原因。他的這個表述頗有深意。該文拉大旗為「五四精神」張目，放言五四運動是無產階級所領導，意在反對一切貶斥五四精神（包括個性解放）之論，其中也許包括瞿秋白貶斥「五四」為「資產階級的」的相關觀點。前此，胡風曾明確地告誡過他：「在我看，瞿說在今天已不足說明什麼了。」〔註106〕後來，舒蕪也曾憂慮地向胡風反映過青年學生們對瞿秋白的崇拜〔註107〕。不過，以毛澤東的言論來批駁瞿秋白的觀點，這種手法畢竟過於離奇。

　　（舒蕪批註：並不離奇。我抓住毛論做大旗，並非與胡唱對臺戲，的確是藉此為五四張目，反對瞿秋白等否定五四之論，或者從後來人看來也有反對毛自己對五四明褒暗貶手法的作用。）

　　（吳擬修改為：這種手法畢竟過於新奇。）

　　……

　　1947 年 6 月 21 日，《雲雀》由南京戲劇專科學校附屬劇團公演〔註108〕。胡風特意從上海趕來，而且接連觀看了三場，抑制不住由衷的喜愛。公演期間，還組織了幾次座談，胡風、路翎、化鐵、冀汸等與劇團有關人員黃若海、孫堅白、路曦、洗群等交換意見，都認為觀眾「對這劇本感到親切能接受」，「演員也已深入角色領會人物的性格感到創造人物的愉快心情了」（《胡風回

〔註106〕1945 年 10 月 16 日胡風致舒蕪信。
〔註107〕1948 年 3 月 5 日舒蕪致胡風信：這裡的學生，似乎都很關心什麼「五四傳統與非五四傳統」的問題，而且受了宋陽那些論文的影響，覺得他的話當然是對的，於是大抵群趨於馬凡陀了。
〔註108〕《路翎劇作選》，中國戲劇出版社，1986 年版，第 93～97 頁。

憶錄》）。

　　舒蕪未能恭逢其盛，他從北平返回江蘇學院後，正值學生運動如狂飆怒起，學生們要求將「江蘇學院」改為「江蘇大學」，通電罷課，還組織人員要到南京去請願。這下事情鬧大了，當時蔣介石政權剛剛頒布禁令，絕對不允許罷課請願，徐州綏靖公署主任顧祝同出來干預，派出軍隊把學生從徐州車站押返學院，並派出荷槍實彈的士兵據守學院各處。教師宿舍在學院後門外，舒蕪等被困住了，既進不得學校，也不能隨意外出。可以想見，他此時想到南京去觀看《雲雀》的首演，根本就是不可能的。

　　然而，多年後卻有人在回憶文章中寫到舒蕪當年曾有過出席《雲雀》首演的榮幸，（舒蕪批註：這裡不必用譏刺語。）（吳擬修改為：多年後卻有人在回憶文章中寫到舒蕪當年曾出席《雲雀》的首演。）此文寫道：

　　　　1947 年《雲雀》在南京首演。他們（指胡風和舒蕪）在路翎處
　　見面時，舒蕪表現了一種清高的、不屑與談的態度，曾使我大為驚
　　訝！所謂裂痕，並不是到了 1955 年，而是一開始，1945 年存在。
　　那天夜裏，在座的人們為《雲雀》的劇本與演出提出了些意見。但
　　舒蕪是一言不發，與夫人一起冷冷地坐在遠離人群的地方，鯁直的
　　胡風並沒有覺察，倒是路翎注意到了。

　　　　「你看！」他對我說：「那兩口子在角落裏談戀愛呢！」〔註109〕

　　時間、地點、人物、事件，樣樣俱全；甚至描寫了人物的表情及對話，可謂繪聲繪色！其實，全是捕風捉影的臆測 ！ （舒蕪標注）回憶錄之靠不住，由此可見一斑。（舒蕪批註：不必譏刺。）

　　（吳擬修改為：時間、地點、人物、事件，樣樣俱全；甚至描寫了人物的表情及對話，可謂繪聲繪色！其實，全是揣測！回憶錄之靠不住，由此可見一斑。）

　　……

　　先生：你的一則批註寫道：「胡風曾要我代他做他大哥的墓誌，我做了，用了與否不知道。」手頭是否有信件證實此事，所作墓誌是否還有印象。按說，胡風應該把其兄的生平簡略告訴你，你才能動筆。是這樣嗎？

　　永平上

_____

〔註109〕化鐵：《逆溫層下》，《胡風三十七人談》，第 708～709 頁。

wu yongping，您好！沒有存稿，文章毫無印象了。舒蕪

先生：（主題詞：28 節）

寄上 28 節。有幾處作了重要修訂。永平上

（第 28 節，「桐城陷落，不知管兄如何？」8025）

wu，你好！（主題詞：三個魯迅弟子）

想起一事：說我初到女師院，黃淬伯介紹情況，就介紹這裡有三個魯迅弟子云云。好像他心目中就有「魯迅弟子」的概念。其實他對於新文學界這些師承關係並不清楚，他也只會介紹國文系有臺靜農魏建功，不會涉及英文系的李霽野。我知道這裡有三個魯迅弟子而歡喜，只是我自己瞭解到如此，並非黃淬伯向我如此介紹。敘述措辭似可略作斟酌。

bikonglou@163.com

先生：這是個重要提示。我會將黃淬伯先生介紹「魯迅弟子」那一段修改。

永平

舒蕪先生寄來《重慶高溫乾旱的反思》等網文。

2006-08-24　第 29、30 節

舒蕪先生對第 28 節的批註及我的反饋：

舒蕪對離開江蘇學院並不感到惋惜。如前文所述，他一直被學院中的某些人視為「黃派」，早萌去意；5 月間他去北平與陳沅芷訂婚，對那兒的 「學風士氣」 頗有好感，曾有「去平津教書」的打算。

（舒蕪批註：「學風士氣」是信札上的隱語，其實指北京學生正醞釀反飢餓發內戰運動而言，要不要指明？）

（吳擬修改為：為「學風士氣」加注。注為，《舒蕪口述自傳》第 177 頁，云：「我帶著這種壓抑、沉悶的心情來到北平，聽說馬上要開展更大規模的反飢餓、反內戰的鬥爭，自然有種在悶熱之中吹來一陣涼風、預示將有暴風雨來臨一洗人間的快感。」「學風士氣」即暗指蓬勃興起的民主運動。）

……

此信的措辭非常奇特，所談之事也似乎另有深意。路翎與舒蕪本是無話不談的好朋友，去年年初各自出川，這年 2 月剛歡聚過一次，似乎並無芥

蒂，如今對方是「雙雙」地來，其欣喜又該如何。然而，路翎卻突然覺得對方似乎成了陌生人，他對舒蕪的來訪感到「神經過敏」，指責對方「慌慌張張地戀愛」，指責對方「大談其工作」，指責對方自誇被胡風「選中」，還說只能與他言不及義地「胡說」，不敢再與之深談任何「問題」。尤為重要的是，路翎此信中突然談及「選中」事，這本是胡風前信中的用語，大概指的是被他發現並確認的「友人」。舒蕪是早就被胡風「選中」的人，路翎並不是不知道，為何聽舒蕪「自滿自足」地說破後會感到「戰慄」呢？除非這兩個月發生過什麼大事，他和胡風此時已相約把舒蕪視為「非友人」了。引文第二段提到的「登泰們」，指的是袁伯康、逯登泰等，他們是路翎的筆友；而「他們幾個人」，指的是南京的歐陽莊、吳人雄、許京鯨等，他們看過《雲雀》後給作者路翎寫了一封表示仰慕的信，路翎把這信給胡風看了，胡風大概因此也把他們「選中」了。

（舒蕪批註：好像不是指被胡風選中，而是指被青年讀者們選中。）

（吳注：根據路翎致胡風信「我不大接觸你所說的『選中』的人們，這以前也不十分注意」，可見這「選中」的說法是出自胡風。）

……

到了 8 月底，時在臺北臺灣大學執教的臺靜農先生處傳來了好消息，他的好友李何林先生當時在臺灣師範學院任教，不久前接到桂林師範學院的聘書，李先生原來決定好了要離臺應聘的，後來因故不能去。臺教授得知此事後，便向李先生詳細介紹了舒蕪的有關情況，並請李先生致函桂林師院為舒蕪謀職。桂林師院十分信任李先生，爽快地給舒蕪寄來了聘書，讓他接替李先生國文系正教授的職位。舒蕪接到聘書後，喜出望外，這真是因禍得福的美事。

（舒蕪批註：我還是認為「詳細介紹情況」不必在此處說。當然可能介紹過，但不一定全在此時才介紹；有些情況李先生自己也可能瞭解到，不一定都要待臺先生的介紹。）

（吳擬修改為：臺教授得知此事後，便向李先生介紹了舒蕪（方管）的有關情況，並請李先生致函桂林師院為舒蕪謀職。）

……

這半個月的經歷只是舒蕪漫長人生旅程中的一個小插曲，在當年似乎算不上什麼大事，卻不料幾年後竟成了既影響自身前途且關係朋友命運的一件

歷史公案。1952 年 5 月 25 日舒蕪在《長江日報》發表《從頭學習〈在延安文藝座談會上的講話〉》，6 月 8 日該文被《人民日報》轉載，胡風為此 大發 雷霆 ，（舒蕪批註：？）多次致信路翎，囑其「揭露」舒蕪，罪狀之一便是：「他在故鄉不參軍而跑出來依然當教授，我們就給了他不客氣的批評」，云云〔註110〕。

（吳擬修改為：胡風為此非常惱火）

……

既然他們當年都執這樣的觀念，那麼，即便舒蕪當年更加熱衷於到南寧去「當教授」，在「歷史的一面」裏致力於「文化鬥爭」和「精神鬥爭」，胡風等人也不應該有所譏諷，更不用說事隔多年後的苛責了。值得玩味的是，在解放後的歷次政治運動中，舒蕪接受過無數次的政治審查，組織上從未追究過「從軍」一事。

（舒蕪批註：以上的引文和論證是否多了些？）

（吳注：您說得對，對「從軍」問題不必寫那麼多，因此將胡風和路翎文中的觀點全部刪去。）

……

> 「10 月 20 日，民盟南京梅園新村總部突然被包圍，民盟人員的行動被跟蹤監視，對羅隆基的監視尤其厲害。當時民盟領導人都住在上海，羅隆基一人坐鎮南京，代表民盟同各方交涉，他一連從南京打來幾次電話到上海，向張瀾告急，請示辦法。」

許廣平不是民盟的成員，而是民進（中國民主促進會）的創始人之一〔註111〕。不過，民盟、民進的政治態度基本相同，同樣遭受國民黨政府的迫害。民盟南京總部被圍的消息傳到上海後，各民主黨派分頭緊急通知各有關人士加以防範，許廣平只是奉命通知者之一。各民主黨派分頭緊急通知各有關人士加以防範，許廣平只是奉命通知者之一 。

（舒蕪批註：許廣平未必是以民進的身份來通知無黨無派的胡風，大概是以左翼文化人的身份來通知另一左翼文化人。）

〔註110〕參看胡風 1952 年 6 月 9 日和 6 月 13 日致路翎信。《胡風路翎文學書簡》，安徽文藝出版社 1994 年 5 月出版。

〔註111〕中國民主促進會（簡稱民進），於 1945 年 12 月 30 日在上海成立。主要創始人是馬敘倫、王紹鏊、周建人、許廣平等。

（吳注：由民主黨派組織出面可能性大，暫時不修改吧。）

……

舒蕪前腳剛走，路翎給胡風的信（1947 年 10 月 30 日）便寄到了上海，信中談到舒蕪路經南京見面交談的情況，寫道：「管兄過京時僅見一面，坐二十分鐘的樣子，而且那是一頗為奇特的會面，只是譏嘲似地談了他經歷的和聽來的一點故事。好像是對於我有頗大的戒備和怨痛似的。」〔註 112〕

舒蕪因何事對路翎有「戒備和怨痛」，路翎因何產生這種想法，不可考。

（舒蕪批註：這真是不可考！我絲毫回想不起那「二十分鐘」的情況，更不記得什麼「戒備和怨痛」，可見我之遲鈍。）

（吳注：當時路翎胡風對你已有成見，但不知是由於什麼事情引起，這是一個疑案）

wu yongping，您好！（主題詞：反饋）

只有一點還有疑問：以許廣平和胡風的老關係，說她來告警是以民主黨派的身份，總好像有些「繞遠」了，何況要論民主黨派二人並非同派。十九日上午魯迅墓地上，混雜便衣不少，情況特殊，就是許廣平一個個悄悄通知大家趕快分散的，我在口述自傳裏敘述過。又，如果「選中」指被胡風選中，那就是指胡風派了，路翎怎麼會說他「不大接觸到這些人們」呢？舒蕪上

先生：（主題詞：修改了一處）

關於許廣平「一個個」通知大家轉移事，你在口述自傳中說道：「許廣平挨家通知，要大家從當晚起，不要在家住。」我是這樣考慮的，如果是她個人的行為，似乎不好理解，如果說是組織安排，比較合理些。當然，這也是可以含糊地帶過的。俟後修改。

至於「選中」問題，鑒於路翎說得那麼清楚，好像沒有什麼疑義。胡風此時大概有重新在讀者中發現「友人」的迫切願望，「選中」當然是表示可以確定為一派中人。他在給路翎的信中多次談到這個問題，但路翎的意見卻有所不同。這種矛盾從信中可以讀出來，在此不贅。

胡風視「選中」的為本流派成員，而路翎卻把一部分人只當成「個人朋友」，並覺得其中有一些人「很難耐」，這是他們的區別。

永平上

〔註 112〕張以英編：《路翎書信集》，灘江出版社，1989 年出版。

先生：（主題詞：29 節）

　　寄上 29 節。有所修改。永平

　　（第 29 節，「若不要，以後就不能怪我不寫了」7981）

wu yongping，您好！「選中」問題，我還是保留，各從其是吧。舒蕪上

先生：謝謝理解和寬容。永平上

先生：（主題詞：30 節）

　　29 節已寄，現再寄上第 30 節。收到後請覆信。永平上

　　（第 30 節，「通紅的文藝，托派的文藝」9304）

　　舒蕪先生對第 29 節的批註及我的反饋：

　　舒蕪是「尤尊魯迅」的，他從來沒有懷疑過魯迅先生也會有片面性。魯迅晚年作《答中國托洛斯基派的信》，寫作背景相當複雜，然而此文後來被政黨利用，傷害了一些有志於革命的人士，這卻也是事實。至於胡風多次被誣為托派事，舒蕪當年也許並不清楚。（舒蕪批註：抗戰勝利後郭沫若用顏色論文藝，暗示胡風派是通紅的托派文藝，我當然知道。）從「兩個口號」論爭開始，到創辦《七月》週刊時期，胡風曾一度被某些人指責為「破壞統一戰線」，有「托派嫌疑」；1941 年 10 月，胡風在紀念魯迅逝世五週年之際發表《如果現在他還活著》，文中大罵托派。如果不算誅心之論，胡風寫作此文的動機之中或許就帶有「洗手」的考慮。

　　（舒蕪批註：說得含混些，例如說「或許與此有關」，好嗎？）

　　（吳注：「用顏色論文藝」的說法後面將敘及。「洗手」一句改為：胡風寫作此文的動機之中或許與此有關。

　　……

　　當此之時，胡風正指導著其他幾位青年朋友們在各地積極討伐「主觀公式主義」、「客觀主義」、「市儈主義」等「反現實主義」傾向，阿壠痛斥馬凡陀，路翎揭露姚雪垠，耿庸糾纏著郭沫若，方然把臧克家、劉盛亞、碧野、徐遲都拖到了祭壇上，朱谷懷在北平張起了《泥土》的大旗，儼然有向「九葉派」宣戰之勢。一時，狼煙四起，文壇譁然。然而，舒蕪並沒有積極參戰，他在信中聲稱想為幾位「舊詩人」（古典詩人）寫「作家論」，還詢問胡風「你看怎樣呢」？他甚至還抱怨說，「若不要，以後就不能怪我不寫了」。此語貌似對「復旦章君」而言，實際上是針對胡風的，話語間流露出強烈的失群感。

（舒蕪批註：當時並沒有這樣想。）

（吳擬修改為：卻似乎是針對胡風的。）

舒蕪先生對第 30 節的批註及我的反饋：

尚不詳其作者「杜古仇」是否就是方然的 化名 。

（舒蕪批註：似乎說「另一筆名」好，「方然」也是筆名。）

（吳擬修改為：尚不詳其作者「杜古仇」是否就是方然的另一筆名。）

在胡風的鼓勵下，重慶北碚的一些青年學生，如石懷池等，便成了討伐進步文壇所謂「客觀主義」傾向的「勇敢的闖將」。在不到一年的時間裏，沙汀、嚴文井、姚雪垠、碧野、徐訏、無名氏、冰心和蕭紅等著名作家都遭受到了最為嚴厲的批判。

（舒蕪批註：徐訏、無名氏、現在看來是一回事，當時又是一回事，至少當分開提，例如說「某某等都遭受批判，更不必說徐訏、無名氏等了」，是否好些？）

（吳擬修改為：在胡風的鼓勵下，重慶北碚的一些青年學生，如石懷池等，便成了討伐進步文壇所謂「客觀主義」傾向的「勇敢的闖將」。在不到一年的時間裏，沙汀、嚴文井、姚雪垠、碧野、冰心和蕭紅等進步作家都遭受到了最為嚴厲的批判。）

......

曾是胡風派重要成員的舒蕪當年尚且不甚瞭解文壇內戰的內幕，而避居香港的那一大批進步文化人當然更不會瞭解在大陸文壇內戰中胡風對本流派諸人曾一度有所失控的實際情況。

（舒蕪批註：那時的我，確已逐漸游離於核心圈之外，所以現在對整個這一節都提不出多少意見，只是末了說香港諸人不瞭解內地情況，恐怕未必，他們是黨的領導（邵、喬、胡、林等），哪能不瞭解？）

（吳注：我這裡只談他們不瞭解胡風「失控」的狀況。這裡有點在為胡風說話的意思。）

2006-08-25　第 31～33 節

先生：電腦突然出現小故障，格式丟失。忙了一陣，基本解決。

29 節修改意見如下（已錄入昨天的批註及反饋中，吳注）。小地方均照改。其他意見也見於附件（同上，吳注）永平上

wu yongping，您好！都改得好。為胡風說話一處尤好，很必要。舒蕪上先生：（主題詞：31～33）

寄上修改的 31～33 節。解放前的全部已寄出。收到請覆信。永平上 2006-08-25

31. 胡風斥喬冠華拿他「洗手」8808
32. 舒蕪「準備爆炸一下」7745
33.「在行動與鬥爭當中」5728

舒蕪先生對第 31 節的批註及我的反饋：

「叢刊」第一輯《文藝的新方向》上，刊載了邵荃麟執筆的《對當前文藝運動的意見》（以下簡稱為「邵文」）及胡繩的《評路翎的短篇小說》（以下簡稱為「胡繩文」）這兩篇重頭文章。邵文是以「本刊同人」的名義發表的，副標題為「檢討、批判、和今後的方向」，口氣大得驚人；（舒蕪批註：？）

（吳擬改為：邵文是以「本刊同人」的名義發表的，副標題為「檢討、批判、和今後的方向」，頗具權威性；）

……

1948 年初胡風正忙於為「希望社」編選書籍，路翎的長篇小說《財主家的兒女們》（舒蕪批註：沒有「家」字。）上部及短篇小說集《在鐵鍊中》，他自己的《胡風文集》，等等。（吳注：謝謝糾正我的粗疏。）

……

胡風建議他再認真讀讀該刊其他的幾篇文章（「那後面的東西」），大概指的是同期所載胡繩的《評路翎的短篇小說》及郭沫若的《斥反動文藝》等；其用意無非是讓他更全面真切地感受問題的嚴重程度，敦促他改變事不關已的「心情和態度」，進而主動地把本流派的事當作「自己的事情」來做；並強調地指出，他過去寫的幾篇文章已被對方抓住了把柄，他應該負起責來，應該有所行動了。

（舒蕪批註：不是要「把本流派的事當作自己的事」之意，而是顯示自己本來就站在「人民立場」，佔領政治制高點，「用大氣勢說話」，而不用挨打對抗調子說話之意，所以下文接說《逃集體》等不好。）

（擬修改為：其用意無非是讓他更全面真切地感受問題的嚴重程度，敦促他改變「失敗者」的「心情和態度」，勉勵他要自信地站在政治的制高點上，

「用大氣勢說話」；並強調地指出，他過去寫的幾篇文章已被對方抓住了把柄，他應該負起責來，應該有所行動了。）

……

尤其是路翎化名（舒蕪批註：？）余林在《泥土》第 6 期（1948 年 7 月 20 日出版）發表的《論文藝創作底幾個基本問題》，影響更大。」

（吳注：「化名」改為「筆名」。）

……

說路翎的長篇論文最有份量，並不在於他是否提出了一套與對方有別的文藝思想，不是的！他對文藝特質的闡釋 比對方更為激進 ，譬如，關於「文藝究竟是什麼」，他寫道：「文藝，是通過精神鬥爭而表現著和推進著特定的時代的特定的人群底社會鬥爭底武器。從而它是階級鬥爭的武器。」當然，也不在於他批駁了對方的多少觀點，而在於他是如何逐一地 把對方手中的無產階級革命文學的「大旗」搶奪過來，置對方於一貫錯誤，一貫右傾，一貫調和的被批判的地位上 。（舒蕪批註：對了。這就是胡風要求於我的「使任何問題成為自己的問題」之意，我沒有做到。路翎做到了。）

……

路翎在這裡，也如胡風一樣，以一貫正確的姿態叩問歷史。他所質疑的「他們」，是中共在國統區的文藝領導者。他所使用的語言，也如爭鳴的對方一樣，是極端政治化的。然而，路翎有何權利如此說呢？他前此並沒有寫過關於「文藝底統一戰線」及「文藝思想要求」方面的文章，他是在為胡風代言！實際上，「胡風派」中有權利對重慶「才子」集團提出這種質疑的只有兩人，第一人是胡風，第二人是舒蕪，他們參與過當年的「廣義的啟蒙運動」。然而，此時胡風的長文尚未脫稿，而舒蕪的文章尚未構思呢！

（舒蕪批註：似乎不必涉及誰才有這個權利的問題。）

（擬修改為：然而，路翎有何必要如此說呢？……）

舒蕪先生對第 32 節的批註及我的反饋：

舒蕪於 11 月 5 日回信，表示接受胡風的批評，並作了一些自我分析。稱：

> 關於文字的氛圍的不夠，本來不曾覺得，一提起，想想，大概也確乎是那樣。這主要的原因，我想還是在於自己已和「一代熱情……」有些隔膜，而在自己的角度上說來，或者就可以說是反感。

這反感當然不好的,可能從此成為中庸。但有時又覺得自己實在很暴烈,不過暴烈得陰沉,主觀上想壓服這個,不要這陰沉,於是往往反而弄得張皇失措,甚至因虛飾之故而無力了。

信中所提到的與「一代熱情……」的隔膜,實際上表達的是此時他與胡風等人在思想認識上的越來越明顯的疏離;(舒蕪批註:不是指「與胡風等人」,而是指與青年一代的疏離。)而信中反覆提到的「要打擊的就連讀者在內」及「我們是不是也該和讀者戰爭」等語,則寓含著「如何是好」的強烈失敗主義情緒,明顯地流露出覺察到己方的理論已不再能征服群眾時的惶惑。

(擬修改為:信中所提到的與「一代熱情……」的隔膜,表面上似乎指的是與青年一代讀者的隔膜,實際上也可視為他與胡風等人思想認識上的越來越明顯的疏離;)

……

兩年多了!他畢竟與胡風派諸師友暌違得太久,他們之間所剩下的聯繫,與其說是思想上的共鳴,不如說是感情上的牽掛。遙想當年,洋洋萬言的《論主觀》《論中庸》無不一揮而就,儘管不無瑕疵,但都得到過流派中人的充分肯定;注目如今,一篇《論生活二元論》,竟寫得如此不爭氣,一改而再改,心盡了,力竭了,仍被師友批評為「還有不夠力強的地方」〔註113〕。他慎重地思考著如何改變自我,如何重新投入師友們正在從事著的「變化人」的工作,他忽然覺得找到了解決癥結的途徑,以為一切都是由於缺乏「勝利的精神」所致。他以為只要具有這種精神,便可以振作起來,克服「自己的發展和危機的問題」。為了表達繼續追隨胡風等前行的決心,他甚至違心地贊同對方所曾給予的「一切批評」,並將對方所未曾有過的思想也都慷慨地贈予。所謂「時代永不會錯誤,錯誤永不在時代。凡覺得時代有錯者,一定自己已是相當之糟了」,胡風似乎不會這麼說,路翎似乎也不會這麼說,他們一向敢於把時代潮流視為「逆流」,把時代正動視為「混亂」,並以唐·吉訶德式的不諳時代的行徑為自豪。(舒蕪批註:是否重了些?)

(擬修改為:所謂「時代永不會錯誤,錯誤永不在時代。凡覺得時代有錯者,一定自己已是相當之糟了」,胡風、路翎似乎從未如此表述過,他們一向敢於把抗戰文藝主潮視為「逆流」,把抗戰文壇視為「混亂」,並以唐·吉訶德式的挑戰時代的行徑為自豪。(或許還有點「重」吧)

〔註113〕胡風 1948 年 10 月 26 日致舒蕪信。

（舒蕪再批註：明確了「抗戰文藝」和「抗戰文壇」，差不多了。）

舒蕪先生對第 33 節無批註。

Wu yongping，您好！（主題詞：所改均妥）舒蕪上。

先生：（主題語：謝謝先生）永平上

2006-08-26　解放後第 1～4 節

先生：（主題詞：寄上解放後第 1～4 節）

解放後第 1～4 節寄上請指正。修改處不多，語句上作了一些調整。永平上

1. 胡風叮囑「多和老幹部接觸，理解這個時代」
2. 胡風說「這公案遲早要公諸討論的」
3.「暴露思想實際」的後果
4.「至少能夠使舒蕪先生也能說話」

舒蕪先生對第 1 節無批註。

舒蕪先生對第 2 節的批註及我的反饋：

可以設想，如果舒蕪當年繼續沿著這條道路走下去，後來的一切 不如意 的事情

（舒蕪批註：？）便不會發生。

（修改為：後來的許多事情便不會發生。）

……

信中提到的「港派」，指的是 1948 年香港《大眾文藝叢刊》的撰稿者，解放後他們大都身居要職，如邵荃麟曾任作家協會副主席、作協黨組書記，林默涵曾任 中共中央宣傳部副部長、文化部副部長，（舒蕪批註：解放初期，林只是中央宣傳部文藝局副局長（正局長丁玲），後升正局長，再後來才任文化部副部長，始終沒有做中央宣傳部副部長。）

（修改為：林默涵曾任中共中央宣傳部文藝處副處長）

……

然而，遠在南寧的舒蕪此時卻根本沒有感受到文壇上的「反常」，也不覺得「這個世界在打擺子」。至少在沒有收到胡風的這封信之前，他的生活一切正常，感覺也比較好。他成天忙於社會工作，幾乎沒有關注過文壇上的動向，

甚至不知道胡風等人曾經歷過這許多波瀾。（舒蕪批註：這也和當時南寧交通不便，看不到新書報有關。）

（吳注：照改。）

舒蕪先生對第 3 節的批註及我的反饋：

如果相信胡風以上回憶是真實的，那麼應該說，此次與舒蕪的重逢，留給胡風、路翎的印象應是「憎惡」和「仇視」。然而，當時的狀況似乎並沒有嚴重到他們非視舒蕪為「敵」（政治上的反動派，階級異己分子）的程度。就路翎而言，此時他縱然發現了舒蕪有著向「教條主義」發展的趨勢，也不會產生如此強烈的「敵性」，竟致非向胡風揭發出對方「被捕」、「出黨」、「反黨」的政治歷史問題不可。須知他倆的關係非同尋常，多年的患難之交，多年相濡以沫的友誼，多年的思想切磋和互補，似不會因此時小小的分歧而反目成仇。舒蕪是否有過如此重大的政治歷史問題及如此惡劣的歷史表現，不在筆者探討的範圍之內，如果是事實，解放後歷次政治運動早就「審查」出來了。不過，從這個角度看，胡風此說除了發生陷路翎於「不義」的客觀效果之外，沒有其他更合理的解釋。

（舒蕪批註：這一段，似乎太「緊張」些了。能不能平靜些而又要言不煩地幾句話駁倒？）

（吳修改：如果相信胡風以上回憶是真實的，那麼應該說，此次與舒蕪的重逢，留給他們的印象應是「憎惡」和「仇視」。然而，當時的狀況似乎並沒有嚴重到這種程度。就路翎而言，此時他只是覺察出舒蕪有著徹底否定自我的傾向，這還不足以促使他非向胡風揭發其政治歷史問題不可。附帶說一句，如果舒蕪真有如此重大的政治歷史問題，他是「逃」不過解放後歷次政治運動的，但他並沒有因此而受過「審查」。從這個角度看，胡風此說除了發生陷路翎於「不義」的客觀效果之外，沒有其他更合理的解釋。）

舒蕪先生對第 4 節的批註及我的反饋：

然而，某些研究者卻從這封信中讀出了別樣的訊息，並將其視為舒蕪與胡風交往過程中的「轉折點」。李輝這樣寫道：「不能說一封信就能展示人的內心深處，但這封內容豐富的信，透露出舒蕪沉默一年的苦悶。他自己已經感覺到突破過去文化圈子的必要，他決定改變『無為』的狀態。」〔註114〕這

〔註114〕李輝：《胡風集團冤案始末》，第 90 頁。

裡卻有一個疑問，如果舒蕪此信不是為了彌補或修復與舊友關係的裂隙，他何必要寄給路翎，又何必要轉給胡風看呢？綠原在回憶文章中也曾涉及對這封信的評價，他寫道：

> 「1950 年間，舒蕪第一次路過武漢，去北京參加中蘇友協的什麼會（他當時在南寧是文教界知名人士之一），返途中到長江日報社找過我。我雖是第一次和他相晤，卻對他表示了一個老朋友的情誼，並介紹他認識了曾卓。我們在一起談得很投機，特別對胡風當前的處境十分關心。當時，他總結北京之行的見聞說，『胡風在北京很寂寞。』我們則把在武漢聽到的一些關於胡風的流言蜚語告訴他——後來他把這些閒話寫信告訴了路翎，這封信頗能反映他作出重大決定之前的黯然心情。」（《胡風與我》）

可以說，綠原的理解較為準確。舒蕪當時已是「知名人士」（即胡風所說的「小貴族」），

（舒蕪批註：因為綠原是中南區黨報文藝組長，故能現實地瞭解當時情況，並不是如李輝後來主觀推想的「無關緊要的小小中學校長」。這一點要不要這裡插說一下？）

（吳修改：可以說，綠原的理解較為準確，他畢竟是中南區黨報的文藝組長，故能現實地瞭解當時情況，深知舒蕪當時已屬「知名人士」（即胡風所說的「小貴族」），有的是自我表現的機會，並不存在什麼「沉默一年的苦悶」。舒蕪所說的「無為」，指的只是在文化思想界無所建樹的狀態；如果說他將作出什麼「重大決定」，那只能是聽從朋友們的勸告，重新「動筆」寫文章而已。細讀此信，「黯然心情」倒未見得，「躍躍欲試」似更恰當。）（吳又注：關於李輝說「無關緊要的小小中學校長」，查閱原書，沒有找到。）

2006-08-27　解放後第 5～7 節

wu yongping，您好！改的都妥。只有李輝所說，流傳頗廣，成為後來許多人解釋舒蕪的「背叛動機」的根據，最好這裡點明，尚請查查。舒蕪上

先生：「無足輕重的中學校長」不是李輝說的，而是戴光中說的。

我已在解放後的第一節中寫道，「說實在的，如論社會地位而言，在胡風派諸人中，舒蕪當年的社會地位僅次於胡風（胡風時為文聯全國委員、全國政協委員），而非其他朋友所能比。」句末有注——戴光中在《胡風》第 106

頁寫道：「全國解放後，『七月派』成員大多在京、津、滬、寧、漢、杭各大城市，繼續在文壇上大顯身手。唯有舒蕪，滯留在閉塞的西南一隅，當個無足輕重的中學校長。不言而喻，舒蕪是不安於位的，他多次寫信，請求胡風幫助他調動工作，出版著作。但是，儘管胡風很願幫忙，客觀實際卻令他無能為力。」〔註115〕

在第四節中增補了李輝的說法，也放在注釋中——李輝在《胡風集團冤案始末》第89頁中對舒蕪及「胡風派」成員解放初的處境有不正確的描述。他寫道：「1949年之後，舒蕪遠遠地留在南寧一所中學裏。朋友們有的在上海，有的在中原，有的在北京，大多佔據了令舒蕪羨慕的位置。」

永平

wu yongping，您好！這就是了。戴說是不是從李說而來的？舒蕪上

先生：誰先誰後，難說。從李輝書中未查到。永平

wu yongping，您好！我不是說「無足輕重」云云始於李，我是說「舒蕪只留在南寧一個中學裏，別人則多在舒蕪所羨慕的地位」之說始於李。後來雖有綠原「知名人士」說發表，李說仍廣為流行。舒蕪上

先生：（主題詞：5～7節）

寄上解放後第5～7節，也是部分改動。永平上

5.「相逢先一辯，不是為羅蘭」

6.「向錯誤告別」

7.「層層下水」的文藝整風學習運動

舒蕪先生對解放後第5節的批註及我的反饋：

在英雄交響樂已經暗啞的今天，在浪漫主義的靈光已經消退的今天，在神話俱已讓位於凡俗的今天，重溫當年兩位中國知識分子圍繞著羅曼羅蘭而起的爭執，不禁使人心頭上泛上一絲苦澀的滋味。實際上，40、50年代中國的這一代知識分子當年所理解的羅曼羅蘭，都不是真實的完整的那個「他」，而只是活在小說《約翰·克里斯朵夫》及《名人傳》（《貝多芬傳》《米開朗琪羅傳》《托爾斯泰傳》）中的影子。羅曼羅蘭是豐富的，豐富得連他自己也不

〔註115〕同樣的表述也見於戴光中《胡風傳》，寧夏人民出版社，1994年版，第285頁。

能理解自己；羅曼羅蘭是複雜的，複雜得連他自己也不願向世界袒露他的胸懷。1995 年上海人民出版社出版了他的《莫斯科日記》（夏伯銘譯），這部被作者自己塵封了 50 年的紀實作品，第一次向全世界展現了羅曼羅蘭的全部豐富性和複雜性。從這個角度而言，舒蕪當年所批判的「羅蘭式的英雄主義」，只能是他曾服膺的「戰鬥的個人主義」，與真實的羅蘭無關；而綠原當年所維護的「為人生而藝術的」羅蘭，也只能是他心儀的典範，也離真實的羅蘭很遠。

　　附帶說一件事，羅曼羅蘭去世時，中國文化界也曾發出過要與這位「個人主義」的鬥士「告別」的聲音。茅盾 1945 年 6 月撰《永恆的紀念與敬仰》〔註 116〕，文中雖然高度評價羅曼羅蘭「從一個個人主義者和和平主義者變成一個社會主義的人道主義者」，但也分析了他「早期思想的錯誤」，指出，「《約翰‧克利斯朵夫》我們已經讀過了，現在我們該讀《動人的靈魂》了。」並提出號召：「向過去告別！」舒蕪達到這樣的認識，足足比茅盾晚了 6 年。

　　（舒蕪批註：以上兩大段議論是否可以壓縮？）

　　（吳的修改：刪去第一段。第二段改寫如下。略。）

　　舒蕪先生對解放後第 6 節的批註及我的反饋：

　　就在一個月前，胡風經過多次的請求，終於見到了周恩來。1951 年 12 月 3 日周恩來約請胡風談話，從下午三時三刻直到八時三刻，整整談了 5 個小時。周總理在這次推心置腹的長談中提到同志們都反映他「不合作」，還婉轉地談到組織問題，說「（和共產黨）合起來力量大些」，等等。這次談話使胡風產生了若干誤解，他當時是這樣理解的：

> 「我，一個共產主義同情者或信仰者，只是從文藝上做了些追求，說是和共產黨『合起來力量大些』，作為鼓勵的話我也覺得太重了。」

〔註 116〕原載《抗戰文藝》第 10 卷第 2、3 期。該文收入《茅盾文集》時，茅盾曾作一「附記」，寫道：「寫這篇追悼文的時候，中國的青年們正陶醉於《約翰克利斯朵夫》，以這位個人主義的『鬥士』作為『做人』的榜樣。這在一九四五年的中國，可以說是嚴重的時代錯誤。我這篇文章，批評約翰克利斯朵夫的個人主義，分析羅曼羅蘭早期思想的錯誤，實在已經太含蓄了，可是仍然收到了幾封謾罵的信，說我借死人作政治宣傳，而且毫無根據地說我歪曲了羅曼羅蘭。」轉引自查國華《茅盾年譜》，長江文藝出版社，1985 年，第 286 頁。

「總理對我說的並不是簡單的鼓勵話，而是……期待我珍惜我
自己和與我有關的作者們的勞動能量，把自己放在能夠被黨注視和
『護理』的地位上面。」〔註117〕

視批評為「鼓勵」，視團結為「護理」，這個不該有的誤解使胡風的自信
心膨脹開來，擴張開來，到了一種非稱之為「虛幻的自信」不可的程度。12
月20日他給妻子梅志去信，激情萬丈地寫道：

「剛才和嗣興說過，搬到北京來，我要開始寫批評，掃蕩他們，
為後來者開出路來。寫十年，情形就要大變。但嗣興說，寫兩年就
夠了！」〔註118〕

由此可見，當年「不看或看不見歷史要求」的人不是舒蕪，而是胡風自
己。

（舒蕪批註：這些話能不能再平和些，少刺些？特別末了不要這樣尖銳
才好。）

（吳注：第一段涉及胡風對周恩來批評的理解，事關重大，不可不分析；
最後一段（句）倒是可以改平和一些，「後來的事實證明，胡風的這種自信是
缺乏依據的」。）

舒蕪先生對解放後第7節的批註及我的反饋：

（舒蕪在本節末批註道：是否扣緊胡舒「關係」來寫，不直接涉及「關
係」的這個人或那個人「一邊」的事，是否儘量簡約地寫？）

（吳注：我再重讀，看如何修改。）

2006-08-28　解放後第8～11節

先生：請問您的《參加胡風文藝思想討論座談會日記抄》是否已發表，
載何雜誌？永平上

〔註117〕戴光中在其著《胡風》第103頁寫道：「據胡風說，總理在談話中批評他『也
　　　　有些宗派主義』，並且指出：一，你還是要合作，不合作不好，工作得大家
　　　　一起做。關於30年代文藝問題，可找周揚好地談談，可能的話，開個小型
　　　　座談會；二，你的組織問題應該解決，可找丁玲、周揚談談；三，現在中央
　　　　很忙，主要抓大事，抓經濟、抗美援朝，來不及抓文藝，中央非常需要瞭解
　　　　文藝情況，你可以寫個材料給中央，談你對文藝的看法。……」該著由中國
　　　　華僑出版社，1998年7月出版。
〔註118〕《胡風致梅志家書選》，載《新文學史料》2005年第1期。

wu yongping，您好！已寄《新文學史料》，編者還沒有答覆。舒蕪上

先生：（主題詞：關於第 7 節）

　　既如此，我在書稿中可以摘引「日記抄」了。第 7 節的問題在解放後的其他部分都存在，如果僅就你與胡風的關係來談，許多都是可以刪去的。但考慮到如果不把背景說清楚，你們關係演變的重要性就表現不出來。為此，我一直在猶豫，還未決定如何修改。其實，有許多內容放在《胡風評傳》中更好。永平上

先生：（主題詞：8～11 節）

　　寄上 8～11 節。這幾節內容基本上全是作為「胡風文藝討論會」的背景。下一節根據你的日記寫參加討論會的經過情況，可能要寫幾天。永平上

　　8.《從頭學習〈在延安文藝座談會上的講話〉》9593

　　9.「希望我自己檢討，否則他們提出來」7960

　　10.「此次大概要帶決定性罷」6307

　　11.「微笑聽訓」5183

舒蕪先生對第 8 節的批註及我的反饋：

舒蕪對老幹部「平凡的偉大」的認識卻是近年來才有的，1950 年初他在致胡風的信中感慨地寫道：「毛澤東思想真已浸透了整個革命的隊伍，隨時隨處看得到毛澤東思想的化身。」為此，他還得到了胡風的勉勵。

　　（舒蕪批註：這篇裏面如此強調向老幹部學習，直接來自解放後胡給我的第一封長信。我一直把他這個教導奉為指南，這一點沒有人指出，倒是有人把這個解釋為舒蕪的熱中向上爬，「以官為師」。）

　　（擬修改為：他對老幹部「平凡的偉大」的認識卻是近年來才有的，解放後胡風在給他的第一封信中告誡道：「多和老幹部接觸，理解這個時代。」他於是奉這個教導為指南，在實踐過程中「向老幹部學了不少」，並真誠地感歎道：「從老幹部們身上，看到了毛澤東思想的具體表現，和整風運動的偉大成功」，「毛澤東思想真已浸透了整個革命的隊伍，隨時隨處看得到毛澤東思想的化身。」為此，他還得到了胡風的勉勵。後人不查，竟以為這是舒蕪熱中向上爬，「以吏為師」的典型表現，卻不知這是時代風習使然。）

　　……

　　然而，他沒有想到，不管他的願望是多麼真誠，都不會得到被批評者的

理解和諒解。他更沒有想到，該文會引起胡喬木的注重，責令《人民日報》轉載，並親自撰寫「編者按」，鄭重地提出「文藝上的小集團」的問題。他更沒有想到，此文一出，竟使得胡風「掃蕩」文壇的計劃頃刻之間化為泡影。（舒蕪批註：？）

（擬修改為：他更沒有想到，此文一出，竟使得胡風「掃蕩」文壇的計劃頓時受挫。）

舒蕪先生對第 9 節的批註及我的反饋：

胡風於 1952 年 1 月 13 日抵返上海，暫時結束了兩地飄泊的生活。自解放以來，他就這樣像候鳥般地往返於京滬之間，失去了許多天倫之樂，得到的卻是一種尷尬的「兩不管」的特殊位置。（舒蕪批註：？）

（吳意見：建議保留。語氣無貶意，「兩不管」是事實，且與下文有聯繫。）

……

4 月 23 日不明底裏的周揚在彭柏山陪同下來到胡風家裏，談了約三個小時。胡風 5 月 11 日給路翎信中，略述了談話的要點：

「周（揚）過此，提出了兩點：（一）反對改造；（二）反對文學傳統。我解釋了一點，但未多談，談也是無用的。最後，他『攤』出來了：過去，罵盡了黨的作家。某某某又罵了郭與茅云。至於討論，也可以不做，或在內部做一做，先工作起來，以後再說，云。他回去後當有討論，通知我去，云云。這內部討論，是柏君提議的。」

信中寫得很清楚：是彭柏山提出要進行「內部討論」的，而周揚只是附議。這當是胡風與彭柏山在事前商量決定的，（舒蕪批註：推測吧？）

（吳注：是推測，以彭柏山與胡風的關係，他提出之前不會不與胡風商量，「當」字有推測意）

……

從「無所求」到「有所求」，這是一個不同尋常的變化。前年胡喬木給了三個工作崗位讓他挑選，他尚不願輕易接受；如今工作單位還沒有影子，卻寧願到北京去坐「冷板凳」了。他還堅持「要求討論」，這當然只能理解為「孤注一擲」，（舒蕪批註：這解釋似乎不太順。他可以不再提這個呀。）他也許這樣想著：問題「端上去」了，中央肯定是要表態的，或許會出現某種

轉機？！

（擬修改為：從「無所求」到「有所求」，這是一個不同尋常的變化。前年胡喬木給了三個工作崗位讓他挑選，他尚不願輕易接受；如今工作單位還沒有影子，卻寧願到北京去坐「冷板凳」了。）

舒蕪先生對第 10 節的批註及我的反饋：

路翎閱信後若有所悟，於 6 月 15 日再致胡風，寫道：「暫不揭他吧，也沒有時間。今天翻了一翻重慶那時他給我的一些信和舊詩，就覺得事情當然會如此，並也能想到他現在在怎麼想。」其實，路翎的這番話也沒有說到根本上，如前所述，當時被他們指責為具有「舊文人」習氣的朋友並非只是舒蕪，還有方然、阿壟和綠原等，後三人並未離他們而去，而並不具有「舊文人」習氣的其他朋友如天津的魯藜、北京的魯煤及南方的化鐵等，卻早已漸行漸遠。（舒蕪批註：化鐵原不在「核心」，後來也談不上「漸遠」。）

（吳注：胡風曾惋惜化鐵的改行。）

……

魯煤曾在《希望》上發表過詩作，後進入解放區，解放前夕在周揚的指導下主筆創作多幕話劇《紅旗歌》，成為主流文藝的代表。因而，他對周揚、胡風都懷著友好的感情，也因之長期徘徊於「黨性」和「派性」之間。1951 年底他去廣西參加土改時曾專程拜訪過舒蕪，（舒蕪批註：我與他不算熟識，我記得他是因為帶來的行李太多，下鄉帶不了，才送我處寄存而來。）長談之後馬上將對方思想異動向胡風通報，卻又在信中為其思想轉變作辯護，為此引起了胡風的不快。

（擬修改為：1951 年底他去廣西參加土改時曾去看望過舒蕪）

舒蕪先生對第 11 節的批註及我的反饋：

第一次會開過後，休會兩個多月，留給雙方以思考的充足時間。

（舒蕪批註：那麼急催我來，來了又休會那麼久，我一直以為有別的更忙的事耽擱的，不是有意安排的。）

（吳注：「留給」說的只是客觀效果，也許是有別的事耽擱）

舒蕪先生寄來「朝鮮見聞，非常好看」為主題詞的幾篇網文。

2006-08-29

　　wu yongping，您好！修訂均妥。舒蕪上

先生：（主題詞：寄 12～14 節）

　　寄出 12～14 節。永平

　　12.「爭取愛護之情溢於言表」10800

　　13. 丁玲說：「胡風啊，也真是的……」5774

　　14. 周總理批示：「對胡風的方針和態度正確。」7074

　　舒蕪先生對第 12 節的批註及我的反饋：

　　第二天（9 月 9 日）上午中宣部文藝處副處長林默涵、全國文協黨組副書記嚴文井來看他，（舒蕪批註：嚴當時也是以文藝處副處長的身份來的，不過他沒有說什麼話。他 1953 年初才由中宣部調文協。）談到第一次會討論胡風文藝思想的幾個中心問題，布置了他來此應擔負的「具體工作」。當天舒蕪在日記中寫道：

　　（擬改為：第二天上午中宣部文藝處副處長林默涵、嚴文井來看他，）

　　……

　　胡風只談到曾讀過周總理給自己的覆信。他在「萬言書」中這樣寫道：「周揚同志交來了周總理的信，除文藝理論以外還提到應該檢查『生活態度』。讀過以後我反覆地思索過，感動地發現了這是給我很大的幫助。以我這個追隨黨的事業的人說，首先應該澄清對於組織的錯誤態度，那以後，才能夠順利地檢查理論問題。周總理是把我當作階級事業的一個追隨者看待，所以才指示了這一點的。」

　　讀沒讀過周總理在周揚信上的批示，此事對胡風來說相當重要。他若讀過，就不會誤以為上面還沒有「一個誰錯誰對的定見」，就似乎不會始終糾纏在對方的態度上不罷休。（舒蕪批註：？）

　　（擬改為：他若讀過，就不會誤以為上面還沒有「一個誰錯誰對的定見」，就似乎不會苛求對方的態度了。）

　　……

　　綠原此時的「惶惶然」，也許是真實的；他在覆信中對舒蕪文章的肯定，也可能是真實的。如前已述，解放前他畢竟不是「胡風派」的核心成員，對當年情況瞭解不多。最後的一句話很有意思，「希望他傳達一下北京的部署」，

這可以理解為替自己的「檢查」著想，也可理解為替胡風「請教」訊息。

舒蕪收到這位黨內朋友的來信，對他的態度感到欣慰，並毫無介心地（舒蕪批註：此類替舒蕪說話詞語，儘量減少為妥。）把他的信轉給路翎看了。

（擬改為：舒蕪讀過綠原的來信，為他的態度感到欣慰，於是便把這封信轉給路翎看了。）（吳注：您的意見很及時，我總解決不了這個情感傾向問題）

……

當天，舒蕪又給綠原寫了一封長信，不僅將所知的「北京的部署」毫無隱瞞地如實相告，（舒蕪批註：？）還把林默涵所談內容也寫了進去。他寫道：「領導上對胡風很愛護，總理有信給周揚，大意說……」

（擬改為：當天，舒蕪又給綠原寫了一封長信，不僅將所知的「北京的部署」如實相告，還把……）

……

將此信與上文有關內容略作一比照，可以清楚地看出，舒蕪不僅忠實地向綠原傳達了周總理兩信的主要精神，還如實地轉述了林默涵兩次談話的主要內容。他對這位黨內朋友是非常信任的，（舒蕪批註：？）也真心希望對方能從中得到教益。

（擬改為：將此信與上文有關內容略作一比照，可以清楚地看出，舒蕪不僅向綠原傳達了周總理兩信的主要精神，還轉述了林默涵兩次談話的主要內容。他是真心希望對方能從中得到教益的。）

舒蕪先生對第 13 節的批註：

在北京期間，舒蕪曾與時任中宣部文藝處處長的丁玲交談過一次。據他回憶，丁玲當時說過這樣一段話：「胡風啊，也真是的。第一次開文代會的時候，我同他到北海划船，勸他不要想得太多。我說，官也得有人去做嘛！郭沫若、茅盾他們去做官，讓他們做去好了……」他當時覺得丁玲話中的意思「好像是勸胡風不要跟人去爭官，認為沒多大味道」，這番話給他留下了深刻的印象。（舒蕪批註：丁玲那天是主動到我房間來看我，似乎是以文藝處長的身份來看這個文藝處邀請來的客人，周恩來給胡風信上也說「希望你和周揚同志丁玲同志多談談」，似乎她也與周揚同樣負有幫助胡風的任務。但後來三次會她都沒有露面，我不知道是她與周揚的矛盾呢，還是別的緣故。）

舒蕪先生對第 14 節的批註及我的反饋：

不管上述回憶是否真實，都可以看出，林默涵當時的態度確實不夠「黨性」，他對胡風非常寬容。他並沒有「命令」胡風做什麼，而只是給對方提供了一個「最方便最省事的」下臺的梯子。實話實說，他提出的這個「解決辦法」對各方都有好處，上可以向中央交差，下可以告慰整風運動中層層過關的人士，且不會過分傷害胡風的「面子」。但胡風卻非常敏銳地抓住了林這番私下談話中「黨性」不足的弱點，（舒蕪批註：只是林的個人「私」意麼？）進而以「我要認真地進行檢查」藉口回絕了對方的好意，他又把組織的處理誤解為個人對個人的關係。

（擬改為：不管上述回憶是否真實，都可以看出，胡風把林默涵的這番談話又誤解為個人對個人的關係，他以為林讓他「寫一封簡短的信度」表明態度，是企圖尋找一種「最方便最省事的解決辦法」；而他自己則持「對黨負責的態度」，予以拒絕，因為要「檢查」就一定要「認真」。這種思維方式頗有點奇怪。）

2006-08-30　解放後第 15、16 節

wu yongping，您好！「感情傾向」是個大問題，尊稿在這方面還有不少可商酌的餘地。前後提過些意見，但也有不少滑眼看過去，未曾及時提出的。建議：拿出一個時間專門從頭到尾痛加洗伐一次。特別是對舒蕪，該貶則貶，不予迴護，以昭大公，如何？舒蕪上

先生：有您的這個態度，我會更放手地進行修改。謝謝。永平上

先生：（主題詞：寄 15～16 節）

寄上解放後第 15、16 節。原第 17 節談二次文代會開會期間胡風表現，因與你無關，已刪去。永平上

15. 胡風謂荼苦，舒蕪甘如飴

16. 胡風認為舒蕪沒有資格「掛著代表的紅條子……」

舒蕪先生對第 15 節的批註及我的反饋：

馮雪峰為該社制訂的出版方針是「古今中外，提高為主」，

（舒蕪批註：聽說是胡喬木制訂的。）

（吳注：「聽說是」，就不好寫進文章了。）

……

如舒蕪所屬的中南文聯，1951 年提出的口號是「普及第一，生根開花」。

（舒蕪批註：我又恍惚記得是「生根第一」，是不是。）

（吳注：我寫過《李薤評傳》，確實是「生根開花」。）

……

說來有趣，這三位領導都是「魯迅派」，馮雪峰是魯迅的戰友，樓適夷和聶紺弩是魯迅的弟子；

（舒蕪批註：樓，似乎不能列入魯迅弟子，他只在個人關係上與雪峰接近，長期替茅盾編《文藝陣地》。）

（吳注：我從資料上看到這樣的說法：適夷先生決非等閒之輩。作為「左聯」成員之一，他在上世紀三十年代不遺餘力地投身左翼文學運動，上海文壇上時見他的活躍的身影，他作詩、寫散文，搞翻譯，都很有一手。他的文壇交遊也十分廣泛，與魯迅、郁達夫、潘漢年、傅雷等人的關係都在現代文壇上傳為佳話，魯迅在書信中曾多次親切地稱他為「適兄」，為他的被捕而「親如家人，愛同赤子」地表示關懷。）

（擬修改為：舒蕪進人民文學出版社時，該社的主要領導是：社長兼總編輯馮雪峰，副社長兼副總編輯樓適夷，副總編輯兼古典文學部主任聶紺弩。馮雪峰當年還兼著《文藝報》的主編，不大管社裏的具體事務，只抓一個魯迅編輯部；樓適夷分管全社的行政、出版、發行以及除魯迅、古典文學之外的幾個編輯部；而聶紺弩則主管古典文學部。說來有趣，這三人與胡風的關係一度非常密切，馮雪峰 30 年代曾領導過胡風，還曾共同議定「民族革命戰爭的大眾文學」口號，得魯迅同意後提出；樓適夷曾以「適代表」的名義赴日本，調解過胡風諸人與留學生團體間的宗派矛盾；而聶紺弩則是在遊學日本期間結識胡風，還一同坐過日本警視廳的大獄。）

……

「大自由主義」的領導作風，培育了古典部「閒談亂走」的寬鬆自由的學術空氣；同時也埋下了「獨立王國」的隱患，以後二編室（舒蕪批註：讀者不知道二編室就是古典部。）

（吳的意見：擬在「二編室」第一次出現時加注。）

……

第二本是魯迅研究室幾位編輯選注的《李白詩選》，他提出了很多意見，

（舒蕪批註：並不多。）馮雪峰讀後把原稿否決了，指示由他來重新搞。他很快搞完，馮「過目一遍，就通過了」。聶紺弩對他的表現給予高度評價，說：「舒（蕪）來了三個月就解決久懸未決的《李白詩選》問題，幾個月全勤。」而樓適夷則破天荒地決定舒蕪可以從《李白詩選》抽版稅。（舒蕪批註：是拿稿費，不是抽版稅。）在此以前古典小說的編選注解沒有稿費，以後也一直沒有。

（吳注：照改。）

……

胡風時為全國文協常委、全國政協委員，他的職位是中央研究安排的。概而言之，他是個大人物，一時勉強低頭「屈就」區區編委，豈能甘心？而舒蕪充其量只當過地方官，能到北京進入國家級出版社已經九分滿足（沒有搞現代文學，差一分）。

（舒蕪批註：前面說解放初胡風派中舒蕪的官位僅次於胡風，又說廣西領導上挽留舒蕪時已許以廳級官位，這裡乃云舒蕪以地方官而能入國家出版社已經不容易，似乎矛盾。關鍵恐怕在於是不是真正不想做官）。

（擬改為：胡風時為全國文協常委、全國政協委員，他的職位是中央安排的。概而言之，他是個大人物，一時勉強低頭「屈就」區區編委，豈能甘心？而舒蕪離廣西時棄領導許以的廳級官職不顧，而寧願來北京從事喜愛的文化事業，此時他已是九分滿足。）（吳注：原來寫偏了，感謝提醒）

……

舒蕪先生對第 16 節的批註及我的反饋：

黨中央對第二次文代會相當重視，大會籌備工作早在一年前便提上議事日程。1952 年 8 月 6 日，全國文協召開第五次擴大常委會，通過了《關於整頓組織改進工作的方案》和《整頓會員工作的方案》（載《文藝報》1952 年第 17 號）。第一個「方案」提出要糾正近年來文學運動中存在著的各種錯誤傾向，要求組織文學作家參加「各項社會活動」及「政治和藝術的學習」，並提議「建立專門的組織（即後來的『創作委員會』）」來指導文藝創作。第二個「方案」提出要糾正近年來文協組織混亂的狀況，重新進行文協會員的「調查、登記、整理、審定」。這些都是第二次文代會的前期準備工作。

胡風是全國文協的常委，卻未被邀請參加此次會議。他在北京，正在按照周總理信中的指示寫《關於生活態度的檢查》。為此，他甚感氣憤，曾說到：

「我 1952 年 7 月遵周揚同志之命來北京，8 月初文協開的一次常委會討論籌備開文代會的時候，連通知都沒有通知我。」〔註 119〕其實，胡風 大可不必為 未能參加這次常委會而耿耿於懷，作為將接受「清算」的對象，上面也許認 為他首先應該考慮的是如何把檢查寫好罷。（舒蕪批註：？）

（擬改為：胡風是全國文協的常委，卻未被邀請參加此次會議。他在北京，正在按照周總理信中的指示寫《關於生活態度的檢查》。為此，他甚感氣憤，曾說到：「我 1952 年 7 月遵周揚同志之命來北京，8 月初文協開的一次常委會討論籌備開文代會的時候，連通知都沒有通知我。」其實，上面不通知他，原因也並不難理解。）

……

1953 年 3 月 24 日，全國文協在北京召開第六次擴大常委會議，會議由文協主席茅盾主持，周揚、邵荃麟、馮雪峰等 20 餘人出席。會議通過了五項決議（下略）。

胡風出席了這次會議，他在 3 月 24 日的日記中寫道：「參加文協擴大『常委』會」。「常委」上打引號，頗有意味。經查核，不是首屆文協常委 而出席了這次會議的有邵荃麟、馮雪峰、老舍、張天翼、宋之的、陳荒煤、嚴文井、王亞平、蔣牧良、柯藍等 10 人。不是常委的人能出席常委會，是常委卻不讓參加，而美其名為「擴大」，這便是他未說出來的話。（舒蕪批註：邵、馮、舍、張怎麼會不是文協常委呢？奇怪！）

（吳注：馮雪峰是我寫錯了。首屆中華全國文學工作者協會常委為茅盾、鄭振鐸、丁玲、巴金、艾青、沙可夫、曹靖華、趙樹理、蕭三、周揚、馮雪峰、柯仲平、胡風、何其芳、馮乃超、馮至、歐陽山、劉芝明、俞平伯、黃藥眠、鍾敬文。首屆全國文聯常委為郭沫若、茅盾、周揚、丁玲、曹禺、沙可夫、趙樹理、袁牧之、田漢、夏衍、蕭三、歐陽予倩、陽翰笙、柯仲平、鄭振鐸、馬思聰、李伯釗、洪深、徐悲鴻、劉芝明、張致祥。當年老舍還沒回國。）

……

胡風抱怨說：「（對於所謂胡風『小集團』有關的作者們，除了……路翎以外）僅僅只特別邀請了這個過去沒有寫過文藝方面的文章、解放後更沒有寫過、而且不是文協會員的舒蕪掛著代表的紅條子走進了莊嚴的懷仁堂裏

〔註 119〕胡風「三十萬言書」，收入《胡風全集》第 6 卷。

面。」「舒蕪不是文協會員，除了寫過雜文，從來也沒有從事文藝工作，解放後更什麼也沒有寫，僅僅因為反對了我就出席了文代大會。」

這番話說得 雖然痛快 ，卻有不少 疵漏 。（舒蕪批註：？）

舒蕪真的不具有當代表的資格嗎？

（舒蕪批註：以下關於舒蕪代表資格的幾大段，最好大大壓縮，口氣淡化。）

（擬修改為：這番話似乎與史實不合，舒蕪真的不具有當代表的資格嗎？）

（注：以下談代表資格的幾段，修改後再寄上請教）

……

沈從文和張恨水是否「附和」過周揚，周揚是否借團結沈、張二人而「裝飾宗派主義的統治」，史無明證。據有關史料，毛澤東曾在第二次文代會上勉勵沈從文再寫小說，周恩來曾在第一次文代會後特聘張恨水為文化部顧問。沈從文確曾因此想「恢復創作生活」，後考慮到種種主客觀原因而未果；張恨水於 1953 年初恢複寫作，年底長篇小說《梁山伯與祝英臺》脫稿，次年初即被批准在香港發表。

直言之，在 1953 年這個比較寬鬆的年份裏，周揚等對沈從文、張恨水等老作家的團結並沒有「糟蹋」統一戰線原則，而是有利於社會主義文學發展的積極舉措；而胡風對「新現實主義」的獨尊幾近於「唯我獨革」的程度， 只此一家，別無分號， （舒蕪批註：？）並不利於文學事業的繁榮昌盛。

（舒蕪批註：此處倒可以發揮幾句，針對「胡風為作家請命而得罪」之說。）

（擬改為：在 1953 年這個比較寬鬆的年份裏，上面及周揚等對沈從文、張恨水等老作家的團結並沒有「糟蹋」統一戰線原則，而是有利於社會主義文學發展的積極舉措；而胡風對「新現實主義」的獨尊卻幾近於「唯我獨革」的程度，對其他流派的作家的排斥也莫之為甚，並不利於共和國文學事業的繁榮昌盛。晚年，胡風曾與友人談道：「我不過是為知識分子多說了幾句話。真不知道十多年來為什麼要那樣輕視知識分子，不知為什麼離開五四精神越來越遠。」[註120]這番話，曾被某些研究者提高為「胡風為作家請命而得罪」說。直言之，如果輕信胡風會比較正確地看待知識分子的歷史地位和

〔註120〕轉引自錢理群：《胡風的回答》，該文載《文藝爭鳴》1997 年第 5 期。

歷史作用，如果盲目地相信胡風具有更多的科學和民主精神，那只是一廂情願罷了。）

（舒蕪又批註：「輕信」「盲目地相信」是不是均可改為「相信」？）

（吳又注：當然可以改為「相信」，你始終強調語氣要緩和，而我始終做不到這一點。）

2006-08-31　解放後第 17、18 兩節

先生：（主題詞：有一事相告）

收到兩節的意見。由於意見較多，容明日再覆。現在要告先生的是另一件事。今日我接到廣西師大出版社周小雲的信，我原想將此書交他出版，誰知出了大事。我把他的信轉給你讀讀，請勿外泄，也勿告他，因他未讓我轉告別人，也許他忌諱〔註 121〕。永平上

wu yongping，您好！一、關於古今中外提高為主，人民文學出版社的方針，中宣部才有權定下來，不是社長一級有權定的。二、我不是說樓公乃「等閒之輩」，也不是說他與魯迅沒有親切交往，是說文壇上他的「魯門弟子」色彩並不重。三、「組織服從上級」與「從善如流」相差太遠，建議此段可刪。至於周小雲所說之事，無話可說，我也認為將來向人民文學出版社或三聯書店進行為妥。舒蕪上

wu 兄：（主題詞：一個建議）

昨發一信，想收到。為了與人民文學出版社接上關係，建議：趁《舒蕪與胡風信》已開始在《新文學史料》發表，早點整理出一篇《論主觀公案始末》之類，投稿該刊，我想會受重視的。該刊過去出有叢書，也許將來可以收入尊作，或者代為聯繫該社其他編輯室設法。您看好不好？舒蕪上

先生：這是一個好主意。稍遲我再整理投稿。現在還是一意改稿，大概半個月可改完。永平

〔註 121〕 周在來信中說：「從現在的情況看，您的《舒蕪與胡風關係史證》一書，廣西師範大學出版社絕對已沒有膽量出版了，即使列入計劃，廣西新聞出版局肯定要求送審，而送審往往是沒人敢簽字拍板說沒問題，再送到北京去審查，最後就不了了之了。所以我的建議是，您這部書稿改定後，還是找人民文學出版社、三聯書店等後臺硬的出版社（三聯也出了余英時文集怎麼就沒被批評了，因為他們後臺硬嘛），如果他們也不敢出（今年出版真的太緊了），那就只能暫且放一放了。」我把此信轉給了舒蕪先生。

先生：（主題詞：意見都好，已作修改）

出版事暫且不管，先把稿子改好再說。估計解放後改動會較大，涉及毛澤東和周恩來的一些推測都會刪掉。永平上

關於人民文學出版社的方針，修改如下（略）

關於樓適夷一段，修改如下（略）

關於您參加第二次文代會資格問題，改寫如下（略）

關於周揚等對沈從文、張恨水等老作家的團結一段，改寫如下（略）

wu yongping，您好！改的都好。關於馮與胡的密切關係，「民族革命戰爭的大眾文學」口號是他們二人議定，得魯迅同意提出的，這一點似乎應指明。舒蕪上

先生：（主題詞：寄上解放後兩節，請閱示）

寄上解放後第 17、18 兩節，請查收批註。永平

17. 胡風上書揭發「獨立王國」5135

18. 舒蕪身居另類「獨立王國」5945

舒蕪先生對第 17 節的批註及我的反饋：

「三十萬言書」的「中心或歸結」是「文藝領域上的建黨問題」，這個提法卻似乎並不難為時人所接受，至少在胡風的一些朋友看來，他對「毛主席黨中央」的絕對敬畏及對胡喬木、周揚等的絕對藐視都是歷史事實，這種思維定勢決定了他只能將希望寄託於最上層的政策制定者，而將責任全諉之於下面的政策執行者，「上書」只是基於這種歷史事實、出於這種思維定式的必然表現而已。賈植芳晚年曾對胡風的這種思維方式提出過置疑，他曾與人說：胡風這個人有忠君思想，像晁錯一樣，認為皇帝是好的，只是小人多，想清君側，這是傳統知識分子的思想。他寫三十萬言，實際和過去傳統的上萬言書差不多。應該從中國的傳統文化看這段歷史。

不管是「傳統知識分子的思想」，還是現代的政治鬥爭手段，胡風身為黨外人士，五十年前竟如此關注共和國「文藝方面掌領導權的人事力量」，如此關注「文藝領域上的建黨問題」，他的革命責任感迄今未得到適當的評價。

（舒蕪批註：「文藝領域裏的建黨問題」，這個提法很晦澀。難道文藝領域裏還沒有建黨，要從空白開始來建黨嗎？其實是指這個領域裏的原有黨員領導人員需要撤換，需要起用他們來代替，而他們還不是黨員，先又要發展

他們入黨的意思。這似乎需要說明一下。）

（吳注：此段的修改俟後奉上。）

舒蕪先生對第 18 節的批註及我的反饋：

其次，二編室的管理形式也不具備構成宗派的條件。如前文所述，在聶紺弩獨特的「大自由主義」的領導作風培育下，二編室形成了「閒談亂走」的寬鬆自由的學術空氣，領導與被領導者的關係非常融洽，不像什麼「獨立王國」，倒像是個「自由王國」。他們編書出書不考慮市場銷路，「只考慮書本身的價值」；（舒蕪批註：反正有新華書店包銷，這一點當時各編輯室都一樣，並非二編室特有。）不刻意地「分析批判」，只求「供給讀者一個可讀的本子」。（舒蕪批註：這是馮雪峰倡導的，與聶的自由主義領導無關。）他們業務工作的最高標準是「客觀」，（舒蕪批註：聶並不大倡導「客觀」。後來他被批判的謬論是「精華糟粕難分論」。）

（吳注：說不清楚的乾脆刪去）

……

又如，馮雪峰指示他們要無條件地「為專家服務」，（舒蕪批註：馮並沒有提過這個口號式的指示，倒是後來的韋君宜提出「編輯要通過為作家服務來為人民服務」，文革中被批判為「竄改為人民服務大方向」的罪名。）他們本是專家，當然不甘為人作嫁，加之汪靜之校點的《紅樓夢》出版後受到社外專家的批評，馮雪峰用社的名義召開廣請社外專家參加的檢討會，並發表了一封檢討式的信，聶紺弩還在專家面前作檢討。他們還經常有「文酒之會」，誰得稿費誰請客，幾年下來，差不多吃遍了北京城裏有點名氣的大小飯店。總之，二編室貌似散漫，工作效率卻很高，他們在這個時期整理的幾本古典小說被戲稱為「老四本」，後來竟成為該社的啃之不盡的「老本」。

（擬修改為：又如，社裏提倡要尊重「社外專家」，他們也是專家，當然不甘為人作嫁，於是便有一些牢騷，加之汪靜之校點的《紅樓夢》出版後受到社外專家的批評，馮雪峰用社的名義召開廣請社外專家參加的檢討會，並發表了一封檢討式的信，聶紺弩還在專家面前作檢討。總之，二編室貌似散漫，工作效率卻很高，他們在這個時期整理的幾本古典小說被戲稱為「老四本」，後來竟成為該社的啃之不盡的「老本」。）

……

繼而，感到「氣氛迅即緊張」的是二編室的同仁。王任叔把該室作為

「整頓」的試點，嚴屬地整肅在聶紺弩治下形成的「閒談亂走」、「寫打油詩」、「吃吃喝喝」、「拉拉扯扯」等所謂「四大要不得風氣」。（舒蕪批註：我不記得有「四大要不得風氣」之說，只是我做的打油詩有云：「二室三般要不得，閒談亂走打油詩。」一，閒談；二，亂走；三，打油詩也。閒談與亂走是兩件事。三者皆辦公時間內事，吃吃喝喝則辦公時間之外了。）他甚至無視二編室整理古典文學作品所取得的成績，批評古典部「對古典文學抱虛無主義態度」，責令重搞選題計劃。聶紺弩一氣之下撂了挑子，編輯室諸人也叫苦不迭。

　　（擬改為：不久，二編室的同人們便感到「氣氛迅即緊張」。王任叔把該室作為「整頓」的試點，嚴屬地整肅在聶紺弩治下形成的自由主義風氣。他甚至無視二編室整理古典文學作品所取得的成績，批評古典部「對古典文學抱虛無主義態度」，責令重搞選題計劃。聶紺弩一氣之下撂了挑子，編輯室諸人也叫苦不迭。）

2006-09-01　解放後第 19、20 節

wu yongping，您好！（主題詞：誰能否認）

　　忽然想起：郭沫若提出「誰能否認」的問題，不久他自己作了否認，又若干年胡風跟著郭作了否認。這樣說，是不是更有趣些？

　　bikonglou@163.com

　　先生：確實有趣，就這樣修改。永平

Wu yongping，您好！（主題詞：舒蕪代表資格）

　　關於舒蕪代表資格，只要舉出 1. 郭之《禮讚》，2. 他自己之否認，3. 胡之主編《掛劍集》，4. 胡隨郭后之否認，把四者有趣地串說起來，別的全不講，是不是更有力些？舒蕪上

　　先生：明天改過來。永平上

先生：（主題詞：關於「文藝領域上的建黨問題」的修改。）永平上

　　（修改後的文字錄如下：）

　　　　「萬言書」的「中心或歸結」竟是「文藝領域上的建黨問題」，這個提法很晦澀，難道文藝領域裏還沒有建黨，要從空白開始來建黨嗎？其實，胡風指的是這個領域裏的原有黨員領導者需要撤換，

需要起用他們中的人來代替，但又因他們有些人還不是黨員，必須先解決「組織問題」才行。他在第二次文代會前力推路翎走上領導崗位，在「萬言書」中向中央推薦路翎、阿壠，都是出於這種考慮。從作者胡風當年撰寫「萬言書」的背景、環境和心境來分析，實際情況也非如此理解不可。胡風當年對周揚等「企圖人工地把自己首先造成毛主席文藝思想的唯一的正確的解釋者和執行者的統治威信」的文藝領導們已經完全失去信心，他已不再把他們看作是「黨代表」了。

在胡風的一些朋友看來，他對「毛主席黨中央」的絕對敬畏及對胡喬木、周揚等的絕對蔑視都是歷史事實，這種思維定勢決定了他只能將希望寄託於最上層的政策制定者，而將責任全諉之於下面的政策執行者，「上書」只是基於這種歷史事實、出於這種思維定式的必然表現而已。賈植芳晚年曾對胡風的這種思維方式提出過置疑，他曾與人說：「胡風這個人有忠君思想，像晁錯一樣，認為皇帝是好的，只是小人多，想清君側，這是傳統知識分子的思想。他寫三十萬言，實際和過去傳統的上萬言書差不多。應該從中國的傳統文化看這段歷史。」

wu yongping，您好！改得好。但是，首先是胡風取代周揚的領導崗位，首先是胡風要解決「組織問題」，這一點還要明確。當然不會僅僅是路翎，阿壠走上領導崗位而已。舒蕪上

wu yongping，您好！所謂「虛無主義」，指二編室整理出版選題計劃太小。當時因為用馬克思主義整理出版中國古典文學還是新任務，究竟這怎樣搞法還需要摸索，需要編輯自己動手取得經驗，所以只能編輯部內自己每人整理一部書來摸索，情況如我的打油詩所詠。這就被指責為「虛無主義」，被指責為「關門辦社，打夥求財」。舒蕪上

先生：（主題詞：19～20節）

寄上第 19、20 節。永平

19. 舒蕪登門受辱 6465

20. 胡風向中央描述「後周揚時代」願景 4700

舒蕪先生對第 19 節的批註及我的反饋：

　　聶紺弩明知胡風與何劍熏及舒蕪的恩怨糾葛，為何提議與他們一起去看望胡風呢？（舒蕪批註：提議去的是何。聶只說「胡風家就在附近」，沒有提議去。因而，這一段是否全刪去為妥？）大概出於化解舊怨的善良願望罷！

　　（吳注：刪去。）

　　……

　　以上三人回憶，梅志較細，舒蕪較詳，而聶紺弩最略。梅志與舒蕪的敘述同中有異，都談到了胡風逐客，只在當時胡風是否口出辱人之語上有所不同。聶紺弩的敘述雖然簡略，卻可與舒蕪互證。順便說一句，聶紺弩的回憶寫於 1955 年，是肅反運動中給黨組織寫的檢討；梅志的回憶寫於 1996 年；舒蕪的口述自傳完成於 2001 年。按照考證學的一般原則，聶說當最可信。

　　（舒蕪批註：胡風日記中明明記著「即罵出門去」，這是當天的記錄，比梅志更可信。）

　　（改為：以上四人所述回憶，胡風最略，梅志較細，舒蕪較詳，聶紺弩較略。梅志與舒蕪的敘述同中有異，都談到了胡風逐客，只在當時胡風是否口出辱人之語上有所不同。聶紺弩的敘述雖然簡略，卻可與胡風互證。順便說一句，胡風是當天日記，聶紺弩的回憶寫於 1955 年，是肅反運動中給黨組織寫的檢討；梅志的回憶寫於 1996 年；舒蕪的口述自傳完成於 2001 年。按照考證學的一般原則，胡風的記錄最可信。）

　　聶、何、舒三位遭到了胡風的冷遇，情形頗為尷尬。

　　（舒蕪批註：豈止冷遇？）

　　（改為：聶、何、舒三位遭到了胡風的如此對待）

　　……

　　聶紺弩並不是「第一次」聽到這種說法。他是在 1952 年「胡風文藝思想討論會」期間聽得胡風說起的，那時胡風已在信中囑咐路翎道：「那文章，並非當作肯定意見，而是作為討論的（你當時聽到如此），而且，當時沒有人完全同意他。」信中的提法就是「批判」說的前身。1953 年舒蕪調來人民文學出版社古典部，正在聶的手下工作，胡風與聶閒聊時當然不可能不談到他。聶不同意胡風對待舒蕪的態度，認為他「自以為高人一等，自以為萬物皆備於我，以氣勢凌人，以為青年某某等是門徒，是口袋中物」，曾提醒舒蕪「某種人把人不當人看」，可惜舒蕪當時並不理解。

　　（舒蕪批註：「自以為高人一等」等等，泛指他對人態度，不僅對舒蕪態

度，當然也包括對舒蕪。）

（改為：聶紺弩並不是「第一次」聽到這種說法。早在 1952 年「胡風文藝思想討論會」期間，胡風已在信中囑咐路翎道：「那文章（指《論主觀》），並非當作肯定意見，而是作為討論的，而且，當時沒有人完全同意他。」〔註122〕那時聶也住在文化部招待所裏，與胡風隔壁。1953 年舒蕪調來人民文學出版社古典部，正在聶的手下工作，胡風與聶開聊時當然不可能不談到他。聶認為胡風「自以為高人一等，自以為萬物皆備於我，以氣勢凌人，以為青年某某等是門徒，是口袋中物」〔註123〕，曾提醒舒蕪「某種人把人不當人看」，可惜舒蕪當時並不理解。）

舒蕪先生對第 19 節的批註及我的反饋：

然而，胡風在「信」和「萬言書」中卻 不敢直指胡喬木為「宗派主義的小領袖」，而僅點了周揚的名，這是他鬥爭性並不徹底的表現。

（舒蕪批註：胡喬木在文藝界本來沒有他的班底，無從指責他宗派。）

（修改：然而，胡風在「信」和「萬言書」中卻不敢指責胡喬木，而僅點了周揚的名，這是他鬥爭性並不徹底的表現。）

……

再重複一遍，我們也很願意看到 40～50 年代的文藝家中能有一個傳承「五四」薪火的旗手，然而，胡風似乎並不是人們所期待的那一個。如果 盲目地（舒蕪批註：？）相信胡風具有更多的科學和民主精神，那只是一廂情願罷了；如果 輕信（舒蕪批註：？）胡風會比較正確地看待知識分子的歷史地位和歷史作用，將導致悲劇性的結果！

（吳注：我忘了，你批評過多次，將其全改為「相信」。）

先生：（主題詞：關於「舒蕪代表資格」的修改。）永平上

（修改後的文字錄如下：）

實際上，舒蕪是具備了出席文代會代表資格的。上世紀 40 年代後期，他實際已成為國統區較有影響的文藝理論家之一。1947 年初郭沫若在《新繆司九神禮讚》中曾激情洋溢地贊道：「小說方面的駱賓基、路翎、郁茹……，誰個能夠否認？詩歌方面的馬凡陀、綠

〔註122〕胡風 1952 年 6 月 13 日致路翎。
〔註123〕聶紺弩 1982 年 9 月 3 日致舒蕪信。

原、力揚……，誰個能夠否認？戲劇方面的夏衍、陳白塵、吳祖光……，誰個能夠否認？批評方面的楊晦、舒蕪、黃藥眠……，誰個能夠否認？這些有生力量特別強韌的朋友們，他們不僅不斷地在生產，而且所生產出來的成品是那樣堅強茁壯，經得著冰風電雨的鏟削。」未料到 1948 年初郭氏在《一年來中國的文藝運動及其傾向》《當前的文藝諸問題》等文章中對「胡風派」作家群另有看法，自己「否認」了前說。

實際上，舒蕪是「寫過文藝方面的文章」的。解放前他就出版了雜文集《掛劍集》（上海海燕書店 1947 年出版），為《七月文叢》之一，這文叢的主編就是胡風。解放後，他也寫過文藝論文，即使不算《從頭學習〈在延安文藝座談會上的講話〉》和《致路翎的公開信》等篇，他在《長江日報》上也發表過《提高政策性才能夠提高藝術性》《從政策角度認識英雄的人民》《反對文藝思想上的自發論》等文藝短論。他還從事過文藝組織工作，曾任廣西省文聯研究部部長、南寧市文聯常務副主席，還出席過中南文協第一次代表大會。

「誰個能夠否認」舒蕪解放前的文藝實績呢？說起來真難令人相信，先是郭沫若，後來便是胡風！隨便提一句，第一次文代會籌備期間，胡風是籌委會委員之一，也是「提名委員會」委員之一。他參加了為尚未解放地區推薦代表的工作，他推薦了本流派的路翎（南京）、阿壟（杭州）、綠原（武漢）、方然（杭州）、冀汸（杭州）等人，卻沒有費神去為南寧的舒蕪爭席位。那時，他似乎已經「否認」掉舒蕪了。

wu yongping：（主題詞：改一句）

「誰個能夠否認」舒蕪解放前的文藝實績呢？有的，先是郭沫若，後來便是胡風！

舒蕪上

舒蕪先生寄來《文革破壞的部分文物》《文革期間哪些名人自殺了》等網文。

2006-09-02　解放後第 21 節

wu，你好！（主題詞：某種人不把人當人）

您的大作中寫道：聶紺弩「曾提醒舒蕪『某種人把人不當人看』，可惜舒蕪當時並不理解。」這是以為「某種人」指胡風派，但我記得不是。聶不會這麼稱呼胡風派人物，他在我面前也從來沒有以惡語攻擊過他們。我確實記得他是指黨員。我剛從南寧來，在那裡習慣了黨員對我的尊重，愛護，知音，信任，所以聽他這樣說表示不理解。至於他後來給我的信上重提舊說，為何似乎是指胡風派而言，我說不好。舒蕪上

先生：我並不以為這指的是「胡風派」，而只認為指胡風一人。改成我的推測口氣來寫，可好？永平上

wu yongping，您好！

聶紺弩絕對不會稱胡風為「某種人」，我確實記得他是指共產黨員，記得我所以不理解的心態。舒蕪上

先生：既然您如此堅持聶紺弩所指不是胡風，我接受，在文中刪掉這條引文。永平上

先生：（主題詞：舒蕪問題）

寄出的這一節作了大幅度的改寫。永平

（21. 胡風「萬言書」之「關於舒蕪問題」4496）

舒蕪先生對第 21 節的批註及我的反饋：

其實，胡風「犯的一個大錯誤」並不在結識了舒蕪，而是在如何對待舒蕪的批評和自我批評這個問題上。不當的「化友為敵」，不當的「愛愛仇仇」，這才是他應該「深切悔恨」的。

總之，在胡風與舒蕪利用私人信件互相揭發的問題上，誰先誰後，誰密報誰公開，誰先要從政治上置對方於死地，是值得一切研究者探討的。

（舒蕪批註：這樣意思的話，是不是能在結尾綜括提出，或乾脆換作此節的題目表明之？）

（小標題擬改為：胡風大量利用私人信件私人談話，密報舒蕪為階級異己分子。）

先生：（主題詞：關於「舒蕪問題」的小標題）

這一節的題目是隨便取的，因為暫時還沒有想出一個恰當的、能表達出所有意思的。還要考慮。先生有何高見？永平上

wu yongping，您好！寄回件上提過意見。舒蕪上

舒蕪先生寄來《四川反右鬥爭前奏：草木篇事件》等網文。

2006-09-03　公差

先生：（主題詞：兩天後再見。）

改稿事兩天後再進行。這兩天要趕寫一篇關於中部崛起與文化的命題文章。

人在單位，身不由已！

永平上

wu yongping，您好！信到，不著急。舒蕪上

2006-09-04　舒蕪談呂熒事

先生：（主題詞：呂熒問題）

如下文章中有一處提到你，是否真實？永平上

傅國湧《呂熒是一面鏡子》有如下兩段：

> 呂熒是一面鏡子，在胡風被欽定為「反革命」、遭千夫所指的1955年，呂熒的作為照出了那些形形色色的文人的嘴臉。即便近半個世紀後的今天，在場者接受採訪時的不同回答，同樣在不經意間露出了各自的靈魂。

> 許覺民、涂光群、李希凡、藍翎等眾多在場者的回憶都提到了張光年，當呂熒發言：「胡風不是反革命，他的問題是理論上的，不是政治上的。」話未說完，「張光年很凶的，高呼口號：『不許為胡風反革命分子辯護！』」對此，張光年儘管不無輕描淡寫（「我突然站起來，向正在發言的呂熒同志提出質疑。」），但也承認「整個兒是個人迷信，執行上面的決策。……呂熒同志我不熟，很對不起他……」。舒蕪則是另外一種態度，他稱呂熒站出來「不過是個小插曲。蠻有戲劇性的。」顯然帶有「看戲」的心態。在場的文人無不認為呂熒是個「書呆子」，「離現實太遠」。

wu yongping，您好！（主題詞：呂熒問題）

　　我不記得在哪裏向誰人說過這樣的話，傅文似乎說我是在「接受採訪」時說的，不記得誰來採訪。採訪記錄也沒有送給我看過。但我不記得呂說沒說「胡風不是政治問題，而是思想問題」，我只記得他故意作為向批判胡風「獻策」，說：「我們不要這樣批判他，我們如果這樣批判他，他會這樣這樣反駁。不要那樣批判他，如果那樣批判他，他會那樣那樣反駁。」等等。這樣曲線辯護法，當然不為大會批判者所許。當場被主席郭沫若制止發言。但也不如蕭乾所說馬上被抓起來。其實後來他一直自由的，不久還被人民日報允許發表文章。直到文革他才被「扭送衛戍區」，栽誣他的還是另一理由，（說他與同宿舍人爭吵，手持利刃要殺人，）與胡風問題無關。舒蕪上

　　先生：您說的這些事大家都不知道，當事人不出來說，後人該如何瞭解歷史呵。永平上

　　wu yongping，您好！沒有辦法，我只想少說。覺得無聊，予欲無言。陳摶老祖降壇詩曰：「青史古人多故友，傳中事蹟半非真。」從來如此。舒蕪上

2006-09-05　解放後第 22、23 節

　　先生：中部崛起文已交差。開始改稿。永平上

先生：（主題詞：解放後第 22、23 節）

　　寄上解放後第 22、23 節。

　　第 21 節改小標題為「胡風之『關於舒蕪問題』」越過了「知識分子倫理底線」，結尾增加了一段：

> 　　附帶說一句，前幾年曾有研究者提出，舒蕪 1955 年「主動將胡風給他的私人信件引入批判文章」，這個行為越過了「知識分子倫理底線」〔1〕。近年來，已有研究者注意到胡風在 1952 年的「胡風文藝思想討論會」上及在 1954 年的「萬言書」中早就存在著利用私人信件向中央密報舒蕪政治歷史問題的事實〔2〕。可以肯定地說，在舒蕪、胡風關係史上，是胡風先利用私人信件向中央密報對方的政治歷史問題，是胡風先越過了「知識分子倫理底線」，是胡風先要從政治上置對方於死地。
>
> 　　〔1〕丁冬《舒蕪與胡風冤案》。

〔2〕參看筆者《細讀胡風「給黨中央的信」》（載長沙《書屋》2004 年第 11 期）、《細讀胡風論「舒蕪問題」》（載《江漢論壇》2005 年第 12 期）及張業松《舒蕪的兩篇「佚文」──紀念胡風誕辰 100 週年》。

22.「這是我寫呈中央的報告發生了作用」

23.「批紅」運動的兩個層面

wu yongping，您好！協助朋友共同考證自己歷史，大約也是古今少有之事。舒蕪上

先生：您好！不管怎麼說，我覺得這是我的莫大榮幸。永平上

2006-09-06　第 24、25 節

Wu yongping，您好！（主題詞：公開與密報）

一個始終用公開文字發表，一個始終用密報方式，這一對比，是不是在所增末段中明確一下為好。不是您指出，我自己都沒有注意這個大區別。舒蕪上

先生：（主題詞：公開與密報）

這個現象是在改稿中發現的，公開與密報，區別相當顯著。只有一個問題，駁難者會說，胡風路翎的文章不能公開發表，故不得不為之。這也是需要考慮到的。我會考慮如何在文中反覆地強調這一區別。永平上

wu yongping，您好！（主題詞：公開與密報）

他們並沒有寫公開揭露舒蕪的文章不能發表才向上面密報，而是起首便採用密報方式。舒蕪上

先生：（主題詞：公開與密報）

所言甚是。看來要在書稿的「討論會」那一部分補充說明「密報」事。永平上

wu yongping，您好！那個末段，已經點出「密報」，是不是還要加上與「公開」的對比更完整些？舒蕪上。

先生：可以再強調「公開與密報」的區別，改後再寄上奉教。永平上
　（修改後的部分見如下。吳注）

其實，胡風「犯的一個大錯誤」並不在結識了舒蕪，而是在如何對待舒蕪的批評和自我批評這個問題上。舒蕪的批評與自我批評都是公開的，他不憚將自己思想上的每一點變化都公開地告訴「胡風派」的朋友們，所撰文章也都是公開發表的；而胡風對舒蕪的批評和揭發卻全是秘密的，1952 年他在參加「胡風文藝思想討論會」前就準備好了兩份揭發舒蕪的「報告」，會期間又指使路翎向中宣部密報舒蕪的「叛黨」問題，1954 年他又在「給黨中央的信」和「萬言書」中向中央最高領導密報舒蕪的政治歷史問題及現實的政治表現。一個是公開，一個是密報，他們的主要區別就在這裡。

附帶說一句，前幾年曾有研究者提出，舒蕪 1955 年「主動將胡風給他的私人信件引入批判文章」，這個行為越過了「知識分子倫理底線」〔註 124〕。近年來，已有研究者注意到胡風在 1952 年的「胡風文藝思想討論會」上及在 1954 年的「萬言書」中早就存在著利用私人信件向中央密報舒蕪政治歷史問題的事實〔註 125〕。可以肯定地說，在舒蕪、胡風關係史上，是胡風先利用私人信件向中央密報對方的政治歷史問題，是胡風先越過了「知識分子倫理底線」，是胡風先要從政治上置對方於死地。

wu yongping，您好！有理。舒蕪上

舒蕪先生對第 22 節的批註及我的反饋：

出版社隨後作了兩個補救的決定：其一是權宜計，讓舒蕪根據「程乙本」重新校點，迅速出版以供需要；其二是長久計，從四川調來紅學新秀周汝昌，讓他重新搞一個校注本〔註 126〕。就是這個權宜計，使得舒蕪開始接觸紅學。

（舒蕪批註：周汝昌的事，與胡、舒關係無涉，下面關於他的敘述，是不是全都可刪？）

〔註 124〕 丁冬：《舒蕪與胡風冤案》。

〔註 125〕 參看筆者《細讀胡風「給黨中央的信」》（載長沙《書屋》2004 年第 11 期）、《細讀胡風論「舒蕪問題」》（載《江漢論壇》2005 年第 12 期）及張業松《舒蕪的兩篇「佚文」——紀念胡風誕辰 100 週年》。

〔註 126〕 周汝昌回憶說：「我由中央特調到人民文學出版社，讓我做『小說組組長』，負責整理《紅樓夢》新版，組員有周紹良、張友鸞等人。」周汝昌《沈從文詳注紅樓夢》，載 2000 年 8 月 15 日上海《文匯報》第 11 版《筆會》。

　　（舒蕪批註：那個長久計劃也是我起草並主持的。計劃中分序言、注釋、校勘三大塊：序言請霍松林起草；注釋請啟功、沈從文參加：校勘有周汝昌參加。當時認為序言最重要，首先當然請李希凡、藍翎，他們堅決不肯寫，助編李易向我推薦霍松林，我向雪峰提名，雪峰批准，由西安請了霍來。霍寫了提綱，由人民文學出版社召開座談會討論。不料雪峰對提綱大不滿意，完全否定了。我不好向霍說明，只好含含糊糊，終於不了了之。但在西安當地，人民文學出版社特請寫這樣重要序言的身份，使霍由此聲名大起，奠定他後日的基礎。其實，李易向我推薦時並不認識他，只是協助我編《紅樓夢文藝討論集》時，於入選文章中認為最好的。此中內幕曲折，我至今沒有向霍談過。這裏第一次順帶談起，當然只是閒談而已。）

　　（吳按：關於周汝昌部分全部刪去，「長久計」也不要了。改為：出版社隨後作出了補救的決定，讓舒蕪根據「程乙本」重新校點，迅速出版以供需要。就是這項應急的工作，促使舒蕪開始接觸紅學。）

　　……

　　目前學界普遍認為，1954 年毛澤東選擇《紅樓夢研究》為「突破口」，有一定的偶然性。其一，與個人興趣有關。毛澤東從青年時代就愛讀《紅樓夢》，據說解放後搜集了該書的 20 餘種版本，且非常關注紅學研究的成果，並有自己的獨特見解。其二，與解放初古典文學研究的勃興有關。1951 年文懷沙以「王耳」的筆名為上海棠棣出版社主編新中國第一套《中國古典文學研究叢刊》，陸續出版了游國恩、林庚、傅庚生、王拾遺、程千帆、沈祖棻、王泗原、文懷沙、孫楷第、余冠英、王瑤等學者的十餘部專著，俞平伯的《紅樓夢研究》（1952 年 9 月出版）和周汝昌《紅樓夢新證》（1953 年 9 月出版）均為該叢書之一。據說，毛澤東讀過俞、周的這兩本書，他比較欣賞周汝昌的研究方法、詮釋角度及有關觀點。

　　（舒蕪批註：改簡單一點）

　　（吳擬改為：目前學界普遍認為，1954 年毛澤東選擇《紅樓夢研究》為「突破口」，有一定的偶然性。其一，與個人興趣有關。毛澤東從青年時代就愛讀《紅樓夢》，據說解放後搜集了該書的 20 餘種版本，且非常關注紅學研究的成果，並有自己的獨特見解。據說，毛澤東讀過俞平伯的《紅樓夢研究》（1952 年 9 月出版）和周汝昌《紅樓夢新證》（1953 年 9 月出版），他比較欣賞周汝昌的研究方法、詮釋角度及有關觀點。）

舒蕪先生對第 23 節的批註及我的反饋：

舒蕪先生對該節所有涉及周汝昌的文字全作了標記。

（吳按：關於周汝昌的部分全部刪去。只留一句「附帶說一句，周汝昌牽頭的《紅樓夢》新校本於 1957 年 10 月由人民文學出版社出版」。）

先生：（主題詞：寄上第 24、25 節。收後請覆。）永平

　　24. 周揚指出胡風對舒蕪有「狂熱的仇視」12000

　　25. 胡風說：「只偶然聽到磷火窸窣的聲音。」7580

wu yongping，您好！收到第 24、25 節。

　　他已經說清楚了，「連黨員都不是，當什麼部長」，正好與「文藝領域裏的建黨」相呼應，可見，所要清的不是君側的某一兩個黨員領導人，而是君側的整個黨組織，代之以新建的黨組織，即胡路陳的黨組織。也就是「為流派請命」，「清君側」與「為流派請命」二者是統一的。而「為民請命」則與「為流派請命」完全不同，必須區別。至於所謂「想編雜誌」，託詞而已。倘只如此，用得著費那麼大勁兒麼？考證當然不須多作結論，但基本估計需要貫串於考證的首尾，始終體現於用詞造句之間。是不是？舒蕪上

　　先生：事情雖是這樣，但太尖銳了，恐怕讀者接受不了。我還得好好想想。永平上

2006-09-07　解放後第 26、27 節

　　wu yongping，您好！不是要把這個尖銳的東西擺到讀者面前要他們接受，而是我們自己先有這個清醒估計，完全不顯山不露水地寄寓於考證的字裏行間。這不大好掌握，但還是可能的吧？舒蕪上

　　先生：馬上就要改第二遍了。在這次改稿中，要把「流派的」這一觀念突出出來。

　　說為「流派」比說為「個人」要好，也比較符合實際。

　　文中對解放前「胡風派」的基本成員有所分析，但對解放後其構成沒有說清楚，需要補充。

　　這裏要把一些自以為是「胡風派」的人與胡風的思想距離說一說，並把何滿子等人完全逐出胡風派。

　　永平上

wu yongping，您好！左右兩道光環：一邊光環的圓心是一貫高舉魯迅大旗的旗手，其外一圈是一貫反對奴隸總管，再外一圈是才子集團的盟友與其未竟事業繼承者，再外一圈是反對文藝領域軍閥宗派統治，再外一圈是五把刀子下為民請命者，終於是秦始皇御筆欽定的文字獄頭號罪犯。另一邊的光環是《七月》上大量刊載邊區作品，毛論魯迅在《七月》上發表，新中國第一首頌聖詩，對延座講話只在創作過程上有所補充，最後浮雲蔽日，忠而獲咎。於是，左右逢源。現在的考證，是不是擺脫兩個光環，慎防加強無論哪邊的光彩才好？舒蕪上

先生：所言極是。但如何把握分寸，在目前的出版政策和政治氣候下能夠出版，這是個難題。

　　但您所畫出的這兩個光環極有啟示意義，胡風本質是革命文學運動中產生的那類文人，他在抗戰文壇上堅持左翼立場，不搞平均化的統一戰線，表現得比中共更左，跡近托派。他的很多問題都是由此產生的。但這事情不好說清楚，說出來別人也不能接受。還是得慢慢來，一點點突破。您說是嗎？永平上

wu yongping，您好！不要「說清楚」，只要「不說」，每一字一句都不使讀者印象往左或右的任一光環靠近去就是。上海的沙葉新說，現在的中宣部，不能叫做宣傳部，應該叫做不宣傳部，我們也可以在「不宣傳」上學著點兒麼？舒蕪上

先生：這是個高難度動作，試一下罷。永平上

wu yongping，您好！一貫突出其為了經營擴張小宗派，排斥一切，要統治一切的小宗派，或許差不多吧？舒蕪上

先生：強調他的宗派主義，這確是比較可行的途徑。永平上

wu yongping，您好！還可以對宗派的構成，成分，紀律，上下，親疏，變遷等等作些解剖，而且都可以結合圍繞與舒蕪的關係來做。舒蕪上

先生：您好！你說的「宗派的構成，成分，紀律，上下，親疏，變遷等等」都是我構想中另一部的內容，我原想寫一本《胡風與他的朋友們》之類的書。有些資料不好找，故放在下一步。在這本書中，這些東西可以略寫。永平上

wu yongping，您好！曾卓和牛漢派性較少。舒蕪上

先生：上午開會，下午才能細讀這兩節的意見。永平上

舒蕪先生對第 24 節的批註及我的反饋：

聶紺弩攜女訪胡風事發生在 11 月 6 日，即第二次會召開的頭一天。胡風當天日記有「聶紺弩攜小燕來。綠原來。得中曉信。得史華信。謝韜來。路翎、歐陽莊來。起草發言要點」的記載。如果聶的上述回憶無誤，胡風當時已決定要在大會上發言。根據有三：其一，胡風說「如果有人請」，這已成事實，如上所述，周揚和沙汀已在第一次會上請過；其二，胡風向聶略談了「發言的內容」，雖只「講了一點」，但也應該是經過深思熟慮的；其三，胡風發言的傾向性已基本確定，因離題太遠，措辭激烈，以致使聶的女兒產生 對方 （舒蕪批註：？）有「神經病」的印象。

（修改：胡風發言的傾向性已基本確定，因離題太遠，措辭激烈，以致使聶的女兒以為他的神經不太正常。）

……

梅志寫道：「正在這時，有一位友人對他說，你不發言，將來要受中央責備的，你自己提了意見，現在中央打開了缺口，你不去鬥爭，未必要中央替你鬥爭麼？這話觸動了胡風，他不能再沉默了。」

這位「友人」，當是歐陽莊無疑。當年，胡風交往最頻繁者，首先是路翎，其次便是此君。他和路翎都參與了「萬言書」起草的全過程，都非常清楚其矛頭所向，但路翎從來與胡風 無爭 ，（舒蕪批註：歐陽莊即使「激將」，也是善意相勸，不能算他與胡風「有爭」。）只有歐陽莊才說得出「你不去鬥爭，未必要中央替你鬥爭麼」這樣的話來。

（修改：當年，胡風交往最頻繁者，首先是路翎，其次便是此君。他和路翎都參與了「萬言書」起草的全過程，都非常清楚其矛頭所向，但路翎從來只是附和，只有歐陽莊……）

……

信中提到的「無恥文」，指的是舒蕪不久前在《文藝報》上發表的一篇論文，題為《堅決開展對古典文學中資產階級思想的鬥爭》〔註127〕，其 內容 完全無關於 「以前對徐的『批評』」 ，僅涉及俞平伯的《紅樓夢研究》。

〔註127〕收入《紅樓夢問題討論集》，作家出版社，1955 年版。

（舒蕪對這段的用語作了標注）（吳注：照改）

……

於是，聶沒有從「庸俗社會學」的角度批評胡風，而只是分析了胡風對舒蕪態度的前後變化，指責其愛憎沒有原則，（舒蕪批註：是沒有原則，還是另有原則？），批評他不應如此對待青年作家，並批評他的「反黨」情緒。

（修改：於是，聶沒有從「庸俗社會學」的角度批評胡風，而只是分析了胡風對舒蕪態度的前後變化，指責其愛憎完全依據幫派利益為轉移。）

……

此信蘊含的信息量很大，不可不認真分析：第一，信中又提到「萬言書」將公開出版事。胡風是第二次聽說這個消息了，第一次是在 10 月 28 日，那時「批紅」運動剛剛開始，他誤以為毛澤東將借助「萬言書」的出版把運動推向深化，非常興奮。這次是第二次，周揚專程通知將公開出版「萬言書」理論部分，胡風的反應卻非常冷淡。這個史實耐人尋味。在胡風看來，（舒蕪批註：推想？）如果在運動之初即公開出版「萬言書」，那是為「反獨立王國」運動添油加柴，可從積極方面評價；但此時再出版「萬言書」，就是為運動釜底抽薪了，只可從消極方面來分析。出版的時機不對，效果自然也不同。

（吳按：刪去「在胡風看來」幾字。成為我的主觀評價）

……

按，胡風第二次發言是在 11 月 11 日，周揚等來訪是在 11 月 17 日，僅間隔 6 天，毛澤東能否在這麼短的時間讀完「萬言書」並向中宣部下達指令，此事尚有疑問。（舒蕪批註：六天也不一定不夠。毛讀書不慢。）

（吳注：毛說過胡的文章「不好看」，我後面說的是「尚有疑問」，不確定，建議保留。）

……

順便說一句，胡風慣於採用這種先套話再告狀的方法。如前已述，1952年 4 月他曾約請路經上海的周揚來家交談，套出話後再寫信向周恩來告狀；1952 年 8 月他曾讓綠原向途經武漢的舒蕪「多請教，看問題在什麼地方」，也是為了套話；1952 年 9 月他曾耐心地與舒蕪周旋了幾乎一整天，套出話來後再在「討論會」上進行反擊。此時他又給方然提出這樣的建議，雖是故技，（舒蕪批註：？）但所關涉的人事更加重大了。

（吳注：「故技重施」，省了兩字。）

　　舒蕪先生對第 25 節的批註及我的反饋：

　　胡風在「簡單的說明」中檢討了撰寫「萬言書」時的政治態度，確定「裏面所表現的對黨對文學事業的態度⋯⋯是錯誤的，有害的」。在「關於『材料』的檢討」中，他剖析了撰寫「萬言書」時的思想基礎，確定「不僅是模糊了自己的小資產階級革命性和工人階級革命性的區別，而且發展成了以自己小資產階級的立場來頑強地反對以至攻擊工人階級立場的極其嚴重的狀態了」。這些措辭與舒蕪 1952 年在《從頭學習》和《公開信》中的提法是一致的，當然據此並不能證實胡風此時已接受了舒蕪當年的批評，只是表明這樣的批評此時已在胡風能夠接受的範圍之內罷了。（舒蕪批註：這個區別說得有些費解。）

　　（擬修改為：這些措辭非常接近於舒蕪 1952 年在《從頭學習》和《公開信》中的提法，據此雖不能證實胡風已接受了舒蕪的批評，但至少可以證明這樣的批評此時已在他能夠承受的範圍之內。）

　　⋯⋯

　　從以上可知，胡風在這半個月裏先後忙於兩件事：第一件事（從 2 日到 5 日），繼續推敲「關於『材料』的檢討」，繼續給中央領導人寫信反映情況；第二件事（從 7 日到 14 日），開始緊張地撰寫「自我批判」，同時頻繁地出門拜訪各方面人士，尤其是他所憎惡的「宗派統治」的「小領袖」們。須知，「檢討」與「自我批判」的性質完全不同：前者只是為應付「萬言書」的「材料」部分將要出版討論而作，主要內容是解釋和說明；後者則是為即將全面展開的「批胡風運動」而作，主要內容是對自己文藝思想作「結論」，這是胡風在 1952 年「胡風文藝思想討論會」最後一次會上作出的承諾，他拖了兩年不肯寫，（舒蕪批註：？）如今卻要主動兌現承諾了。

　　（吳注：所寫是事實，建議不改）

　　⋯⋯

　　就在這一刻，胡風痛切地感受到（舒蕪批註：推測？）朋友聶紺弩先前的勸告可謂一針見血。他曾認為「（只要）和毛主席談一次話，問題就可以解決」，而聶卻對他說：「（你的）文藝問題，如果周總理、胡喬木、周揚、喬冠華、林默涵等同志都不理解，那就太難理解，說不定毛主席也不理解」，並勸他「不應把希望寄託在毛主席身上，而是（應）自己好好檢查一下思想」。

　　（修改：胡風也許會想起朋友聶紺弩先前的勸告。他曾認為「（只要）和

毛主席談一次話，問題就可以解決」，而聶卻對他說……）

……

1955 年 1 月 20 日中宣部根據毛澤東最近的批示精神擬定的《中共中央宣傳部關於開展批判胡風思想的報告》上報中央。報告的結語部分寫道：……（略，吳注）

自此，國家宣傳機器的隆隆轟鳴聲取代了胡風耳畔的「磷火窸窸的聲音」，在強大的嚴密的高效率的組織面前，個體的意志再也起不到什麼作用了。

（舒蕪批註：究竟是毛、劉、周、陸、周等對一個為民請命的異端思想家的壓迫的逐步升級？還是一個圖謀清君側者錯估形勢逐步自陷泥沼？需要首尾一貫地區別開來。）

先生：讀了一遍寄回的兩節。最後您的提問很有意思：「究竟是毛、劉、周、陸、周等對一個為民請命的異端思想家的壓迫的逐步升級？還是一個圖謀清君側者錯估形勢逐步自陷泥沼？需要首尾一貫地區別開來。」

我想，胡風是身具這兩種特質的，一是為流派請命，二是圖謀清君側。他自己大概也分辨不清楚，後人當然也更分不清了。如果要把他堅定地規定為後一種類型，可能要從整體構思上考慮。胡風在獄中曾經受審，官員問他上萬言書究竟是為什麼？是想當中宣部長或是別的什麼官？他說連黨員都不是，當什麼部長。又說他最大的願望是編雜誌。他確實無法說清楚。

我目前採取的是一種省事的辦法，多考證，少結論。當然，結論本在考證之中。但太明晰的結論容易引起人們的過度關注。

也不知道我這樣想對不對？

明天再詳覆。

永平上

先生：我明白了，不用帶主觀意味的可能引起反彈的詞句。

此時的感覺如成語所說「茅塞頓開」。在修改第二遍時會時刻提醒自己注意的。

謝謝！永平

先生：（主題詞：寄上兩節）

解放後第 26、27 節。永平上

26. 有研究者說，舒蕪推動了歷史。8900

27. 邵荃麟說：「只要他們政治上不是反革命……」5722

wu yongping，您好！收到。明天覆。舒蕪

2006-09-08　解放後第 28、29 節

wu yongping，您好！（主題詞：寄上兩節，先提一點總的意見。）

　　如有人反駁：「中央指示，當時舒蕪能夠看到嗎？」似乎麻煩。不如先不提中央指示，先說別的某某等人同樣文章發表先於（或近於）舒蕪，然後才提出中央指示，說明所有這些文章（包括舒蕪二文）都沒有超越中央指示的尺度，都沒有「推進歷史」，是不是更妥些？又，張僖所說事，是否不必這麼詳細辯解，不必有這麼多引文，什麼地方附帶扼要幾句說清楚就行？舒蕪上

　　先生：重讀了那一節，關於張僖事，我只引用他的原文及你的解釋。我想這是必要的。倒是對你的二文，寫得太多了，應該刪節。不提中央指示，這個提議很好。能否找到先發表的某某文，我再翻翻資料。永平上

先生：（主題詞：寄上解放後又兩節。）

　　未收到第 26～27 節的意見。只收到總的意見。

　　永平上

28. 舒蕪以私人書信為「材料」撰《關於胡風的宗派主義》6100

29. 林默涵說：「現在……要看胡風怎麼說了。」4850

Wu yongping，您好！寄回 26～29 四節的批註。舒蕪

　　舒蕪先生在第 26 節文末有一條總的批註：這一節褒貶抑揚太分明，是否盡量淡化之平緩之，有些話留待末尾結論中說。

　　（吳按：待改寫後寄上。）

先生：（主題詞：寄回第 26 節）

　　第 26 節改動較大，索性再寄給你看。語氣改為純客觀。盡量減少主觀評論。永平上

wu，您好！（主題詞：舒蕪贊成）舒蕪上

　　舒蕪先生對第 27 節的批註及我的反饋：

　　但當林默涵的文章寫好後催他交「檢查」時，胡風卻推託（舒蕪批註：？）

到搬家以後再寫；待到搬家和工作問題都解決後，他不僅不履行承諾，還在「萬言書」中向中央告狀，不僅徹底否定了「討論會」的結論，還希望借體制之力除掉周揚等「小領袖」。

（修改為：1952 年 12 月 16 日「胡風文藝思想討論會」的最後一次會上，周揚曾在總結發言中把胡風問題的性質提到了「存心反對黨的嚴重程度」，並讓他自己作出結論。胡風當時「愉快」地接受了意見，表示「當然還要繼續檢查，作出結論」。1954 年初高饒集團案發後，他錯誤地判斷了形勢，上書「清君側」，不僅徹底否定了「討論會」的結論，還希望借體制之力除掉周揚等「小領袖」。）

……

此時，他雖然已通過某種途徑瞭解到毛澤東對他的理論問題所作的「反黨」的基本定性，但在當年，「反黨」其實是與「反馬克思主義」同等的概念，是屬於思想範疇的問題，他對這頂帽子並不感到特別的驚奇。

（舒蕪批註：反黨，該是政治問題，不僅是思想問題；反革命，則是刑事問題了。）（吳按：避開「反黨」的定性問題。擬修改為：此時，他已通過某種途徑瞭解到毛澤東對他的理論問題所作的「反黨」的基本定性，思想上產生了動搖。）

……

也許應該補述一件發生在胡風修訂第三稿期間的事情：3 月 8 日夜喬冠華、陳家康、邵荃麟三人奉周總理指示來到胡風家，與他進行了推心置腹的談話〔註 128〕。

（舒蕪批註：喬與邵都是香港首先批胡的，而胡對他們並不「狂熱仇視」，反而與之推心置腹，必要時更可以向馬凡陀登門道歉，這可以在什麼地方順便指出一下。）

（吳按：應該加上，待選擇一個合適的地方）

……

（舒蕪在第 27 節文末批註道：整個一節，在某些讀者心目中會不會「反

〔註 128〕胡風曾於 1966 年 2 月 11 日致信喬冠華，請求見面。喬冠華 2 月 12 日致信章漢夫、姬鵬飛並轉周揚，信中提到 1955 年曾「根據（陸）定一同志指示」去「勸」過胡風。似乎就是指的這一次，但是否奉陸定一指示，學界有不同看法。參看徐慶全撰《胡風服刑前致函喬冠華始末》。

彈」為「英雄被逼得如此走投無路」的歷史，請從「接受美學」角度多多考慮。）

（吳按：此節寫胡風三稿產生過程及其反映，還沒想出更好的辦法來處理。）

舒蕪先生對第 28 節無批註。

舒蕪先生對第 29 節的批註及我的反饋：

1955 年 4 月 27 日前後，舒蕪撰成《關於胡風的宗派主義》，將成稿送交《人民日報》編輯部審定。《人民日報》文藝組負責人袁水拍親自（舒蕪批註：本來就該他審閱。這是他的職責，不必說「親自」。）審閱了這篇文章，由於該文大量引用了胡風的書信，按照編輯慣例，需要核對原文，於是他便讓葉遙再去找舒蕪借信。

（吳按：照改。）

……

其後發生的事情便超出了作者和組稿者的視野。按照通常的程序，《人民日報》的重要稿件要交由中宣部過目。袁水拍大概正是這樣做的，他審完後便把稿件及書信全部送交中宣部文藝處副處長林默涵，等待他的指示。

（舒蕪批註：那時已經不是副，而是正。）

（吳注：照改。）

……

以上事情均發生在 1955 年 4 月 1 日至 5 月 8 日之間，即從郭沫若發表《反社會主義的胡風綱領》到康濯將《文藝報》第 9 號的清樣送呈周揚審查之日止。林默涵在中南海的辦公室裏對舒蕪說過的那句話，仍是解讀這段歷史的關鍵：「現在大家不是要看舒蕪怎麼說，而是要看胡風怎麼說了。」

（舒蕪批註：林默涵對我開宗明義那句話：「當然不是說胡風是反革命，但是他實際上是反對黨對文藝的領導，反對黨所領導的文藝隊伍的。」可見他那時還在反黨與反革命之間留了一條線，與邵荃麟「只要不是反革命」的話相呼應。這句話似需揭出。）

（吳注：該節小標題改為「林默涵說：當然不是說胡風是反革命」）

（修改為：以上事情均發生在 1955 年 4 月 1 日至 5 月 8 日之間，即從郭沫若發表《反社會主義的胡風綱領》到康濯將《文藝報》第 9 號的清樣送呈

周揚審查之日止。林默涵在中南海的辦公室裏對舒蕪說過的那句話，似可作為解讀這段歷史的關鍵：「現在胡風的問題，已不僅僅是一般的宗派主義的問題了，當然不是說胡風是反革命，但是，是對黨、對黨所領導的革命文藝運動，對黨的文藝政策，對黨的文藝界的領導人的態度問題了。」）

2006-09-10　解放後最後兩節和「結語」

先生：（主題詞：寄上解放後最後兩節）請批註。永平

    30. 周揚說：「批判胡風是毛主席交下來的任務。」7710

    31. 周揚說：「主席定了，就這麼做吧！」7126

舒蕪先生對第 30 節所作的批註及我的反饋：

1 月 26 日中央以（55）018 號文件批轉中宣部報告之前，中宣部負責人陸定一、周揚和林默涵曾到毛澤東的辦公室當面彙報批判胡風的計劃，得到批准。鑒於該期《文藝報》 所載稿件 「比較重要」，（舒蕪批註：他說的「比較重要」是指「這個材料」，不是泛指「所載稿件」。）「忽然想到」之說，對於周揚來說，顯然是並不恰當的。

（修改為：引文中提到的「這個材料」指的就是「舒蕪提供的材料」。周揚認為凡「比較重要」的文章發表前都必須交毛澤東審閱，這是有依據的。毛澤東是「批判胡風運動」的決策者，中宣部主管文藝的諸領導是運動的實際操作者〔註 129〕，他們在作出任何重要決定之前都要向毛澤東請示彙報，幾無一例外。）

      ……

周揚斟酌兩天的結果只是在康濯寫的「編者按」中改動了「兩個字」，而且是無關「左」「右」宏旨的兩個字，這事頗有點令人費解〔註 130〕。但他所說的「問題不在這裡」，卻點明了問題的樞機所在。在他看來，關鍵在「批判胡風是毛主席交下來的任務」。唯一能決定運動應否結束、如何結束的權限不在中宣部，而在上面。

（舒蕪批註：假如沒有這個「比較重要」的「材料」，周揚就不會「忽然

〔註 129〕康濯在《〈文藝報〉與胡風冤案》中寫道：「當時周揚同志是中宣部主管文藝的副部長，林默涵同志是中宣部文藝處處長，《文藝報》的工作，特別是當時批判胡風文藝思想的工作就是周揚、默涵代表中宣部具體指導的。」

〔註 130〕據徐慶全文章，周揚只是將康濯所寫「編者按」中的「理論」改為「思想」。

想到」要送毛，胡風檢討三次稿就會按原定計劃在《文藝報》上發表，批判運動就會按原定計劃結束。所以下面關於周揚為什麼遲疑的推測，似乎難以說明問題。）

（修改為：周揚斟酌兩天的結果只是在康濯寫的「編者按」中改動了「兩個字」，而且是無關「左」「右」宏旨的兩個字，這事頗有點令人費解。但他所說的「問題不在這裡」，卻點明了問題的樞機所在。問題在哪裏呢？在於「舒蕪提供的材料」！假如沒有這個「比較重要」的「材料」，他就不必送交毛澤東審閱，胡風「自我批判」的三次稿在《文藝報》上發表後，批判運動就會按原定計劃結束。）

……

康濯也許是讀到「原件」的第三人。他上班後才讀到 新撰 的「編者按」，在回憶文章中也寫到當時的感受：

（舒蕪批註：康稿是《文藝報》的「編者按」，毛稿是《人民日報》的「編者按」，是兩回事。毛稿不能稱為「新撰。」）

（吳注：照改。）

……

說是「不便追究」，當然是「不敢追究」，舒蕪內心的惶恐、惶惑全都通過這「一把冷汗」流露了出來，從「小集團」到「宗派主義小集團」再到「反黨集團」，在胡喬木的推動下他走了第一步，在林默涵的推動下又走了第二步，現在「上面」又強迫他邁出第三步，前兩步都是在「內部矛盾」中打轉，第三步則瀕臨萬劫不復的「敵我鬥爭」深淵。也許還會有第四步，「反革命」，他不敢再想了。

（舒蕪批註：一、胡喬木給人民日報寫的按語定位於「文藝上的小集團」；二、人民日報根據胡喬木的話給我命題，我照寫的是「宗派主義」；三、林默涵談話後是「胡風小集團」；四、毛一改為「反黨集團」；五、毛再改為「反革命集團」；這是五步跳，不僅三步。）

（吳注：確實有五級跳。）

（修改為：說是「不便追究」，當然是「不敢追究」，舒蕪內心的惶恐、惶惑全都通過這「一把冷汗」流露了出來，從「文藝上的小集團」（胡喬木語）到「宗派主義」（胡喬木語），從「胡風小集團」（林默涵語）到「反黨集團」（毛澤東語），在胡喬木的推動下他走了第一步和第二步，在林默涵的推動下

又走了第三步，現在「上面」又強迫他邁出第四步，前三步都是在「內部矛盾」中打轉，第四步則墮入萬劫不復的「敵我鬥爭」深淵。也許還會有第五步，「反革命集團」，他不敢再想了。）

舒蕪先生對第 31 節所作的批註及我的反饋：

歷史在這裡又出現了波折。周揚為何提出這個辦法，其他人為何附議，其動機大概可以從兩個方面進行估計：第一，他們都認為周總理對「錯排事件」的處理意見不宜執行，但又不敢提出異議，只得想出這個繞過的辦法；第二，他們都認為「批判胡風運動」是毛澤東親自抓的，有關重要事宜應該請示毛澤東。就這樣，他們在兩難的情境下，在 兩位中央最高領導 之間，（舒蕪批註：「最高」不能有兩位。）作出了於己最為有利的選擇。

（吳注：刪去「最高」兩字。）

……

長期以來，研究界一直比較關注胡喬木在胡風集團案形成過程中所起到的重要作用。事實也是如此……（中略，吳注）是他，同年中又指示《人民日報》記者向舒蕪約寫繼續批判「胡風小集團」的稿件（《公開信》），將胡風置於十分被動的境地 ；（舒蕪批註：從相反角度說，胡就是被迫害的英雄。）是他，1955 年初又 指示《人民日報》 組織揭批「胡風宗派主義」的稿件。（舒蕪批註：林淡秋不記得在「什麼地方」聽說的，並非胡喬木直接指示人民日報的。）

（修改為：是他，同年中又指示《人民日報》記者向舒蕪約寫繼續批判「胡風小集團」的稿件（《公開信》）；是他，1955 年初又提出要組織揭批「胡風宗派主義」的稿件。）

……

（舒蕪在文末批註道：作協原來組稿計劃裏沒有舒蕪。葉遙向林淡秋袁水拍彙報組稿情況時，林淡秋想起胡喬木在「什麼地方」說過可以批一批胡風的宗派主義，這才想到找綠原、路翎、舒蕪。可見題目是「附加劑」，舒蕪作為組稿對象又是三個「員外」的末位。末位「員外」的「附加劑」的文章，經五級跳而成大材料，這段歷史曲線不可不描畫。）

（吳注：將在修訂第 20 節時補寫進去。）

wu yongping，您好！林淡秋袁水拍是文藝組領導，不是社領導。其他都贊成。

舒蕪上

先生：已將「社領導」改為「文藝組領導」。永平

先生：（主題詞：寄上「結語」）

改寫的結語中正是「五級跳」，看來需要把全稿統一。

寄上「結語」。

永平上

（「結語」15100 字）

舒蕪先生對「結語」所作的批註及我的反饋意見：

此說是「舒蕪賣友求榮」的學術化版本之一〔註131〕。前文已經述及，胡風自 1950 年底即已單方面與舒蕪絕交，1952 年向中宣部檢舉其為「破壞分子」（內奸），1954 年向中央舉報其為「叛黨分子」。友如此對待「友」，理何以存，情何以堪！且不談這些「私德」問題，（舒蕪批註：不必這麼打抱不平語氣。）

（吳按：他們之間早就無復「朋友」關係，而彌漫著「狂熱的仇視」。）

……

馮雪峰對胡風解放後的理論主張也有評說，他在 1952 年「胡風文藝討論會」上發言指出：「胡風今天努力引用毛主席和魯迅的話，加以曲解，而目的仍是在於加強自己的理論。這是不對的。同則同，異則異；是則是，非則非。明明與毛澤東文藝思想相反，就應該坦白的講出來：『我不贊成這個，即使是毛主席的話，也可以討論。』這才能解決問題，弄清問題。」〔註132〕

（舒蕪批註：馮說與胡風理論實踐分離無關，且似乎有「陷阱」意味，不必引。）

（吳注：刪去。）

……

〔註131〕執此類說法者很多，如許良英在《痛悼摯友、同志李慎之》一文中寫道：「對舒蕪 1955 年把胡風的信交給《人民日報》，他（指李慎之）說，『世人或有難諒解者，我是有深切的同情。』我則認為這是置胡風於死地的告密行為，即使在當時的政治壓力下是可以理解的，但是從人性、良知和道義的準則來衡量，是應該譴責的。」
〔註132〕轉引自舒蕪《參加胡風文藝思想討論座談會日記抄》，該文載《新文學史料》2007 年第 2 期。

　　高饒進行非組織活動的目的是「奪權」〔註133〕，因此被毛澤東 確定為 「反革命」。（舒蕪批註：高饒是「反黨聯盟」，不是「反革命」。二者不同。「丁玲陳企霞反黨集團」定性後，二人人身仍然自由，可證二者區別。）胡風問題的實質雖未被提高到「奪權」的層面上，但其「連根動」的動機也不能不引起有關部門的嚴重懷疑，上書「清君側」的初衷表面上是為了維護心目中的「聖旗」，實際上卻是為了與周揚等爭奪「毛主席文藝思想的唯一的正確的解釋者和執行者」的地位，其動機與「奪權」無異，當然也無法得到主政者的理解和寬容〔註134〕。

　　（吳注：這意見非常重要，照改。）

　　先生：附件文中第一段是談胡風問題。毛澤東此時發現胡風問題的嚴重性，雖然有些誇張，但有的說得很準。打算將其寫進書中。永平上

　　（附件：《毛澤東談胡風、饒漱石特務嫌疑——尤金日記》）

2006-09-11　第一次修訂完成

先生：您好。

　　第一次修訂完成了，非常感謝您的幫助。沒有您的支持和鼓勵，書稿是不可能寫成的。

　　我打算把稿子放半個月，待「陌生」了以後再行第二次修訂。

　　下一次修訂主要集中在措辭（減少主觀評論及你提示過的感情傾向）、宗派主義（連貫全篇，作為你與胡風的主要矛盾）、「狂熱的仇視」（1952年後胡風對你，1954年胡風、周揚及您之間），等等。還要請您不吝指教。

　　謝謝！

　　永平上

　　先生：《新文學史料》第3期已到，見書信上。將注意網上反響。永平上

　　先生：今日無信，甚念。永平上

〔註133〕轉引自舒蕪《參加胡風文藝思想討論座談會日記抄》，該文載《新文學史料》
　　　　2007年第2期。
〔註134〕胡風在回憶文章中寫道：「在公安部，審問我的第六局局長有一次偶然提到
　　　　我的報告（他很少直接提到），說我是想篡奪文藝領導權。」《胡風全集》第
　　　　6卷，第678頁。

2006-09-12 舒蕪先生的四封重要信件

wu yongping，您好！（主題詞：對「結語」的總建議，昨信似乎未到茲再發）

　　毛的談話，由漢語當場口譯成俄語，尤金大使未甚聽清就寫成俄文報告，而後又回譯為漢文，出入較大。似乎只宜引入注釋中。另外想起，「結語」的寫法，經過這麼一番辛勤考證之後，讀者希望看到一筆總帳，一幅總圖：證實了哪些，證偽了哪些，哪些還待考，哪些還待證，等等。舒遇胡，快速成名，以至成為郭沫若筆下抗戰期間三個「不容否認」的批評家之一。胡得舒，使《希望》雜誌成為文化雜誌，使胡成為文化一派領袖。而胡一面背著舒早就向周恩來表示「發表為了批判」，向周備了案，一面鼓勵舒再接再厲繼續作戰。解放後，舒檢討每一步公開，胡立刻以接連密告要致舒於死地，等等，等等。畫這樣一幅總圖，（甚至可以抽出來作為通俗總括文章獨立發表，）是不是必要？請考慮。

　　尤金日記在結語中只補充了一句。說明毛澤東那時已得到了專案組的報告。

　　舒蕪上

Wu yongping，您好！（主題詞：《希望》與《七月》區別，昨信似乎未到茲再發。）

　　《希望》的創刊，標誌了胡風派的發展：1.《七月》是文藝刊物，《希望》是文化刊物，關鍵是《主觀》《中庸》等一系列論文。2.《七月》是抗戰文學的左翼，《希望》是左翼中的反主流派，關鍵也是上述系列論文。3.《七月》的矛頭指向異族侵略者，《希望》的矛頭指向國民黨，關鍵是雜文。舒蕪上

Wu yongping，您好！（主題詞：尊五四尤尊魯迅與只此一家別無分店的矛盾，昨信似乎未到茲再發。）

　　舒蕪的九姑方令孺是新月派女詩人，大哥方瑋德是新月派後起之秀，舒蕪從他的精神搖籃小書櫃中大哥的藏書受到新文學教育，形成「尊五四，尤尊魯迅」的觀念。尊五四，就是說，五四所開創的全部新文學，包括新月派在內，皆其所尊。尤尊魯迅，就是說，以魯迅為整個新文學代表，特別是左翼文學代表來尊。原來衝著胡風所高舉的魯迅大旗而來，不料被一個只此一家排斥一切首先排斥其他左翼文學的宗派籠罩住，舒蕪不甘心長受此籠罩，不甘心長為夾袋中物，表現在不聽胡風話而以舒蕪之名與臺靜農交遊，表現在

與王西彥成為傾心好友，表現在只批馮友蘭錢穆而無一篇參加文藝整肅，最後寫《關於胡風的宗派主義》而被五級跳結束。的確是貫串首尾的矛盾。舒蕪上

Wu yongping，您好！（主題詞：舒蕪是拋出去便不打算拾回的石頭。昨信似乎未到茲再發。）

　　《論主觀》一出來被批，胡就背著舒向周恩來聲明發表是為了批判，把舒賣了。有人說這是不得已的後退，那麼該告訴舒，至少暗示一下，但對舒絲毫暗示都沒有，反而鼓勵督促再接再厲，並且接著發表〈論中庸〉等系列文章，這些都是他繼續拋出去的石頭，同時早就安排好拋出去便不必認帳的後路。解放初期，他們的書一本一本地出，而對舒總強調「書店看到你的名字就頭痛」。更是摔包袱的明證。舒在《從頭學習》中強調「共同性」，或者也是對於這個不無覺察吧。

　　bikonglou@sina.com

先生：（主題詞：收到四信）
　　昨天未收到信。今日收到四封。細看後再覆。
　　永平上

先生：（主題詞：對「結語」的總建議）
　　結語意見很好。應該在結語中總結一下全書的線條，這被我疏忽了。我寫成了胡風事件的總結。現在我不求發表單篇，如今抄襲成風，先發就被人抄了。斟酌後再改寫。永平上

先生：（主題詞：對「結語」）
　　摔包袱事在解放初要點明，原來只是略寫，看來要強調一下。永平上

wu yongping，您好！（主題詞：宗派牢籠與不甘牢籠是貫徹始終的主要矛盾）
　　今天收到就好。這裡再說一個意見：您曾說舒蕪被引入啟蒙運動後，啟蒙與書齋的矛盾是主導矛盾，似乎不是，宗派牢籠與不甘牢籠的矛盾，才是主導矛盾，貫徹始終，您以為如何？舒蕪上

先生：（主題詞：宗派牢籠）
　　關於啟蒙與書齋、啟蒙與宗派這兩種矛盾，我看有階段性。開始是前一類矛盾，後來是才是後一類。什麼時候後一類變成主導的矛盾，我要憑資料

證實。待我明天再覆。

　　永平

2006-09-13　舒蕪說：從來沒有感到啟蒙與書齋的矛盾

先生：（主題詞：重寫結語）

　　結語待重寫，概括全書，理清線索。過幾天寄上。

　　永平

　　wu yongping，您好！重寫結語待拜讀。關於主導矛盾，是否分階段，自然要有文字根據，但我自己記得好像從來沒有感到啟蒙與書齋的矛盾，也是事實，是否可考慮？舒蕪

2006-09-14　著手編撰「舒蕪、胡風關係年表」

先生：（主題詞：換個寫法）

　　我試寫了一下結語，發現不行。

　　要說清那些問題，又需要大量重複前面已寫到的東西，這樣做有些煩瑣。

　　想改個寫法。我想試著編一個「舒蕪、胡風關係年表」，將主要觀點簡略地提出來，給讀者一個更加清晰的印象。你看這樣可行嗎？

　　永平上

　　wu yongping，您好！請試寫。舒蕪上

2006-09-15

　　舒蕪先生寄來《奧運許諾不實……》《溫家寶稱中國保護新聞媒體在中國報導的正當權益》等網文。

2006-09-16　撰成《舒蕪胡風關係簡表》

先生：（主題詞：關係簡表寄上）

　　寄上《舒蕪胡風關係簡表》，有一萬多字。

　　永平上

2006-09-17

Wu yongping，您好！（主題詞：寄回年表）

　　舒蕪上

先生：太麻煩您了，作如此多的修改。

年表我還要細讀，明天再談體會。

主線不知突出沒有？

永平上

先生：（主題詞：重大補充）

突然想起，年表內作一重大補充。如下：

同月，《人民日報》編輯部編輯葉遙上門約舒蕪撰寫批判「胡風的宗派主義」的稿件，舒蕪向其說明將利用胡風給他的信件為材料撰文，葉遙請示報社文藝部領導，均無異議。

永平上

舒蕪先生寄來《1976 年 10 月 6 日完全記錄……》《林彪第一個號令出臺……》《張宏寶李志綏……》《毛澤東前秘書李銳談毛與中國政局》等網文。

先生：李銳說得很深刻很尖銳，但他能說，我們不能說，說了寫了也發表不了，甚至會倒楣。永平

2006-09-19　討論「自序」

先生：（主題詞：寄上「自序」）

自序，作了徹底改寫。主要目的是談談為何作此選題。請指正。永平上（《自序》，3992 字）

wu yongping，您好！自序高屋建瓴，極好。只有一處小意見。舒蕪上

舒蕪先生對《自序》的批註及我的反饋：

他把自己「應負的一份沉重的責任」，部分歸結為時代對個體的政治要求，部分歸結為政治實體的不成功的「實踐」，這裡也存在著誤識。究其原因，對歷史的反思要求及對歷史的負疚情感，大概在交互起著作用罷，這也是可以得到理解的。（舒蕪批註：「誤識」之誤在何處？是不是可以約略點明一兩句？）

（吳改為：他把自己「應負的一份沉重的責任」，部分歸結為時代對個體的政治要求，部分歸結為政治實體的不成功的「實踐」，彷彿「非我始料所及……」一句，就能完全取替個體的歷史主動性，這裡也存在著誤識。究其

原因，對歷史的反思要求及對歷史的負疚情感，大概在交互起著作用罷，這也是可以得到理解的。）

先生：關於「自序」的意見，我還要考慮，也許要換個詞，也許要加兩句說明，如對綠原那樣。下午再談。永平

先生：（主題詞：反饋意見）

所謂「誤識」，在結構上的意義是與對綠原的評價相呼應的。他有「誤識」，你也有「誤識」，他站在他的受難者的角度，你站你的反思者角度，都不可能很「客觀」。

此外，我用這個詞在潛意識中也有安撫讀者和批評界的意思。你雖在後序中強調地寫了「時代對個體的政治要求」及「政治實體的不成功的實踐」（這都是他人所不甚注重的），但沒有更多地從「主觀要求」上進行自我解剖。

你也知道，批評者大多從這一角度著眼的，他們要求你說出更多的潛動機：譬如，對於政治鬥爭的內在的恐懼，對於甩掉《論主觀》包袱的急切要求，對胡風的「狂熱的仇視」的報復（或稱「反彈」）心理，乃至後來對時代潮流盲目追隨的熱情，等等。

寫到這裡，想起了聶紺弩給你的那封有名的信，他對你當年的動機也有所揣測，如：「一個卅來歲的青年，面前擺著一架天平，一邊是中共和毛公，一邊是胡風，會看〔不〕出誰輕誰重？」這裡涉及到了當年你所面臨的利益權衡的標準問題；又如：「舒蕪交出胡風的信，其初是洩憤，隨即是箭在弦上」，這裡涉及到了私人情感的作用及追隨潮流的問題。

「自序」中很難用一兩句點明，放在那裡作懸念吧。你說呢？

永平

2006-09-20　舒蕪談「證實」和「證偽」

Wu yongping，您好！（主題詞：《自序》末段加了兩句。可加否？）

請酌。舒蕪上

《自序》末段：秉著這一思路，筆者撰寫了這本《舒蕪胡風關係史證》，試圖立足於目前所能掌握到的所有原始資料，勾勒出舒蕪、胡風關係演變的歷史，並以此為主線連綴相關歷史人物和歷史事件，（舒蕪建議增加兩句：一面證實能夠證實的，另一面證偽能夠證偽的，）期望能夠還原歷史運動中的

某些被扭曲了的線條。

先生：（主題詞：可加。）

可加那兩句。可證實的則證實，可證偽的則證偽。把我的寫作宗旨及作品的實際情況概括無餘。

另外，這幾天我在考慮一個重要的事情。從年初到現在，我這本書已寫了九個月了。在這麼長的時間裏，得到您那麼多的幫助和指導，我真不知如何感謝您。

我想請您寫個「序」，或「讀後」。但不知這是否會使您為難？！

書稿至少還要改一遍，打算在10月中旬後開始。

永平

2006-09-22　繼續討論「證實」和「證偽」

wu，你好！全書最主要的證實了什麼，證偽了什麼，自序裏面能否扼要擺出來，使讀者先有總概念？又，聶將高饒事洩密於胡，這是聶自己先交代的，還是胡揭發的？舒蕪上

先生：您好！

概括地把「證實」或「證偽」點出來，可以考慮。只是，我不太習慣這種「是」或「非」的方式。

洩密事待我查查，這是個大事，我竟忽略了。謝謝！

永平上

先生：您好！

從康濯的文章中看到下面一段：

> 在胡風被捕以後，很快就從他的日記上發現，1954年上半年，黨中央剛剛在很小的範圍內傳達了高崗、饒漱石問題；黨內很多高級幹部還不知道，胡風卻很快就知道。他是怎麼知道的呢？這自然也不能不成為當時必須深究的一個問題。
>
> 原來情況是黨中央在中南海懷仁堂召開部分高級幹部會議傳達高、饒問題時，那兩年正在中宣部工作、和胡風很接近的綠原同志辦公室就在懷仁堂隔壁的慶雲堂內。據說綠原發現那天晚上懷仁堂外邊小汽車很多，而且戒備森嚴，連他們中南海裏面的幹部也不

能隨便行動，便預感到黨內可能出了什麼大事。於是他很快就打電話告訴了胡風。這以後沒兩天，胡風的老朋友聶紺弩同志去看望他，胡風突然問道：「紺弩，前兩天你在懷仁堂聽了什麼重要報告？」這當然是胡風懵他嘍！

大致可以推斷為：專案組從日記發現線索，然後審問胡風，胡風講出了綠原和聶紺弩洩密的經過。

永平

Wu yongping，您好！（主題詞：證實證偽舉例）

例如，證實了《論主觀》是胡風明知其為支持才子而作，發表是為了支持才子；證偽的是，失察說，供批判說，雙簧說。又如，證實了胡風一出手就背著舒蕪在周面前把舒蕪賣了，還不斷鼓勵舒蕪再接再厲；證偽的是，胡風一貫是舒蕪的恩師引路人，舒蕪背叛恩師，等等。供您考慮。舒蕪上

先生：感謝您提供的線索，我會認真思索，如何既簡潔又明瞭地表達出這本書的這個特點。永平上

先生：（主題詞：關於自序）

為《自序》最後一段加上「證實」或「證偽」的例證。限於體例，只能舉以下兩例。

秉著這一思路，筆者撰寫了《舒蕪胡風關係史證》，試圖立足於目前所能掌握到的所有原始資料，並借鑒他人研究成果，進行證實或證偽的操作。可證實的則證實：如，胡風當年清楚地知道舒蕪撰寫《論主觀》是為了聲援在黨內受到批評的重慶「才子集團」，並對該文及後續諸文的寫作和修訂給予了非常具體的指導、鼓勵和督促，這樣就澄清了胡風 1945 年用以搪塞周恩來追究的「為了批判說」、1950 年用以對付何其芳批評的「雙簧說」及 1955 年為了應付中宣部批判的「失察說」等不確切的提法；可證偽的則證偽：如，1952 年周總理在「胡風文藝思想討論會」召開之前曾在周揚的請示信上作出批示，明確指出要「認真地幫助他進行開始清算的工作」及「既然開始了，就要走向徹底」。胡風當年通過綠原從舒蕪「請教」而獲知了周總理批示的全部內容，卻一直佯裝不知，在「萬言書」大談「周總理向我指示的意思是：……」，彷彿他的一切行動都是秉

承周總理的指示來做的。類似的證實或證偽的例證在文中還有許

多，在此不贅。

永平

wu yongping，您好！兩例很好。舒蕪上

2006-09-24　討論「證偽」的舉例

wu，你好！（主題詞：證偽的舉例）

證實證偽各一例，最好均與舒胡關係直接相關，且皆大事，而後銖兩悉

稱。今以論主觀一例證實，確乃舒胡關係中開頭的大事。而以周批一例證偽，

則與舒胡關係僅間接相關，且非大事。故證偽一邊，是否換一個晚期的例，

並求首尾呼應為好？請酌裁。

bikonglou@163.com

先生：（主題詞：證偽的舉例）

證偽例證取最直接相關及晚近者，可以考慮。

待我想一個最有份量的再告。

永平上

先生：（主題詞：關於自序）

考慮了一下，打算改寫為：

秉著這一思路，筆者撰寫了《舒蕪胡風關係史證》，試圖立足於

目前所能掌握到的所有原始資料，並借鑒他人研究成果，進行證實

或證偽的工作。可證實的則證實：如關於《論主觀》這一歷史公案。

胡風當年清楚地知道舒蕪撰寫《論主觀》是為了聲援在黨內受到批

評的重慶「才子集團」，並對該文及後續諸文的寫作和修訂給予了非

常具體的指導、鼓勵和督促，這樣就澄清了胡風 1945 年用以搪塞

周恩來追究的「為了批判說」、1950 年用以對付何其芳批評的「雙

簧說」及 1955 年為了應付中宣部批判的「失察說」等不確切的提

法。可證偽的則證偽：如關於「利用私人書信入文」問題。流行的

看法是，舒蕪 1955 年 4 月撰寫《關於胡風的宗派主義》時曾引用

了胡風的書信，此舉「越過了知識分子倫理底線」。其實，胡風早在

1954 年 4 月撰寫「萬言書」之「關於舒蕪問題」時，就已引用過舒

蕪的書信。況且，舒蕪之為此是為了公開揭發「胡風的宗派主義」，胡風之為此則是為了向中央密報舒蕪為「叛黨分子」。一為公開，一為密報，高下立判。類似的證實或證偽的例證在拙著中還有許多，在此不贅。

永平

wu yongping，您好！（主題詞：圓滿）

圓滿極了，蔑以加矣。舒蕪上

2006-09-27

舒蕪先生寄來《文革被殺第一人：劉文輝》《北朝鮮二代領袖》等網文。

2006-09-29　郵箱故障

先生：（主題詞：請教）

讀胡風書信，有一處提到他家的貓。似乎與你有關，但不知其詳。

胡風致路翎第 33 信（1944 年 8 月 2 日自重慶）

得信後管兄即來，只住了一晚，沒有堅留他，不知怎的，總是疲乏，提不起興致來。好像「生命力」漸漸要（更要）睡覺了似的。但他的「甘露寺」好像沒有演成，問起來，說是見到了，沒有意思云。

《兒女們》卻託他帶去了，且看結果如何。真想順便也搞到一筆錢，使你們的典禮豐盛些。

（中略，吳注）

管兄來的第二天，小黃貓死了。頭天，他照習慣爬上了我的椅子，管兄坐著，它伏在他的身上。意外地，不知是為了敷衍主人還是怎的，他輕輕地撫他，但第二天就送了它的終。

問題是：這貓的死是怎麼一回事。你撫它，有什麼問題嗎？

永平上

舒蕪覆信丟失

2006-10-05

舒蕪先生寄來《北朝鮮第二代領袖……》等網文。

2006-10-06

先生：中秋快樂！幸福美滿！

　　　永平上

2006-10-07　　《阿壠「引文」公案的歷史風貌》

先生：您好！

　　這幾天寫了一篇小文章呈上，請指正。

　　該文擬投《粵海風》，還未寄出。

　　十一休假過後，將開始修改書稿。

　　　永平上

　　（附件：《阿壠「引文」公案的歷史風貌》），

　　舒蕪先生寄來《一個有核武器的朝鮮……》《朝鮮若核爆美國軍事……》《中國可能正在忽略 30 年前的今天》《五七一工程紀要》等網文。

2006-10-08　　舒蕪談「社會民主黨」

先生：您好！（主題詞：昨寄一稿，收到否）

　　昨天寄去一篇關於羅飛的稿件，收到請覆信；未收到，則重寄。

　　　永平上

wu yongping，您好！（主題詞：引文事件）

　　這件事，當時我毫無所知，現在讀來也還是若明若暗，構不成完整鮮明印象。由此可見，這類事要使今日普通讀者了然，還大非容易。那部大書將來修改後，最好找一個年輕人通讀，儘量滿足他的理解要求。如白居易詩，務必使老嫗能解。此文只有一處我有小意見，附上請酌。另外。據可靠消息，當時胡喬木對周揚此舉極為反對，當面反對，而周揚拒絕接受云。舒蕪上

　　舒蕪先生對「阿壠引文公案」一文所作的批註：

　　1954 年胡風在「萬言書」中提到周揚的這次報告，寫道：「一九五〇年三月十四日，周揚同志在文化部大禮堂向全京津文藝幹部做大報告，講的是接受遺產等問題。其中特別提到陳亦門同志當時發表的兩篇文章，態度激憤得很，把這當作小資產階級作家『小集團』的抬頭，危害性等於社會民主黨。他指著臺上的四把椅子說，有你小資產階級一把座的，如果亂說亂動，就要打！狠狠地打！」

所謂「社會民主黨」，出自《聯共（布）黨史》，指是蘇俄革命中與布爾什維克對立的政治派別，據說其以修正或改良馬克思主義為特徵。（舒蕪批註：我沒有細查《聯共（布）黨史》，印象中，那裡面「與布爾什唯克對立的政治派別」是孟什唯克，不是社會民主黨。社會民主黨是第二國際下面的黨，第三國際下面沒有。俄國共產黨的前身叫社會民主工黨。俄國曾有社會革命黨，十月革命後與共產黨一度合作，那又是小資產階級的黨，根本與馬克思主義無關。）周揚將「胡風小集團」與之類比，顯然有脫去胡風「馬克思主義外衣」的意圖。

2006-10-9

先生：看了你寫的「可靠消息」，真有意思。周揚竟與胡喬木唱反調，很難想像。

周揚在那個報告中第一次點出「小集團」，兩年後胡喬木也點出「小集團」，看來後來他們的意見逐漸統一了。

關於社會民主黨，《聯共布黨史》中說了很多，俄共早期稱為社會民主工黨，與社會民主黨仍有聯繫，1917 年列寧在《四月提綱》中就索性提議拋棄「社會民主黨」這件「骯髒的外衣」，改名為共產黨。這事說來複雜，與文章論題關係不大。乾脆，我就用最權威的說法吧：「社會民主黨，現代國際工人運動中主張社會改良主義的派別。」你看好嗎？

你提的將書稿給年輕人通讀的建議，當然很好。我找找看。

永平上

舒蕪先生寄來《對付北韓的核試驗，中國的三種對策》《從天下退向床笫》《元老籲重新評價毛胡》等網文。

2006-10-12 討論交友之道

先生：您好！

昨天接到出版社電話，說已將我前一本書（《姚雪垠與胡風》）的清樣寄出，讓我趕快看。

這樣，下一星期我就要看稿子了。

原來打算開始改書稿（《舒蕪胡風關係史證》），這樣就可能要推遲一星期。

　　近日讀馮雪峰論文集，看到如下一段，覺得可以寫進書中，作為當時衡量友誼與階級關係的時代標準。這裡有一個基本規律：分歧－規勸－批評－鬥爭。其中有無規勸階段是衡量一個人善意或惡意的非常重要的原則。我認為，你在與胡風的關係史中，是有過規勸這一階段的。而這一階段，人們卻普遍不瞭解或不理解，這是問題的關鍵。不知你的看法如何。引文如下：

　　　　「例如兩個朋友或同志，有一個對於民族或社會，或階級，或他們所屬的集團有叛逆或破壞的企圖（這是說這叛逆或破壞並非好的革命的行為），則其他一個人對於他這朋友或同志的忠誠就決不是去附和他的企圖，卻必須去規勸去阻止他的企圖。假如他不阻止他，自然也不附和他，而取不聞不問的態度或自己走開了，這是不僅證明他對朋友或同志沒有愛，同樣對於社會或團體也不忠不愛的。又假如不先對朋友或同志下勸告和阻止，卻只將他的企圖當作情報似的東西向社會或團體告發，這對於社會或團體也許可說是忠誠的，但對於朋友或同志卻是居心險惡，近於可怕；而且在這裡，對社會或團體的忠誠是和對朋友或同志的形似的忠實也常是可疑的。（這種形似的忠實後來常常被證明為其實是奸詐的現象，我們也屢見不鮮了。）這裡，無論對社會對朋友，對團體對同志，唯一最先的出于忠和愛的辦法是規勸和阻止，竭誠的斥責和鬥爭；等到規勸不過來，料定錯誤的企圖將成為事實，那便是社會也是自己的敵人了，豈但向社會團體告發而已，並竭盡所有力量和他宣戰了。請不要以為我在這裡主張一種過於厚道的人生態度，實際上是正惟這樣才是對於社會或階級，或團體的最大的忠誠，帶給它以比別的態度更大的利益。」《論友愛》，《馮雪峰論文集》（上），人民文學出版社，第 296～297 頁。

永平上

　　wu yongping，您好！大作出版，可賀。何處出？雪峰之論，過去沒有注意。現在看來，他是瞭解情況的，所以他接納我到人民文學出版社工作，並非偶然，那正是我以《從頭學習》和《公開信》實行了「規勸」之後。（還有先前多次口頭規勸，雪峰自然還不知道。）但目前，一切為自己作道義上的辯護的話，我只能不贊一詞，聽憑公論而已。舒蕪上

先生：

《姚雪垠與胡風》那本書原交長江文藝出版社出版，今年出版社惹了大麻煩，被出版署多次點名批評。8月間又因一本書中有「先進性教育」一句，標點為「先進，性教育」而又被整頓。當時我正因該書稿內容被抄襲煩惱，又遭到出版社退稿（拿不到書號）。只得趕緊重新聯繫出版社，我找到河南大學出版社，年初他們就要這書稿，我沒有給他們。這次就給他們了。他們爭取在10月底出版，我想大概趕不及了，但年內肯定是要出的。

馮雪峰接納你，誠如您所說，應該與他的「交友觀念」及對胡風與你關係的瞭解有關。打算在修改時，將這段引文寫進去。就放在當時你與馮談進出版社事那一節中。

永平上

Wu yongping，您好！（主題詞：啟發）

剛才看到一篇文章，有相當啟發，特轉上，請閱。舒蕪

（附件：高華《在革命辭語的高地》）

先生：謝謝！已粗略地讀過一遍。毛澤東當年是如何征服延安知識分子的，解放初又如何用這一套來強迫所有知識分子接受，有所瞭解了。永平上

舒蕪先生又寄來高華《重新認識三十年代左翼文化》等網文。

2006-10-13

先生：讀胡風書信集。如下這信中所提到的「方兄」，編者注為「方然」，但胡風從來不稱方然為「方兄」，而是稱「朱兄」。因此我疑心這裡的「方兄」是指您。不知對不對，請你讀讀下面的信。吳

4. 1948年11月4日自上海（有刪節，吳注）

平刊看到否？方兄幾則短文，實在不好。他這心情，如不能從底改變，那一種病弱的氣味是很難脫掉的罷。但要改變，恐怕非把他拖到泥塘裏打些滾不可。以他的邏輯力量，真正是可惜的事情。

②方兄」疑指方然。——編者注

2006-10-15　郵箱故障數日

舒蕪先生電腦郵箱發生故障，多日只能發不能收。

寄來《華國鋒走上政治生涯頂峰內幕》《宋慶齡助手金仲華……》《劉少

奇對文革的獨特貢獻》《北韓核試靈魂人物》《一個起初的白求恩》《可以交心的人》《何家棟終生陷文字獄》

2006-10-25

吳永平，您好！節前家父的電腦出問題，現在已經修好，但是一直沒和你聯繫上，故此讓我代為問候。方朋

方朋：您好！謝謝通知。最近幾天給先生寄去幾封信，沒有收到回信，原來是這個緣故。下午我再寫信。湖北吳

先生：（主題詞：請教）

請教一個問題。

胡風1952年8月15日致王元化信中寫道：

想不到的是，居然以舒無恥為法寶，要約他來參加討論，云。來，也好，看他是一付什麼嘴臉，能造出什麼謠言來。我擔心一件：你回他的那一封信。二馬是小人，小人見面，也許會「貢獻」出去的。此事寧信其有，你作一精神準備。好在，那信是雪葦看了同意了的。

信中說的「你回他的那一封信」，指的是你將《文藝實踐論》寄給上海的劉雪葦後，王元化代劉寫給你的那封信，這事你在《〈回歸五四〉後序》中提到過。

我想請教的是，當年你是否認識王元化和劉雪葦？在「討論會」期間，你是否與人提到過王元化寫的那封信？

永平上

先生：（主題詞：再發）

讀胡風書信集。如下這信所提到的「方兄」，編者注為「方然」，但胡風從來不稱方然為「方兄」，而是稱「朱兄」。因此我疑心這裡的「方兄」是指您。不知對不對，請你讀讀下面的信。永平上

（信略，吳注）

wu yongping，您好！（主題詞：方兄問題）

大概指我。舒蕪上

wu yongping，您好！（主題詞：劉雪葦、王元化）

校樣看完沒有？劉雪葦，至今不相識。王元化，只在粉碎四人幫後，我過上海時，承他邀請到他家餐聚一次。在「討論會」期間，我大概不會提到他代雪葦寫的那封信。因為《文藝實踐論》並未在「問題」之內。舒蕪上

先生：如此看來，胡風當年寫給王元化的一封信就有挑撥之嫌了。永平上

先生：（主題詞：校樣已看完）

那本書的校樣上週看完，已寄回河南大學出版社，年內可以出版。

但《關係史證》的書稿還未開始修改。我正在看一些相關材料，做修訂前的準備工作。永平上

wu yongping，您好！我已不記得王信內容。而且我不明白胡信怎麼又扯到「小人二馬」？真是一頭霧水。舒蕪上

先生：下面是我最近寫的一組小文中的一篇，談的就是這件事。請閱示。永平上

（《「那一封信」》。錄開頭數段如下，吳）

「那一封信」，見於胡風 1952 年 8 月 15 日致王元化信。信中寫道：

> 「想不到的是，居然以舒無恥（指舒蕪）為法寶，要約他來參加討論，云。來，也好，看他是一付什麼嘴臉，能造出什麼謠言來。我擔心一件：你回他的那一封信。二馬（指馮雪峰）是小人，小人見面，也許會『貢獻』出去的。此事寧信其有，你作一精神準備。好在，那信是雪葦看了同意了的。」

該信收入《胡風全集》第 9 卷，編者未對「那一封信」加注。

2006-10-28

wu，你好！剛才看到一文，頗有啟發。發上一閱。

bikonglou@163.com

（附件：《蘇聯哲學與近代中國馬克思主義哲學的形成》）

2006-10-29　網絡故障

先生寄來《何家棟先生生平》《關於劉亞洲戰略思維》等網文。

先生：因網絡故障，三天沒有上網。今天下午才弄好，讀到您寄來的幾篇參考資料。永平上

wu yongping，您好！原來如此，我正納悶幾天沒有音信哩。真是越來越離不開電腦了。舒蕪上

先生：今天請電訊局來修，他們說是寬帶貓壞了。下午借了一個試用，可以上網了。明天上街去買一個裝上，就徹底解決問題了。永平上

2006-11-01　舒蕪在《新華日報》發文目錄

先生：今日上午去圖書館查閱《新華日報》，你在其上發表的所有文章篇目如下：

> 1939 年 12 月 29 日《用新方法整理國故》
>
> 1940 年 2 月 13 日《研究孔學的基本認識》
>
> 1941 年 2 月 10 日《論真理的超經驗性》
>
> 1942 年無
>
> 1943 年無
>
> 1944 年 3 月 20 日《在情理之上──讀史筆記》
>
> 7 月 25 日《國家行為的倫理問題》
>
> 10 月 30 日《飲水思源尊「考據」》
>
> 1945 年無
>
> 1946 年 7 月 29 日《我們的回答》
>
> 7 月 30 日《斥「人格教育」》
>
> 8 月 22 日《論無恥主義》

另外，查到何其芳《關於實事求是──舒蕪先生「論實事求是」的商榷》，載 1946 年 10 月 9 日《新華日報》。

先生：不知你是否用過其他筆名在上面發表文章，請示之。

永平上

wu yongping，您好！（主題詞：舒蕪覆）

承示當年新華日報上發表的拙作，非常感謝。1940 年 2 月 13 日《研究孔學的基本認識》，1941 年 2 月 10 日《論真理的超經驗性》，1946 年 7 月 29 日《我們的回答》，7 月 30 日《斥「人格教育」》幾篇，毫無記憶，8 月 22 日

《論無恥主義》這個題目有些記得，也想不起內容是什麼，總之如同夢寐。《新華日報》發行受限制，我遠在鄉下，根本看不到，是不是當時根本不知道已經發表，否則《掛劍集》為什麼不收，現在也都說不清。此外好像沒有用其他筆名的了。何其芳文是否看過，也記不清。舒蕪上

先生：我是從《新華日報索引》中查到的，可惜不能看到原文。現在要查這些舊報，只能看縮微膠捲了，比較麻煩。永平上

舒蕪先生寄來《普京籲永不重蹈蘇共……》《鄧穎超日記啟封》等網文。

2006-11-05　關於何滿子

Wu兄，您好！（主題詞：新材料）

電腦修好否？頃見材料一則，兄或尚未見及，錄奉備覽——

> 滿子先生一生以魯迅為楷模，治學為文均是如此，不趨時，不媚俗，真誠待友而疾惡如仇，始終關注著現實，對於看不慣的種種現象，常有「骨鯁在喉，不吐不快」之感，文中常有難抑的火氣。對於使他墜入噩夢之端的那場胡風事件，他一直念念不忘，曾有一絕：「浪跡江湖慣獨行，也知才短此身輕。十年一覺文壇夢，贏得胡風分子名。」對於那位交出與胡風來往信件而成為胡風事件導火索的舒蕪，滿子先生直斥他為出賣耶穌的猶大；即使當舒蕪後來有悔恨之詞，且在學術上取得成就時，滿子先生仍本著痛打落水狗的精神，不予寬恕；並不惜與為舒蕪辯護的老友轟紺弩爭論。對於社會和文壇上一些看不慣的現象，如武俠小說熱、流行歌曲熱、胡蘭成和張愛玲熱等，年近90的滿子先生還是抑不住心中的火氣，予以抨擊。為此，他常被一些人目為守舊之人。對此，他自嘲道：文章媚俗方行俏，識見忤時該倒楣。最好佯裝驚訝狀，學蘇北話喊乖乖。
>
> （高克勤《印象中的何滿子先生》，載2006年11月3日《文匯讀書週報·書人茶話》）

bikonglou@163.com

先生：收到「新材料」。類似的材料我讀到過，下面就有兩篇。

電腦修好了。這兩天在搞家庭聯網，買了一個路由器和幾根網線，把三間房子的電腦全聯在一起了，可以一起上網。

《舒蕪胡風關係史證》初稿已寄南京文藝出版社副總編，我打算徵詢一下他讀後的意見，再事修改。

永平上

（附件：何滿子《要對歷史負責》《最好的年華都在運動裏面》）

先生：何滿子與聶紺弩爭辯胡風問題的文章（主要是關於聶公給你的談胡風的那幾封信），我沒有讀過。據說他收進了某集子，但找不到。

我想，此人說話不甚負責，不讀他的文章也沒有什麼關係。

永平

2006-11-06

wu yongping，您好！初稿先徵求知者的意見，甚是，他有什麼高見，尚希見告。家庭聯網，我的經驗不太好，總容易壞，也許我未得其法。舒蕪上

先生：稿件剛寄出兩天，意見還未來。

家庭聯網是這樣的：寬帶貓加上一個四口的路由器（100元左右），幾根網線，即可。

路由器讓商家調試一下，設置好虛擬撥號，輸入用戶名和密碼，以後接上電源便自動撥號了。很方便。

永平上

2006-11-08　舒蕪談「密告」與「公開」區別

Wu yongping，您好！（主題詞：妓院裏找處女，政治家裏找君子，都是不可能的事。）看附件。舒蕪上

（附件：《劉少奇主持的朱德批判會驚人內幕》）

先生：（主題詞：搞政治的人都如此）

政治鬥爭無誠信可言。毛澤東周恩來在處理胡風問題上是如此，胡風要搞政治也只能玩陰謀。這些情況明眼人都清楚，只是現在不能寫，寫了也發表不出來。永平

wu yongping，您好！胡風已經密告了我之後，還布置綠原向我和氣地「請教」，他自己和顏悅色地與我談話終日，他屢次套人家的話摸底。如此等等，大概都是政治家的常事。而我只曉得公開，公開勸告，公開論爭，公開檢

討，一切公開，可見我根本不是搞政治的料。舒蕪上

先生：您好！

您說得很對。

胡風悲劇在一定程度上應歸咎於玩陰謀，毛澤東因此恨他，大概就是這個原因。

永平上

2006-11-10

舒蕪先生寄來《郭世英在農大的最後歲月》《柏林牆下的秘密通道》等網文。

2006-11-13　商量作序人選

先生：（主題詞：永平問好）

書稿寄給江蘇文藝出版社後，尚未意見反饋。

我在考慮下一部書《胡風和他的朋友們》的寫法。這本書是有意與李輝的《胡風集團冤案》唱反調的，想從史實方面匡正他書中的若干提法。

朋友們建議我找位名人為《舒蕪胡風關係史證》寫個「序」，您的意見如何，能否介紹一位。

永平上

wu yongping，您好！作序人選尚待考慮。一要名人，二要公正客觀科學，三要不涉嫌疑，四要與您熟悉，最好您直接求序，我不出面去求。初步想到的是朱正，名人、科學兩條都符合，您大概不熟悉他，但不妨直接去找，他會肯的，即使我去找他也無大妨，只是我曾經發表過兩篇讚美他著作的書評，他現在來寫此序，未免處於嫌疑之地，人家容易揪這個小辮子。其次想到的是邵燕祥，他也是名人，大概也還公正科學，我沒有讚美過他，沒有嫌疑，但他與我不算熟悉，您若求他，他肯不肯還難說。此外還沒有想到別人，尚待再想。匆匆，祝好！舒蕪上

先生：所提建議甚好。

我覺得朱正比較適宜，他較之邵燕祥更與胡風沒有瓜葛。

我做事歷來求簡便，如果要登門求序，那只有免了。

我的意思是，從網上寄書稿給對方，對方閱後願意寫就寫，不願寫也不

勉強。

　　永平上

　　wu yongping，您好！朱正電郵是 zhuxiao@peng-s.com，這是他兒子朱曉的，他電腦技術不行，必須通過他兒子的電腦才行。舒蕪上

　　先生：讀《書屋》網上今年舊刊，有您的一篇短文《一點獻疑》。
文中有幾處亂碼，請告之原文，並請通知書屋網站改正。永平

　　wu yongping，您好！我那篇小文是《關於陳寅恪詩的誤讀》。
　　《書屋》2006 年第 6 期載王蒙《門外談詩詞》一文，有這樣一段：

　　　　再講陳寅恪。陳寅恪也不以詩名，他是一位史學家，雙目基本
　　失明，在廣州中山大學。我們看他的《丁亥春日閱花隨人聖庵筆記
　　深賞其遊暘台山看杏花詩因題一律》：「當年聞禍費疑猜，今日開編
　　惜此才。世亂佳人還作賊，劫終殘帙幸餘灰。荒山久絕前遊盛，斷
　　句猶牽後死哀。見說暘臺花又發，詩魂應悔不多來。」這裡我們能
　　看到什麼？我說不好，因為我對陳寅恪不大熟悉。但從「亂世」、
　　「聞禍」、「斷句」這些詞中明顯感覺到，面對新中國的建立，中國
　　的動盪，他有一種生不逢時、正逢亂世之感，這和後面要說的革命
　　家完全不一樣。再如「荒山」，還流露出荒蕪感；「死後哀」，又流
　　露出悲劇感。此詩所表現的正是陳寅恪在大變動中那種六神無主的
　　悲哀。

　　舒蕪按；這是誤讀。丁亥是一九四七年。《花隨人聖庵筆記》應作《花隨人聖盦摭憶》，是詩人黃濬的筆記。黃濬，字秋嶽，是抗戰前舊體詩壇上頗為著名的詩人，抗戰開始時任行政院長汪精衛的機要秘書，以出賣最高層決策重大國防機密給日寇之罪被處決，在文化知識界曾引起震動。陳寅恪抗戰勝利後重讀《花隨人聖盦摭憶》，其中錄有黃濬自己的遊暘台山看杏花詩，陳寅恪欣賞此詩，乃題此律。詩中最主要的是憐才之心，大意是：當年聽到黃濬災禍的消息還頗費猜疑，這樣才人真會幹出那樣事麼？古語云：「卿本佳人，奈何作賊。」也是那個亂世，才使佳人作了賊。今天我打開此編，仍然可惜這個人才。黃濬當年看花賦詩的暘台山久已成了荒山，少有遊客。只存此零篇斷句，還牽動我作為後死者的哀思。聽說暘台山的杏花又開了，黃濬這個詩魂應該後悔當年沒有多來幾次吧。詩中「亂世」指日寇侵略之世，同「新中國

的建立、中國的動盪」沒有關係。

該刊第 10 期又有朱嘉《王蒙先生強作解人》一文，說黃秋嶽事，比我說的詳盡準確得多，請參看。

舒蕪上

先生：您好！

謝謝提供朱正先生公子的郵箱。

下月我再與朱正先生通郵，問他能不能撥冗讀讀我的書稿。

謝謝！永平上

先生：（主題詞：謝雲）

請教一個人。《文藝報》2 卷 5 號（1950 年 5 月）上發表了一篇批評路翎小說的文章，題為《評〈女工趙梅英〉》，作者署名「張明東」。胡風和路翎都懷疑這不是作者的本名，為此作了些調查。

我在網上查到一個人，他的筆名是「張明東」。此人情況如下：

（略，吳注）

他在人民文學出版社工作過，您也許認識他。

能說說他的情況嗎？

永平上

先生：我上封信說錯了，他不是人民文學出版社的，而是人民出版社的。

永平上

wu yongping，您好！謝雲（張明東）我不認識，他 1972 年到人民出版社工作，其時我還在幹校。舒蕪上

2006-11-14　商請朱正先生作序

wu yongping，您好！朱正先生今年要回長沙過春節，不在北京過。舒蕪上

先生：您好！我考慮一下，如何給朱正先生寫信。永平上

wu yongping，您好！似乎可以這樣說：1. 自我介紹。2. 大致說明書稿性質內容。3. 一向佩服他的「反右」研究與魯迅研究的客觀公正科學，也注意到他在《隨筆》雜誌上發表的關於胡風的「隔膜」的文章。4. 覺得請他來評

價此書稿最為合適。5. 問他能不能做序。6. 如果他願意，就將書稿發上請他先過目。想到的約略如此，僅供參考。舒蕪上

先生：您好！感謝您的提示，我斟酌一下，寫封信，附上書稿的目錄。永平上

先生：（主題詞：給朱正先生信草稿）

給朱正先生信已擬好，我只想簡單地寫幾句，免得言多有失。如果朱先生願意看看書稿，一切都在其中，不待我多說的。

請您看看，信還未寄出。

永平上。

（附件中是給朱正先生信，錄如下）

朱正先生：冒昧地打擾您，十分抱歉。

最近，我寫成一部書稿《舒蕪胡風關係史證》，想找位資深的研究者審讀並作序，舒蕪先生建議請您，他提供了您的這個郵箱。

附件中是拙著的目錄，請過目。

我是湖北省社會科學院文學研究所的研究員，近年來寫了幾篇關於胡風的文章：

（略。吳注）

我讀過您的一些著作，很仰慕您治學的方法、態度和精神，希望能得到您的指教。

（略。吳注）

如蒙允准，即寄上拙著書稿。順頌

健康！

湖北吳永平

wu yongping，您好！是不是不必說我建議的和我提供郵箱的？含糊說「打聽到的」，是不是即可？他要問，再說清楚也不妨。如何？舒蕪上

先生：（主題詞：給朱正先生信草稿修改）

根據您的意見，改為：

朱正先生：您好！

冒昧地打擾您，十分抱歉。

最近，我寫成一部書稿《舒蕪胡風關係史證》，想請您審讀並

作序。

您的這個郵箱是朋友提供的。

附件中是拙著的目錄，請過目。（略，吳注）。

我的簡歷和學術成果如下，請過目。（略，吳注）。

如蒙允准，即寄上拙著書稿。順頌

健康！

湖北吳永平 2006-11-14

其實，我並不太在乎有無名人作序，但朋友建議這樣，好像能對出版有幫助。

永平上

wu yongping，您好！是會對出版有幫助，同時也對讀者和公論有效果。
舒蕪上

先生：我即把信寄給朱正先生。謝謝！永平上

2006-11-18　等待朱正先生的答覆

wu，你好！（主題詞：問訊）

兩天未接信，朱正先生有回信麼？剛才讀了《隨筆》雜誌今年第六期上李普《楚狂本色總依然》，是寫李銳的，極其值得一讀。您能找到一讀否？舒蕪上

先生：您好！（主題詞：覆問訊）

兩天未寫信，是在等待朱正先生的回覆。

沒有收到朱正先生信。

我想，五十萬字的書稿，請素昧平生的人來審閱，也未免強人所難了。

我打算將書稿直接寄其他的出版社看看，已寄江蘇文藝出版社，尚未得到回音。打算再寄河南大學出版社，他們的那套「當代文藝風雲」書系，已收入我那本《隔膜與猜忌》，或許會也要這一本的。

永平上

先生：隨筆雜誌我單位有，週一就去看看。

李銳就住在姚雪垠的樓上，我去北京時，有時在姚家留宿，他們總談起李銳來。

　　永平上

　　wu yongping，您好！他不會收取電腦，全待他兒子來，也許要過一些時。我索性把話說破，直接問他，如何？我想他不會拒絕。舒蕪上

先生：您好！（主題詞：說破）

　　感謝您的盛情！

　　事情說破也無不可，遲早大家會知道的。

　　也許可以這樣，不必寄全部書稿，全稿太長了，只寄幾節給朱正先生看，節省他的時間。我的情況你介紹介紹就行了。

　　永平上

wu yongping，您好！（主題詞：朱正答覆）

　　剛才打電話問了，他說已經要他的兒子代回電信，大意云：您的已經發表的大作，他拜讀過幾篇，非常佩服。現在的大著告成，承不棄，命作序，自當學習，請即將尊著發來，寫成請教，等等。他兒子那裡，仍當發信，請稍待。舒蕪上

　　wu yongping，您好！已經轉告。舒蕪

先生：（主題詞：我非常感動）

　　承蒙朱正先生不棄，願意讀讀原稿，非常感動。

　　待收到覆函後即寄出書稿。

　　勞煩你出面，真有點過意不去。

　　永平上

　　wu yongping，您好！已經轉告。舒蕪

先生：您好！謝謝！

　　我想，朱正先生讀後一定會有話要說的。務請他一定提出意見，我接受得了。

　　至於序，倒是次要的。如果他不願寫序，也不必勉強。或建議他寫一個帶有批評或指正性質的序，也挺有意思。

　　這部書稿的觀點有挑戰性，也許出世得稍微早了一點。

　　永平上

2006-11-20　朱正先生答允作序

先生：（主題詞：朱正先生來函及我的回覆）

今天早上開機，即收到朱正先生來函。令我感動。已回覆。書稿已寄出。兩信如下。永平上

　　吳先生：你好！（郵件主題語：朱正遵命）

　　　來信收到，舒蕪先生也將尊意轉告。大作我曾經讀過一部分，十分佩服！承你不棄，命我作序，自當遵命，不知道你對時間及篇幅有何要求？我 12 月上半個月將離開北京，寫序恐怕只好在這以後了。大作何時發給我，由你決定。

　　　朱正

　　朱正先生：您好！

　　　非常感謝！

　　　拙著草成後，修改了兩遍，還未定稿。寫作及修改過程中都曾得到舒蕪先生的指教，尤其在史料的甄別及行文的措辭上。目前正準備作第三次修改。

　　　先生的序，如果春節前後能成，最好不過，我本打算節後再聯繫出版社的；篇幅長短隨尊意，「舒蕪胡風關係」迄今尚無定論，先生當有話要說；另，拙著中史實、觀念、結論等，或許有合尊意處，或許有未盡合者，先生不妨直言，批評無妨，過譽則不必。

　　　我寫這部書的目的，並不是想為舒蕪先生做翻案文章，只是想把當時文化人的關係放在那個特定的歷史環境中進行考察，從個性、學養等到環境、潮流等，為那個年代衍生的「文化－政治」人的特殊歷史身份下一個注腳；此外，還有一個小小的企圖，則是針貶當代文化研究中的某種浮躁的傾向，並倡導實證主義的研究。至於拙著在多大程度上實現了初衷，則有待於專家和讀者的品評。

　　　現將拙稿寄上，望不吝批評指正。

　　　後學吳永平上 2006-11-20

　wu yongping，您好！朱吳往來二信悉，俱有言簡意賅之勝。朱序當有可觀，出書時不妨先發表以為喤引也。舒蕪上

　　先生：朱正先生序寫出後，當自有發表處。如交我發表，則只有學術刊

物，如《江漢論壇》之類，影響不大。

永平上

2006-11-21　《胡風書信隱語考》開筆

先生：近來我在構思下一步寫什麼，邊構思邊撿了點小材料在寫。

想先寫《胡風書信隱語考》，這是一組小文章。

我的想法是這樣的：現代作家在書簡中通常能比發表的文字中更無所顧忌的臧否人物，胡風（派）更具特色。當然，這是與他們始終處於邊緣的位置有關。我想，把他們的隱語集中一下，概括地加以說明，也是一件有趣的事情。陸續已寫了十幾段了。

還想寫寫《胡風（派）戰術考》，如「疑兵陣」、「鋼絲鞭子」、「邊打滾邊作戰」等，也有些趣味。

每天寄一小節吧，請指正。永平上

（胡風書信隱語考：1.「馬褂」。）

總題《胡風書信隱語考》

緣起

1977 年 12 月胡風在《簡述收穫》中寫道：「在抗戰後期和戰後，和我有關的青年作者在通信中或口頭上就對個別左翼大作家發洩過不滿，我自己甚至對黨員作家也偶而發洩過。到了這時候（指 1948 年前後）在通信中就信口打諢了起來，用語和口吻竟達到了輕薄和惡劣的地步。」

1.「馬褂」

隱語「馬褂」，首次出現於胡風 1944 年 5 月 25 日致舒蕪信，信中寫道：

> 「我預定二十九日下午進城。為這《希望》，至少當有一週的住
>
> 罷。還有一些別的事，還有兩位從遠路來的穿馬褂的作家要談談
>
> 云。」

該信被收入《胡風全集》第 9 卷時，編者加注云：「兩位從遠路來的穿馬褂的作家」指從延安來的劉白羽和何其芳。

……（正文只收錄起首三段，餘皆略去，下同。吳注）

wu yongping，您好！「馬褂」是「黃馬褂」之意，就是「欽差」之意，這個關鍵要點出。「隱語考」「戰術考」這些名字，雖是開玩笑，但是不是有故意妖魔化、抹鬼臉之嫌？請酌！舒蕪上

先生：您說得對。

這樣的命題，真的似有「妖魔化」之嫌。要不然，改題為「胡風書信特殊用語考」，取中性，這樣可好？〔註135〕

未把關鍵處點出，是想用「欽差」再寫一題。看來，這是沒有必要的。
永平上

wu yongping，您好！「特殊用語」好。「黃馬褂」一次說清好。舒蕪上

先生：明天再細細全部改過來，語氣也要調整一下。
永平上

wu yongping，您好！是的，語氣很重要。舒蕪上

2006-11-22　隱語考 2、3、4、5

先生：寄上兩小節。

這樣的短文，也許能讓讀者們長點見識。文中儘量不帶主觀情感，但不知做得如何。永平上

（胡風書信隱語考：2.「抬頭的」和「抬腳的」；3.「胡四」）

2.「抬頭的」和「抬腳的」

「抬頭的」和「抬腳的」，出自胡風1945年1月28日致舒蕪信，信中寫道：

> 「二十五日進城……當天下車後即參加一個幾個人的談話會的後半會。抬頭的市儈首先向《主觀》開炮，說作者是賣野人頭，抬腳的作家接上，胡說幾句，蔡某想接上，但語不成聲而止。也有辯解的人，但也不過用心是好的，但論點甚危險之類。最後我還了幾悶棍，但抬頭的已走，只由抬腳的獨受而已。」

1955年該信被輯入《關於胡風小集團的一些材料》，編者注為：「（抬頭的市儈）指茅盾同志」，未對「抬腳的」加注。該信後被收入《胡風全集》第9卷，編者注釋云：「抬頭的市儈」指茅盾。「抬腳的作家」指葉以群。然而，何以稱茅盾為「抬頭的」，何以稱以群為「抬腳的」，他們「抬」誰，仍未得其解。

……（下略）

〔註135〕筆者經反覆思量，決定還是用原題，這是後話了。

3.「胡四」

「胡四」，出自胡風 1944 年 10 月 9 日致舒蕪的信，信中寫道：

> 「胡四們興了新花樣，要文化評論。要我每週一則，哪裏寫得出。託我問你要，我想，可以寫一點。」

該信收入《胡風全集》第 9 卷，編者未曾加注，「胡四」及「胡四們」指誰，於是存疑。

（下略）

yongping，您好！

一、「胡四」之稱，似乎記得是陳家康發明的，不是胡風發明的，但也記不准。

二、《論主觀》中心要求，是最大限度解放個性；延安整風中心要求，是最大限度壓縮個性，做齒輪螺絲釘：這樣提，似乎更確切些。

請酌。舒蕪上

先生：關於兩點意見。

第一點，「胡四」，誠如您所說，很可能是當年陳家康與胡風聊天時發明的。但到目前為止，陳家康與胡風的關係還沒有人寫過。大家都不談，也許有點什麼原因，我也就不能在這個方面深入了。

第二點，《論主觀》中心要求，按您的說法改過來。

永平上

先生：再寄一篇。永平

（胡風書信隱語考：4.「跳加官」）

4.「跳加官」

隱語「跳加官」，在胡風書信中出現三次，兩次見於致舒蕪信，一次見於致路翎信，全在 1944 年 3～6 月間。

胡風 1944 年 3 月 27 日致舒蕪信中寫道：

> 「我後天下鄉，但來月十三四又得來。這中間得擠出一篇八股文。人生短促，這不曉得是命運開的什麼玩笑。然而，只得『忍受』。要做商人，只得和對手一道嫖賭，要在這圈子裏站著不倒下，也就不得不奉陪一道跳加官！……即如這幾年的跳加官罷，實際上應該失陪，或者簡直跳它一個魔鬼之舞的，但卻一直混在蛆蟲裏面。」

1955 年該信被輯入《關於胡風反黨集團的一些材料》，編者注為：「（跳加官）指參加當時進步文藝界的活動。」還補充道：「（胡風）1944 年 6 月 21 日（致舒蕪）信把參加農曆端午節紀念屈原的活動稱作『為詩人們跳加官』，可證。」

（下略）

wu yongping，您好！

一、「隱語」字樣還是不少，刪否？

二、說胡風對南方局內部批判才子集團「不理解」，有肯定那次批判之意，似不必。

三、「馬褂」，是從「黃馬褂」而來，但又已經演變為「紅馬褂」了。

四、「胡四」，是不是由新華日報第四版而來？

舒蕪上

先生：（主題詞：再寄一篇）

第一、「隱語」字樣，是要全刪去的。這是條漏網之魚。

第二、「不理解」也刪去，這是會引起誤解的。改為，胡風的情緒於是變得十分消沉，遂對社會活動產生厭倦心理。

第三、胡風其實還是願意穿「紅馬褂」的，只是不願作了事而不被承認，仍被當作外人。

第四、「胡四」是否與「第四版」有關，極有啟發。等我查查《新華日報》第四版是誰主編，發什麼類型的稿件。

再寄一篇。永平上

（胡風書信隱語考：5.「文壇大亨」）

5.「文壇大亨」

「文壇大亨」，出自胡風 1945 年 4 月 13 日致舒蕪信。信中寫道：

> 「近幾月來，奔走城鄉之間，困頓不堪。連書店老爺都以為刊物犯了宗派主義（沒有廣約文壇大亨），託詞說四期起不能出了。你看，這是什麼世界。但一定要出下去，設法出下去。而且要出得更有光，更有力，用這來打他們的耳光子。五月初旬齊稿，望加緊。我這裡在奔走經濟。」

該信被收入《胡風全集》第 9 卷，編者未對「文壇大亨」加注。

（下略）

wu yongping，您好！金提出要約郭、茅稿，是不是出於買賣人的考慮呢？
舒蕪上

先生：當初，金提出要約郭茅寫稿，當然是從借助名人、擴大銷路的角
度來考慮的。《希望》出版後，既然銷路好，金應該滿意，不應為胡風不約郭
茅寫稿而耿耿於懷。胡風責備金宗派主義，似無道理。或許有其他原因，但
應與約郭茅寫稿無關，更與郭茅無關。

永平上

wu yongping，您好！同意您的分析。舒蕪上

先生：查閱《新華副刊》有關資料，得知：

> 「一直編刊到《新華日報》被封閉之時，主持或參加副刊編輯
> 工作的先後有樓適夷、張企程、蔡馥生、陳克寒、戈寶權、胡繩、
> 戈茅（徐光霄）、歐陽凡海、袁勃、鄭之東、劉白羽、林默涵、李亞
> 群等人。」

皖南事變後，歐陽凡海主持。1944 年以後，應是袁勃及劉白羽、林默涵
等人主持。

當然，胡繩即主持過第四版的新副，就此稱他是「胡四」也是有可能的。
拙文可改寫，寫兩說：一是主持「新副」第四版，二是曹禺的「胡四」。這樣
行嗎？

永平上

wu yongping，您好！似乎不是兩說，而是由四版之「四」，再影射到曹禺
之「胡四」。胡繩並非小白臉，不可能直接稱為《日出》中人也。舒蕪上

先生：謝謝理解。明天再聊。永平

2006-11-23　隱語考 6

先生：（主題詞：寄小文「官方」）

「影射」說極為妥當。擬改為：

> 胡風非常惋惜這場「廣義的啟蒙運動」的夭折，嫌惡胡繩的主
> 動檢討。正巧，他觀看了曹禺的《日出》，從劇中的「胡四」聯想到

主管《新華日報》第「四」版的胡繩，心有所感，於是順手拈來，以示鄙夷之意吧。

（胡風書信隱語考：6.「官方」）

6.「官方」

「官方」，在胡風書信中出現四次，三次見於致舒蕪信，一次見於致舒蕪信，全在 1945～1946 年之間。

胡風在 1946 年 2 月 10 日致舒蕪的信中寫道：

「對於官方，我想，也妥協不來。他們只就左右人士的說話中取平均數，這就難得說通了。但當然，敷衍總要敷衍的。」

1955 年該信被輯入《關於胡風反黨集團的一些材料》，編者注為：「（官方）指黨。」

（下略）

wu yongping，您好！改的極是。但究竟誰發明的？胡？陳？未論定以前，說得含混些，何如？舒蕪上

先生：如何在字面上改得含混些，我還要考慮。永平

wu yongping，您好！對《官方》沒有意見。但這裡仍有一個「隱語」。舒蕪上

先生：真是還有一個，改為「特定用語」。永平上

wu，你好！「胡四，指胡繩。胡繩當時主編……故稱之為胡四。同時雙關曹禺劇本《日出》裏面一個……人物。因為才子集團……所以用這個雙關稱呼表示對他的鄙夷。」大致如此改，誰稱呼，誰鄙夷，乾脆來他一個沒有主語，如何？舒蕪上

先生：（主題詞：無主語的改法如下。）永平上

「胡四」指胡繩，「胡四他們」指《新華日報》同人，似乎大體可以確定了。

但，胡風使用「胡四」單稱時明顯帶有貶意，該隱語有何寓意，仍有待探討。

胡風對胡繩的嫌惡大約始於 1944 年初。年前胡繩、陳家康、喬冠華等中共文化人（當年被稱為重慶「才子集團」）對整風運動中

出現的「以教條主義反對教條主義」的傾向有看法，在《新華日報》和《群眾》上發表了一些文章，有意共同推動一個「廣義的啟蒙運動」。不料，當年年底延安中宣部發現他們文章的傾向有問題，致電南方局批評他們「未認真研究宣傳毛澤東同志思想，而發表許多自作聰明錯誤百出的東西」，南方局於是進行內部整風，對他們進行了批評。據說，在這次內部整風中，胡繩主動作了檢討，而陳家康、喬冠華「並無表示」。

當年，曹禺的劇本《日出》正在重慶熱演，劇中有一位名叫「胡四」的人物，是那種在官們和交際花之間混飯吃的角色。

也許，稱胡繩為「胡四」，既為他當時主編著《新華日報》第「四」版，同時又影射著曹禺劇本《日出》裡面那個沒有原則性的人物，所以用這個雙關稱呼表示對他的鄙夷之意吧。

先生：（主題詞：小文一篇）

再寄小文一篇，請指正。

永平上

（胡風《歡樂頌》之考索）

wu yongping，您好！太妙了。沒有想到這裡面還有這麼多可以考證的。建議立即找地方發表，例如《文匯報·筆會》，何如？主編劉緒源地址：xuyuan.liu@xxx.com。我與他熟識，但現在您不必提我介紹的。題目似乎可以改為《寫作時間考》。舒蕪上

先生：兩信均收到。「隱語」，當用電腦統一刪除功能刪去。《時間考》就寄給劉緒源試試，當然不說是您介紹的。永平上

2006-11-24　隱語考 7、8、9、10、11、12

wu，你好！想起：胡四在劇中形象並不是「無原則」。他只是富婆所包養的一個男二奶，過去上海話叫做「拖黃包車的」，即面首是也。以此影射胡繩，只是人身攻擊人格侮辱而已。舒蕪上

先生：說有極是。「原則」，原想指做人的原則。既容易引起誤解，索性模糊化，改為：那個沒有「骨頭」的人物。再寄兩小節。永平上

（胡風書信隱語考：7.「春暖花開」先生；8.「什麼派」）

7.「春暖花開先生」

「春暖花開先生」，見於胡風 1945 年 6 月 13 日致路翎信，信中寫道：

> 「信、稿都收到。能弄兩三則書評麼？或者把春暖花開先生追擊一下，賞給他一點分析。但這得追到什麼《半車》去，那是穿著客觀主義的投機主義，而且是從《八月的鄉村》偷來的。可惜找不到《八月的鄉村》。」

該信收入《胡風全集》第 9 卷，編者注云：「『春暖花開先生』指姚雪垠，《春暖花開的時候》和《差半車麥秸》為他的代表作。」

（下略）

8.「什麼派」

「什麼派」，見於胡風 1947 年 9 月 9 日致阿壟信，信中寫道：

> 「現在是，無論在哪裏，無論是什麼東西，只要參有我們朋友的名字在內，人家就決不當作隨喜的頑皮看，事實上也確實不是頑皮的意義而已的。什麼派，今天，一方面成了一些人極大的威脅，另一方面，成了許多好感者的注意中心。兩方面都是神經尖銳的，我們非嚴肅地尊重戰略的要求不可，否則，現在蒙著什麼派的那個大的要求就不能取勝的。」

該信收入《胡風全集》第 9 卷，編者未對「什麼派」加注。不過，根據信中內容，可知「什麼派」就是指「胡風派」。

（下略）

先生：還有一件事。

我那篇文章，原題為《胡風詩「歡樂頌」之考索》，接受您的建議，改題為《胡風詩歡樂頌寫作緣起考》，昨晚已寄給劉緒源先生。〔註 136〕

這篇文章曾寄給《中華讀書報》，他們原來說定了要發的。昨天中午編輯來手機短信，稱：「抱歉昨已上版後被撤下請自行處理。」可見，現在發表針貶胡風的文章仍有相當大的阻力。

永平上

wu yongping，您好！未必是不能貶胡風。該報屬於光明日報麾下，光明

〔註 136〕緒源先生很熱情，修改後擬發，未果。後給《南方週末》發表，改題為《誰第一個歌頌了毛澤東》。

日報一向左，而大作涉及頌毛問題，更引李慎之最犯忌諱文章《風雨蒼黃五十年》，所以被抽的。現在輿論控制日益加緊，朱正新出的《魯迅回憶錄修訂本》裏面，凡引李慎之之處，均被改為「李中」（李慎之的學名）才行，他還沒有引到李慎之那篇最忌諱的文章，引的只是論公民教育文章哩。舒蕪上

先生：聽您這一說，我恍然大悟。就這樣吧，發不發，無所謂了。文匯報那裡，我也不想作什麼解釋或修正了。永平上

wu yongping，您好！劉緒源的理解水平不成問題，文匯報也比較大膽，看吧。舒蕪上

先生：我是否也應再給劉緒源寫一信，將李慎之改為「李中」呢？一笑。永平上

wu yongping，您好！「李中」固可，「風雨」尤犯大忌，奈何？舒蕪上

先生：「風雨」改為「一篇文章」，作者改為「李中」。其他聽憑緒源先生酌定。這樣可好？再說，文章寫成了，就放在這裡。以後總有機會發的。是嗎？永平上

wu yongping，您好！「輕薄為文」（「什麼派」）、「妄指」（「春暖花開先生」），兩語可酌。二事我皆不深知，故提不出什麼意見。舒蕪上

先生：說的是，這兩語將考慮修改。再寄一小文。永平上
（胡風書信隱語考：「清明先生」）。

9.「清明先生」

「清明先生」，見於胡風 1946 年 3 月 10 日致路翎信，信中寫道：

> 「目前是低劣趣味和浮淺的政治興奮佔領了整個出版界和讀者，清明先生成了王者。看情形，一兩年間，情形要比內地還艱苦。但當然，明眼人和好讀者也還是有的。」

該信收入《胡風全集》第 9 卷，編者注云：「『清明先生』指茅盾。」然而，何以稱其為「清明先生」，卻未說明。其實，該特定用語取意於茅盾年前創作並在重慶等地熱演的劇本《清明前後》。胡風寫此信時已從重慶飛返上海，信中譏諷茅盾因《清明前後》稱霸文壇，並暗示他是造成上海文壇「低劣趣味和浮淺的政治興奮」傾向的始作俑者。

（下略）

wu yongping，您好！「便奉命撤住香港了。」不能說是「命」吧？舒蕪上

（舒蕪先生質疑的是拙文中這一段：1948 年 6 月，胡風起筆撰寫長篇論文《論現實主義的路》，只寫完了頭二節，原計劃還要「解剖幾隻大麻雀傑作」，可惜「沒有來得及寫」，便奉命撤住香港了。吳注）

先生：索性寫實。改為「便被蔣天佐勸往香港去了」。永平上

wu yongping，您好！這樣改好。舒蕪上

wu，你好！附上現代胡四的自述，他比前輩胡四幸運得多。富婆比他只大幾歲，只能算少婦而已。其出手之闊綽，尤非顧八奶奶可望也。舒蕪上
（附件：《大學生口述：我被富婆包養的經歷》）

先生：讀過現代胡四的自述。胡風等將胡繩喻為胡四，可謂鄙夷到了極點。但我對胡繩缺乏研究，不知其人格是否如此。永平上

wu yongping，您好！沒有聽說過關於他人格的話。舒蕪上

wu yongping，您好！可如實問問劉，要改就這樣改，能不改更好。舒蕪上

先生：稿子寄出後，劉未覆信，我不便再問。永平上

先生：再寄一篇。此文涉及到您、杜谷及何其芳。永平上
（胡風書信隱語考：「成都流氓和企香」）
10.「成都流氓和企香」
「成都流氓和企香」，僅見於胡風 1947 年 9 月 16 日致阿壟信。他在這封信中無頭無尾地寫了這麼一句：
　　　「我覺得，對成都流氓和企香，未必是朱信所指的。」
該信收入《胡風全集》第 9 卷，編者未加注。
（下略）

wu，您好！沒有不同意見。舒蕪上

先生：我想，您可以出面問問劉緒源先生了。就說我給您寫信，告之將稿件寄給了他，但他沒有回信，不知是否採用。
倒不是非發不可，只是藉此瞭解一下出版界對這類文章的態度。

永平上

wu yongping，您好！致劉緒源信轉上一閱。

　　　緒源兄，你好！您這信箱前天似乎又有小問題，現在再試試。
　　友人吳永平先生，湖北社科院文研所研究員，日前發上他近作關於
　　胡風《歡樂頌》寫作時間考證的文章給您，尚未得您回信。他託我
　　代問問，能用否？請覆。舒蕪上

先生：謝謝給劉緒源先生信。靜候回音。永平上

先生：再寄兩小文。寫的是解放後的事情。這樣的文章當然是沒有地方
可發的，只是寫寫，作為下一部書的準備。永平上

　　（胡風書信隱語考：「父周」，「巨公」）

11.「父周」

　　「父周」，在胡風書信中僅出現兩次，指的都是周恩來。

　　第一次使用該稱謂，見於胡風 1951 年 11 月 20 日給梅志的信，信中寫
道：「說是，父周本月內約見，那麼，時間也不久了。不存任何幻想，只是，
告一個段落而已。」該信見於《胡風致梅志家書選》（載《新文學史料》2005
年第 1 期），輯選者曉風加注云：「父周」指周恩來。

　　該信談的胡風請求周恩來約見事。全國解放後，胡風只與周恩來單獨長
談過一次，從約見到見面，耗時竟達兩年之久。1949 年 10 月 27 日胡風去信
請求約見，1950 年 1 月 17 日胡喬木傳話說「（周恩來）現在不能會談，但想
談，等再來北京」。胡風對此不理解，次日便給路翎去信，稱：「暫時無時間見
面云，我想，還要迂迴的。」1951 年 1 月 3 日周恩來約好與胡風見面，胡風
按時到達中南海，工作人員卻說周因拔牙而臨時改約。同年 11 月中旬，周恩
來辦公室工作人員於剛透露月內可能約見，胡風便給妻子梅志寫了上面這封
信，然而約見仍未實現。直到同年 12 月 3 日，胡風才見到了周恩來，「下午
三時二十分到西花廳，三刻見面，談到吃了晚飯後八時三刻左右辭出」（胡風
當天日記），談話時間長達 5 小時。出於種種原因，他的「熱情減弱了」，「信
心也動搖了」，於是「既沒有無保留地談自己，也沒有無保留地談文藝上的實
踐情況，等於沒有珍視這一個機會」（見於胡風「萬言書」）。

　　在 2003 年的「第二屆胡風研究學術研討會」上，《胡風致梅志家書選》
曾作為參會資料分發。作家費振鍾撰《家書後面》（載《書屋》2003 年第 3

期），他特別關注到「父周」這個特定用語，寫道：「被胡風視為父親的周恩來，會給等待中的胡風什麼希望呢？『不存任何幻想，只是，告一段落而已。』這是對自己，還是對別人？是想到未來？還是僅在目前？胡風對身處高位的周恩來一直很信任的，可這一回為什麼如此心意彷徨？」

其實，「父周」並不能如此釋讀，而另有含義在，且看下述。

（下略）

12.「巨公」

「巨公」，見於胡風 1952 年 1 月 26 日致路翎信。信中寫道：

> 「書已印成了。昨天看到樣本，大概春節假日後可以要他們寄出了。《祖國》，說是寄了四十本，也許還有續到了罷。泥土說是要寄一點版稅，不知收到了沒有？幾位巨公，我想，是不是和《平原》一道寄出？但當然，只《祖國》上寫字。」

該信收入《胡風全集》第 9 卷，編者未對「巨公」加注。

（下略）

2006-11-25　隱語考 13、14

yongping，您好！兩文拜讀，雖寫解放後事，但似無特別犯忌處。解放後胡與周的關係究竟如何，看來尚待探討也。舒蕪上

先生：（主題詞：小文）

胡與周的關係，仍似隔著一層紗幕，看得不甚真切。其餘小稿，尚在修改中。過幾天再奉上請教。永平上

wu yongping，您好！印象裏重慶時期胡與周關係相當密切，與胡交好的才子集團基本上也都是周的人。重慶文壇上郭、茅、胡三足鼎立之勢，或者就是周有意無意扶植而成。製造矛盾於下，以便駕馭於上，乃政治家一貫手法。延安整風期間，周正在延安被整，而同時延安電令南方局整才子集團，顯然與整周有關。後來周要兩位馬褂到重慶來傳達毛文藝思想，也是周挨整後慣做的緊跟姿態。從這個線索切入，毛之批胡與敲周，顯然有蛛絲馬蹟關係。解放後周避與胡見面，可能也是避嫌的一點苦心吧。這問題現在還不可能真正展開研究，談談而已。舒蕪上

Wu yongping，您好！寄來兩附件。請閱。舒蕪

（附件：《文革忠臣周恩來》和《長篇專訪：晚年周恩來》）

wu，您好！（主題詞：稿件）

這信想您已經收到，能否照他的建議改？請考慮答覆，並見告。舒蕪上
（附件中是劉緒源信。略，吳注）

先生：（主題詞：稿件正在修改）

您的信和緒源先生信均收到。我按照他的要求改改試試，稍待即奉上。
永平

先生：（主題詞：稿件改）

文章已改妥，奉上請指教。緒源先生的建議很好，這樣一改，突出了「寫作緣起」的主題。原稿最後一節寫的是「誰第一個歌頌了毛澤東」，可單獨成文。

尚未寄給緒源先生，請您先看一看。
永平上

wu yongping，您好！

一、文中三處稱「李平」，誤，應是「李中」。

二、末尾最好有一句斷語：「可見，某某對，某某不對。」

三、「緣起考」題目欠顯豁，應是「所寫時日考」之類。
舒蕪上

wu，你好！（主題詞：時間是從哪天開始的）

或者就題為《時間是哪天開始的？》，何如？
舒蕪上

先生：（主題詞：再寄兩篇小稿）

再寄上兩篇小稿。這兩篇都是寫胡風組詩《時間開始了》的反響，計劃寫四篇。請指正。

另，關於周恩來的兩篇文章已讀，有啟發。
永平上
（附件：《「僵死的東西」》和《「貴族的革命家」》）〔註137〕

13.「僵死的東西」

〔註137〕原信未為這兩篇小文編號。它們都屬「隱語考」同一系列，故加上編號。

（關於第一樂章《歡樂頌》）

「僵死的東西」，見於胡風 1949 年 11 月 23 日致路翎信。信中寫道：

> 「寄上這一張，你看看。……好像頗為打動了僵死的東西，也好像有破壞統一戰線之類玩意兒在醞釀著，不知道如何？過幾天總可知道一些。」

該信收入《胡風全集》第 9 卷，編者未對「僵死的東西」加注。

（下略）

14.「貴族的革命家」

（關於第二樂章《光榮贊》）

「貴族的革命家（者）」，出自胡風 1950 年 1 月 18 日分別寫給路翎和綠原的兩封信。他在致路翎的信中寫道：「秘書來談了四十分鐘，幾乎變了調子，說我是貴族的革命家云。」他在致綠原的信中寫道：「第二（樂章），除接近的人以外，這裡聽不到意見。在天津，是燒起來了的。但你不要過於樂觀。昨天有一個小巨公，就於肯定之餘，說我在裏面下了『人面的動物』的論斷，是精神上的貴族的革命者云。」

兩信都被收入《胡風全集》第 9 卷，編者未對「貴族的革命家（者）」加注。

（下略）

先生：稍一疏忽便出錯。謝謝先生指正。全部改過，明天寄緒源先生。永平上

又，剛寄出的一篇小文《僵死的東西》，結尾一段改為：

> 撇開胡風與何其芳的歷史舊怨不談，胡風《歡樂頌》的創作傾向確實可以在其舊作中找到理論依據。1944 年 4 月他在《文藝工作的發展及其努力方向》一文中分析了抗戰初期文學「主觀精神的高揚和客觀精神的泛濫分離地同時發展」的偏向，批評道：

> 「文藝家和這偉大的事件相碰，他底精神立刻興奮了起來，燃燒起來，感到擁抱了整個時代的沉醉。他想把自己的心情塗滿了外界事物，覺得一切在他底眼前變了形，於是狂熱地吐出他底感激，他底歡喜，他底希望，好像能夠使整個世界隨著他底欲求運轉。在主觀精神底這樣的高揚裏面，現實生活底具體內容就不容易走進，甚至連影子都無從找到。」

由此可見，文學家的理論追求與創作實踐，有時也並不一致。

2006-11-26

wu yongping，您好！那一組詩有如許反響，我這才知道。文化部編審處就是人民文學出版社的前身，王金陵是王崑崙的女兒，陶建基是搞民間文學的，都是人民文學出版社的「開社編輯」。舒蕪上

先生：王金陵、陶建基是否還健在，能否通過他們打聽當年這篇稿子的寫作經過，並獲知「喬力」、「岳海」的本名〔註138〕。永平上

yongping，您好！八一年魯迅百年紀念會上與王金陵匆匆一遇，後來沒有音信。陶建基更沒有音信，彷彿微聞已經不在。舒蕪上

先生：這些歷史的知情者都漸漸隱去，真是遺憾。但也使我想到，當年胡風受批判，並不是一人一時的主張，而是整個的政治文化環境所致。那些參與寫文章的人，肯定不是被強迫的，其文的觀點也不會是領導指定的。形勢總比人強，有些事情確實不是後來者能憑想當然而作出簡單的黑白判斷的。讀過謝韜文章。他的思路如今也接近於李慎之、李銳等了。他追隨的其實也是一種形勢，如今這類老幹部很多，我單位上也有不少。我想，也許這是上一代「革命知識分子」的宿命吧。永平上

Wu yongping，您好！（主題詞：勢也）

柳宗元《封建論》：「吾固曰：非聖人之意也，勢也。」舒蕪上

先生：（主題詞：勢也）

柳宗元這句話說得對極，可見古今同慨也。永平上

先生：（主題詞：關於編審處）

查閱文化部編審處有關資料，初步得知該處全名為「政務院文化部藝術事業管理局編審處」，主任先後為蔣天佐、周立波。其下有編審組，組長王淑明，副組長賈芝。51年編審處擴大，成立人民文學出版社。

以上不知是否有誤。

永平上

〔註138〕筆者在《貴族的革命家》中寫到當年的一篇題為《評〈安魂曲〉》的評論文章，作者署名為：「喬力、岳海、王金陵、陶建基集體討論，岳海執筆」，該文載1950年5月3日《光明日報》第三版「文學評論」雙週刊第6期。

　　wu yongping，您好！那是我來之前的事，大致是這樣。雪峰調來任社長，蔣任副社長，不久蔣離開。53 年 5 月我才來，其時副社長兼副總編輯只有樓適夷，和副總編輯聶紺弩。王淑明、賈芝皆走了。周立波，沒聽說他與出版社有關係。bikonglou@163.com

wu，你好！（主題詞：朱正讀後）

　　朱正先生剛才來，說已經開始讀大著，覺得很好，態度公正，材料用得好。他說序言不能只介紹怎麼好怎麼好，也要寫出一點質量。下月上半月他要遊海南島，回京後可以寫云。bikonglou@163.com

先生：（主題詞：很高興）

　　兩信都收到。

　　編審處的情況大致是那樣，也許並不是全部人員都轉入人民文學出版社了。

　　朱正先生說要將序「寫出一點質量」，這是極好的事情。我的本意就是想讓他談一談對那個歷史公案的看法，書稿只是引玉之磚。

　　永平上

先生：

　　將那篇談《歡樂頌》的文章一分為二了：一篇改題為「《歡樂頌》寫作時日考」，寄劉緒源先生；一篇改題為「誰第一個歌頌了毛澤東」，寄《南方週末》，下午收到編輯來信，說盡早安排發表。

　　附件中即是第二篇，篇末加了兩段，藉以顯示當年的「勢」。

　　永平上

　　（附件：《誰第一個歌頌了毛澤東》）

　　Wu yongping，您好！（主題詞：謝韜兩文）。舒蕪上

　　（謝韜：只有民主社會主義才能救中國——為辛子陵《千秋功罪毛澤東》一書所撰序言，謝韜回覆丁弘的信）

2006-11-27　書信隱語考 15、16、17、18、19

　　wu yongping，您好！原提到聶頌後來也被批評，這裡何以沒有提？似乎還是提及好。舒蕪上

　　先生：沙鷗批聶詩，原放在注釋裏，改寫時刪去。當時是考慮到以專論

王亞平與胡風為好。我試試能不能補上。永平上

　　wu yongping，您好！或可云：「附帶說一下，聶……」舒蕪上

先生：（主題詞：修改如下，請批評）

　　修改如下。如認為可以，將寄給南方週末。永平上

　　　　　僅過了 4 個月，王亞平作《詩人的立場問題》（載 1950 年 3 月
　　《文藝報》1 卷 12 期），批評胡風組詩第五樂章《又一個歡樂頌》。
　　他摘引了詩中將毛澤東比擬為「一個初戀的少女」的一句，批評道：
　　「把屁股坐在小資產階級那一邊，即使來歌頌戰鬥，歌頌人民勝利，
　　歌頌人民領袖，也難以歌頌得恰當。結果是歌頌的沒有力量，歪曲
　　了人民勝利的事實，把人民領袖比擬的十分不恰當。不管作者的動
　　機如何，它的效果總是不會好，而且是有害的。」同期《文藝報》
　　上還發表了沙鷗的《談詩的偏向》，文中批判了兩種「偏向」：第一
　　種是「只強調照實寫的一面……不管會不會起什麼副作用」，舉胡風
　　的《安魂曲》和辛大明的《煙花女兒翻身記》為例，認為兩詩均有
　　「色情」的傾向。第二種是「創作態度不嚴肅、隨便、輕率、急就」，
　　舉聶紺弩的長詩《一九四九年在中國》為例，認為「把毛主席比為
　　『老太婆的觀世音』、『洋大人的活無常』……是不嚴肅的」。

　　wu yongping，您好！這樣可以了吧。舒蕪上

先生：（主題詞：沒有異議就寄出了）

　　先生既認可，我就這樣寄出了。永平上

　　wu，你好！人民文學出版社的組建：俄文編輯室，上海時代出版社人員；
魯迅編輯室，上海魯迅編刊社人員；現代編輯室，原文化部編審處人員；古
典編輯室，革大分配來的文懷沙、黃蕭秋二人而外，都是馮雪鋒、聶紺弩從
天南地北找來的人員：出版部，生活書店人員。蔣天佐任副社長不久，調任
文化部辦公廳主任。舒蕪上

先生：（主題詞：組建）

　　謝謝告之人民文學出版社組建時的情況。永平上

先生：（主題詞：兩小稿）

　　寄上兩小稿，都是關於馮雪峰的。永平上

（胡風書信隱語考：「兩頭馬」、「三花臉」）〔註139〕

15.「兩頭馬」

「兩頭馬」，在胡風通信錄中僅出現一次，見於胡風1952年8月28日致耿庸信。信中寫道：

「這個兩頭馬，完全是假東西，越來越惡劣，其實他自己是心虛得很的。這一仗，要把他的『飄飄然』打掉，免得他欺負讀者，禍國殃民。所以，事先值得多花些研究工夫。遲些日子印出，沒有關係。」

該信收入《胡風全集》第9卷，編者注云：「『兩頭馬』即馮雪峰。」另注，「（該信談的是）對耿庸論著《〈阿Q正傳〉研究》稿的意見」。

（下略）

16.「三花臉」

「三花（臉）」，僅見於胡風1952年9月寫給王元化的兩封信。

第一信寫於1952年9月2日，信中稱：「友人粗粗檢查了一下三花臉過去的東西，包含了不少的污穢。耿兄（和你們）看一看《魯迅回憶》，如何？」第二信寫於1952年9月13日，信中稱：「三花已把他的『發明』性的這論文，收進了《論文集》第一卷，那就好，他是翻口也無法翻口了。但當然，事情是長期的，但痛打一下氣焰，也是好的，否則，更要到處播糞了。」

兩信均被收入《胡風全集》第9卷，編者未對「三花臉」和「三花」加注。

（下略）

wu，您好！（主題詞：二花與三花）

我懷疑胡用「三花臉」是「二花臉」之誤。魯迅在《準風月談·二丑藝術》中指出二丑表面不同於直接給公子幫忙的丑角，二丑一面給公子幫忙，一面又向觀眾指點著公子說「這回他可要倒楣啦」，魯迅說二丑又可稱二花臉。胡以雪峰為這種兩面派，故列之於「二丑」，而又將「二花臉」誤記為「三花臉」。雪峰不是周揚一派，不可能直接指之為簡單的「三花臉（丑角）」也。

舒蕪上

〔註139〕當年未編號，是現在補上的。

先生：（主題詞：二花臉）

魯迅《二丑藝術》中，第一句是：浙東的有一處的戲班中，有一種腳色叫作「二花臉」，譯得雅一點，那麼，「二丑」就是。馮雪峰正是浙東人，胡風或許想到這一點，但又記不真切，故稱其為「三花」。您說得非常對！

永平上

wu yongping，您好！正對了。舒蕪上

先生：

修改如下，請批評〔註140〕。永平上

「三花臉」本是傳統戲曲行當中「丑」的俗稱，通常出演「惡僕」，是「一面性」地為「公子」幫忙或效死的。胡風以此喻馮雪峰，似乎並不準確，馮畢竟不是周揚一派，解放後依然不合，只是在看待胡風的問題上逐漸有共同點。筆者以為，胡風本應用「二花（臉）」來喻馮雪峰的「兩面性」的，只是由於記憶不準確，而誤用了「三花（臉）」。

魯迅先生在《準風月談‧二丑藝術》中曾以「二花臉」來比喻某些沒有定性的「智識階級」。他寫道：「浙東的有一處的戲班中，有一種腳色叫作『二花臉』，譯得雅一點，那麼，『二丑』就是。」他還指出：「他有點上等人模樣，也懂些琴棋書畫，也來得行令猜謎，但倚靠的是權門，凌蔑的是百姓，有誰被壓迫了，他就來冷笑幾聲，暢快一下，有誰被陷害了，他又去嚇唬一下，吆喝幾聲。不過他的態度又並不常常如此的，大抵一面又回過臉來，向臺下的看客指出他公子的缺點，搖著頭裝起鬼臉道：你看這傢伙，這回可要倒楣哩！」

馮雪峰是浙東人，胡風是知道的；馮雪峰與周揚的真實關係，胡風也是知道的；馮雪峰如何對待自己，胡風更是清楚。他由馮雪峰聯想到「浙東」的戲班，又由馮雪峰與周揚及他的關系聯想到魯迅先生提到過的「浙東」戲班裏的「二丑」，只是由於記憶不准，把「二花」誤記成了「三花」罷了。

wu，您好！改得很妥，舒蕪上

〔註140〕後查實，並非「二花臉」之誤，此稿作廢。發表時仍用舊稿「三花臉」。

先生：（主題詞：關於何其芳）

再寄上兩篇關於胡風與何其芳論爭的小文。永平上

（胡風書信隱語考：「那一封信」和「小玩笑」）〔註141〕

17.「那一封信」

「那一封信」，見於胡風1952年8月15日致王元化信。信中寫道：

> 「想不到的是，居然以舒無恥（指舒蕪）為法寶，要約他來參加討論，云。來，也好，看他是一付什麼嘴臉，能造出什麼謠言來。我擔心一件：你回他的那一封信。二馬（指馮雪峰）是小人，小人見面，也許會『貢獻』出去的。此事寧信其有，你作一精神準備。好在，那信是雪葦看了同意了的。」

該信收入《胡風全集》第9卷，編者未對「那一封信」加注。

（下略）

18.「小玩笑」

「小玩笑」，見於胡風1950年4月16日致綠原信。信中寫道：

> 「前兩天和何詩人開了一點小玩笑，想給人看到。至於後果，且不管他。也許燒得他們跳起來更高，也許他們暫時不敢張眼。不管它，即使跳起來吧，他們心裏也會想著有人是不可欺的，得多花一點力氣。」

該信收入《胡風全集》第9卷，編者注云：「『何詩人』即何其芳。」但未對「小玩笑」加注。

（下略）

先生：「那一封信」是曾寄過的。補寄「小玩笑」。永平上

先生：又寄重了。應寄的是「布爾什維克」。見附件。永平上

19.「布爾塞維克」

「布爾塞維克」，僅見於胡風1950年7月6日致冀汸信。信中寫道：

> 「我後記，我不打算抽。我要打那個在誠懇的讀者中間損傷了黨的威信的『布爾塞維克』。即使黨現在認為我是鬧對立，但將來會知道誰是損害了黨的文學事業的。我不想自己得到什麼『成功』，你們還覺得『太不客氣』，那才怪了！也許沒有見過他那原文。而

〔註141〕原來未編號，現在補上。

且，我不顧什麼『身份』的。」

該信收入《胡風全集》第 9 卷，編者注云：「那個在誠懇的讀者中間損傷了黨的威信的『布爾塞維克』指何其芳。」

（下略）

2006-11-28　舒蕪建議改題為《胡風詞典》，胡風書信隱語考之 20

舒蕪對小文「那一封信」的批註：

舒蕪本是「胡風派」的核心成員，在「思想改造」運動中翻然悔悟，於 5 月間發表《從頭學習〈在延安文藝座談會上的講話〉》，檢討了抗戰時期所作《論主觀》的錯誤。（舒蕪批註：翻然悔悟，這四字似可刪。）

……

1946 年初《新華日報》掀起批判「主觀論」的浪潮，何其芳時任報社副社長，曾發表多篇文章與深受胡風思想影響的馮雪峰、呂熒、王戎等爭鳴，《關於現實主義》是其中最有影響的一篇。（舒蕪批註：何其芳沒有當過新華日報副社長吧？）

先生：所提意見均好。我原有這樣的想法，能不能將這系列小文連綴成書。

現寫的只是「胡風書信特殊用語考」，還沒擴展到「胡風派書信特殊用語考」。現在經您提示，我或許還應寫「胡風全集補注」及「李輝《胡風集團冤案》考索」等，全部寫成，即可成書。那時，書名即可定為《胡風詞典》了。

我將嘗試著寫寫。

永平上

wu，您好！這一節所說的事（指「布爾什維克」一文，吳注），我完全不瞭解。　舒蕪上

Wu yongping，您好！（主題詞：《胡風詞典》或《胡風全集補注》）

這一系列小文，似可用一總題：《胡風詞典》或《胡風全集補注》，何如？

舒蕪上

先生：（主題詞：真是太好了）

您建議用總題《胡風詞典》或《胡風全集補注》，真可謂啟我茅塞。

這兩題都是系統工程，但又是大有可為的。

我先寫寫看，從「書信集補注」寫起，看能寫到哪一步，看能配得上哪個書名。

永平上

wu，您好！湯之盤銘曰：苟日新，日日新，又日新。（《大學・第二章》）舒蕪上

先生：謹受教。孔子曰：「不憤不啟，不悱不發。舉一隅不以三隅反，則不復也。」謝謝先生不棄，更謝謝先生的「啟」、「發」。永平上

Wu yongping，您好！程千帆先生讚美朱正先生有「戴段錢王之風」。朱正先生不虛此譽，他的文字就有清代樸學家之風也。舒蕪上

先生：那種境界，雖不能至，而心嚮往之。永平上

先生：寄上小文一篇，與滿濤有關。永平上
（《「小附記」》。）
胡風書信隱語考之 20.「小附記」〔註142〕
「小附記」，見於胡風 1953 年 12 月 5 日致滿濤信。信中寫道：

> 「《傳統》三本，當即收到。而且，當時通讀了一遍。這些文字，在今天看來，也都是戰書，尤其是戰書。在烏心黑膽者當中，在麻木不仁者當中，在奴顏婢膝者當中，在鼠目狐心者當中，它們是一出現就等於站上了崗位的。
>
> 那些小附記，雖然委婉呈辭，但卻掩不住一片赤心。只是，在後記裏面，把那些屠戶們歸到擁護『下層基礎』這一總類裏去，雖然是由於『苦心』，但客觀上要衝淡了不少罷。如果指出以偽奪真，為私利而不惜踐踏歷史者流，當更能使那些戰書起深中人心之效果罷。」

該信收入《胡風全集》第 9 卷，編者注云：「《傳統》，即滿濤翻譯的果戈理等著《文學的戰鬥傳統》」，但未對「小附記」加注。

（下略）

wu，您好！此事我全無所知，說不出什麼。但「下層基礎」指什麼？似乎不是馬克思主義說的「社會經濟基礎」，那又指什麼？胡風為什麼認為這會

〔註142〕當年未編號，現補上。

「沖淡」？搞不清。舒蕪上

　　先生：胡風大概指的是「群眾基礎」，即某種文藝理論的支持者。

　　滿濤把這類人歸於「群眾」，胡風卻要視他們為敵（胡風最強調「敵性」）。我想，這是他們的區別。永平上

　　先生：再寄上今天草成的一篇。與《安魂曲》有關。

永平上

（《「民主報」——關於第四樂章「安魂曲」》）〔註 143〕

第 21.「民主報」

（關於第四樂章《安魂曲》）

「民主報」，僅見於胡風 1950 年 1 月 18 日致路翎的信。信中寫道：

　　　　「秘書來談了四十分鐘，幾乎變了調子，說我是貴族的革命家

　　云。第四，第五已付排。發表，《人民》似絕無可能。《天津》如也

　　不能，就給這裡的一張民主報了。」

　　該信收入《胡風全集》第 9 卷，編者注云：「『第四』即《安魂曲》，『第五』即《第二個歡樂頌》」（應為《又一個歡樂頌》，筆者注），「『民主報』指《光明日報》」。

　　（下略）

2006-11-29　胡風書信隱語考之「批評家」

　　wu，您好！此事我也毫無所知，此則文章題目似乎可改為《安魂曲》。末句嘎然而止，有些突兀。我估計批判文章組織者不出王淑明、賈芝二人，賈芝可能性更大。賈芝乃賈植芳之兄，尚在，但聞已經老年癡呆了。舒蕪上

　　先生：題目都是暫定的，以後會放在《時間開始了》系列中。結尾突兀，蓋因為參加討論者和執筆者的身份不能確定也（有兩人是筆名或化名）。也可以加兩句，把您告訴我的那兩人寫出來，再點出其他兩人為化名。

永平上

　　先生：寄小文「批評家」，請指正。瞭解謝雲嗎？永平上

第 22.「批評家」〔註 144〕

〔註 143〕當年未編號，現補上。
〔註 144〕當年未編號，現補上。

「批評家」，見於胡風 1950 年 6 月 19 日致路翎信。信中寫道：「見過主編否？她是很自信的人，不知談得如何？客氣些，找出那個『批評家』來。」

該信收入《胡風全集》第 9 卷，編者注云：「『主編』指丁玲。」但未對「批評家」加注。

參看胡風和路翎的通信錄，可知信中所談的內容涉及《文藝報》2 卷 5 號（1950 年 5 月）上發表的一篇批評路翎小說的文章，題為《評〈女工趙梅英〉》，作者署名「張明東」，胡風和路翎都懷疑這不是作者的本名。

（下略）

wu，你好！有三處加了框的詞語，似皆可酌。謝雲，不認識。我曾買到周作人一本散文集，舊書，上面有謝雲毛筆題記。

舒蕪先生對如下三處作了批註：

4 月，何其芳在《文藝報》上發表《話說新詩》，系統地剖析了胡風長詩中的「兩個《歡樂頌》和又一個《光榮贊》」，批評詩中「露骨地暴露出來了他的敵對情緒和陰暗心理」；5 月，《文藝報》又發表了「張明東」的這篇文章，批判的矛頭指向胡風最為 倚重 的小說家路翎。

……

胡風率先進行了反擊，他於 4 月間為論文集《為了明天》撰寫了長達萬餘言的「校後附記」和「校後附記注」，文中對何其芳進行了辛辣的諷刺，可惜該書遲至當年 7 月才印出；他並 責成 「裝死躺下」的阿壟振作起來，撰文「提出解釋和反駁」，於是阿壟寫了近兩萬字的爭辯長文，無數次地寄出、退回、再寄出；

……

不過，當年確實有一位以「張明東」為筆名發表文學評論的作者，此君 名謝雲，時任解放軍某軍政治部幹事，後來曾做過人民出版社的副總編輯，上世紀八十年代離休。但他是否《評〈女工趙梅英〉》的作者，目前尚不能確認。

先生：看過「批評家」中的三個詞，可以改得更中性一點。謝謝！「倚重」改為「看重」，「責成」改為「勸說」，「此君」改為「此人」。

我現在又在通讀胡風全集，先編一個詞條索引，然後再寫。

永平上

wu yongping，您好！胡風全集詞條索引好。胡風研究大有可為，猶如李銳之毛澤東研究也。舒蕪上

先生：謝謝鼓勵，我慢慢做。永平上

舒蕪先生寄來《六十三名受難者和北京大學文革》等網文。

2006-12-01　討論「胡風全集補注」事

先生：（主題詞：關於「補注」）

我看了《胡風全集》，覺得如果做《胡風全集補注》，題目有點大，而且有些卷不宜做「補注」，如幾個論文集。考慮再三，想先做《胡風書信集補注》，然後做《胡風萬言書補注》及《胡風回憶錄補注》。這幾項工作如能做好，基本上可以奠定重新研究胡風的基礎。您的意見如何？

永平上

wu yongping，您好！書信集、萬言書、回憶錄三補注之計劃甚是，那些論文集是不好補注。但最後總名叫做「全集補注」也無妨，因為總歸是對於全集的補注也。這樣的研究確是別開生面的。舒蕪上

先生：得到理解和鼓勵，十分欣慰。我就這樣開工了。前兩月寫的《胡風書信特殊用語考》正可全部納入《胡風書信集補注》，再補充一些，按時間排序，爭取能覆蓋胡風的全部文學活動。

現在看來，您建議的這個題目「補注」，極為妥當。學術性很強，而且沒有刺激性。

永平上

wu yongping，您好！「學術性」，「沒有刺激性」，正是兩大要點，掌握這兩點，自然受用不盡。我年輕時寫《墨經字義疏證》，劍拔弩張，不成體統，黃淬伯先生看了說：「可惜你大概沒有看過靜安先生的《殷周制度論》。」那時的確沒有看過，即使看了，也不會理解。後來讀清儒注疏文字，才知道什麼是樸學家。段玉裁注《說文解字》，對他老師戴震之說也駁：「先生之說非也。」就這一句，就令我佩服極了。舒蕪上

2006-12-02　舒蕪先生講為學之道，補注：「新事物意見」

先生：與先生通信近一年，獲教良多。如果說近來文風有所變化，也是

得先生之賜。我會銘記這兩點的，努力地做到：增強「學術性」，減少「刺激性」。永平上

Wu yongping，您好！（主題詞：存而不論，論而不議，議而不辯）

您太客氣！本來也只有這樣才更有力，更能「刺激」。「六合之外，聖人存而不論；六合之內，聖人論而不議；春秋經世先王之志，聖人議而不辯。」（《莊子・齊物論》）三個層次，作為言論策略，極為高明。韓愈說：「孟軻好辯，孔道以明。」（《進學解》）其實孟子的好辯，如「無父無君，是禽獸也」之類，反給孔道帶來很大損失，韓愈的衛道，如「人其人，火其書，廬其居」之類，更不成話也。足下以為如何？舒蕪上

先生：（主題詞：議而不辯）

這樣的為文之道，過去從來沒有聽人講過。在學校裏，老師教的與這完全不同，根本就沒有說過治學為文還有「存」、「論」、「議」這三個層次。即使聽說過，當時也不一定會認為高明。

我所受的教育與先生不一樣，從小接受的是崇尚鬥爭的教育，從會讀魯迅起，學習的也只是他的「橫眉」，而不是其他。從學習古典文學起，便愛讀那些「善辯」之文。從學習寫文章起，講究的就是如何把別人駁得「體無完膚」。從來沒有想過如何「不戰而屈人之兵」，更而沒有過應平和地去建設什麼。

您那個年代的人也有這樣的，如何滿子。50 年代的人大抵如此，如王小波。當然，70 年代的人就更「飛揚蹈厲」了，如王彬彬。過去，我對他們有點看法，現在我才知道，他們真正的病根所在。

至於韓愈的「衛道」，在他那個時代，或許有他不能不如此的理由，中國歷史上對「異道」、「異見」一向缺乏寬容精神，大致是能剷除的便剷除，能剿滅的便剿滅，剷除不掉，剿滅不了，才妥協，才容納。魯迅先生對這些毛病有過很痛切的論說。我記得 80 年代讀外國人房龍的《論寬容》，讀出了一身冷汗，也讀出了許多見識，知道寬容之難，也知道寬容之不能不有。

說到韓愈的「人其人，火其書，廬其居」，不禁想起魯迅一篇雜文中寫到的那只念叨著「像我、像我」的小蟲，又想到整風運動及歷次運動的宗旨，不都是一樣的嗎？如果不客氣地說一句，胡風何嘗也不是這樣。都是在要求著一個標準，一個範式。其實，這都是不對的。

不知領悟得對不對，請先生批評。

永平上

wu：（郵件主題詞：論而不辯）

慚愧慚愧。我本來也只與何某同流，坦白說，僅僅是老而讀知堂才略有所悟，可是已經來不及了。人不能有第二生，最是無可奈何事也。舒蕪上

先生：（主題詞：寄小文一篇）永平

「新事物意見」

「《新事物》意見」，見於胡風 1952 年 1 月 26 日致路翎信。他在信中寫道：「《新事物》意見，看了一遍，覺得不夠鋒利。想日內再詳細看一看。」該信被收入《胡風全集》第 9 卷，編者未對這個詞句加注。

胡風此信內容與路翎當年撰寫的一篇題為《評〈在新事物的面前〉》的劇評文章有關，在信中略為「《新事物》意見」。

《在新事物的面前》是劇作家杜印與劉相如、胡零於 1950 年合寫的一部話劇，該劇 1951 年在北京公演，1952 年在全國各地熱演，迄今仍被文學史家看作是一部成功的劇作。

路翎為何要撰文批評這部話劇，胡風為何要支持他呢？這與路翎同期創作的同題材劇作受到漠視不無關係。

（下略）

Wu yongping，您好！文章拜讀，領教，沒有新建議。舒蕪

先生：是「朝聞道……」之義罷。我與您在廣西的公子同齡，也有遲暮之感。

永平上

wu，您好！胡風研究，可以作為名山事業垂於不朽。不僅是一「個案」，而且可以開創一代新方法，新樸學也。舒蕪

先生：「名山事業」，倒不敢想；但「樸學」的治學方法，摸索了幾年。

1991 年到法國訪學，接觸到他們的「文化人類學」，又聽巴迪先生講，他很嚮慕中國的樸學，並說「文化人類學」與「樸學」是相通的。巴迪在那本書的引言中，談到了與樸學的聯繫。於是，我就翻譯了他的那本書，從中學到了不少東西。前幾年的老舍研究，都是在這種指導思想下寫成的，在老舍研

究界也有一點影響。

胡風研究，難度比老舍研究要大得多。老舍研究，很多人是走捷徑，根本就不看原始資料，運用「樸學」，突破相對比較容易。胡風研究，資料都是公開的，研究者無非是描述自己心中的那一個罷了。因此，在胡風研究中，光提出觀點是一點用處也沒有的。這就需要比別人更熟悉資料，更熟悉與資料有關的各種歷史文化資料，更瞭解與之相關的各種人物。在這方面「樸學」的治學態度加上「文化人類學」的研究方法，或許可以有點作為。前兩年試著寫了幾篇，覺得還行，於是走下來了。

去年底，得到您的幫助，使眼界拓寬，自己也覺得研究開了一個新的境界。現在確實感到胡風研究大有可為，惟恐做不完呢！

永平上

wu yongping，您好！我們要的是新樸學，比清儒的新，大概就新在與文化人類學相結合。借古語表達，或可謂之「知人論世」之學。我所見者，朱正先生最擅此法。他的《魯迅回憶錄正誤修訂本》和《重讀魯迅》是不朽的。舒蕪上

先生：寄上今日草成的一小稿，關於胡風與老舍的《方珍珠》。永平

胡風談老舍的劇本《方珍珠》

胡風 1950 年 7 月 4、5 日自上海致路翎信，有如下一段：

> 報，石做導演了，也是一種煞費苦心的辦法。但喜劇，你說不會成功，恐怕是失言了。我看，大半會「成功」的。小市民，還有悶苦了的幹部等。而且，也會努力用各種動員使它「成功」的。還有，即使不會成功，你也不應該去預言的，不是麼？

該信收入《胡風全集》第 9 卷，編者未對此段文字加注。

信中「喜劇」云云，說的是老舍的話劇《方珍珠》；「石」，指的是中國青年藝術劇院的演員石羽，時任該劇的導演。

（下略）

先生：我聽你提過朱正先生的《魯迅回憶錄正誤本》，但我未讀過。看來，是得買一本認真讀讀。以後，也好再向朱先生請教。現在，我已感到寫作體例上有些困難。是照目前寫的樣子寫，還是換個寫法。永平上

2006-12-03　談胡風《魯迅頌歌》，補注：「雲雀」

　　wu，您好！我沒有看過《方珍珠》《新事物》，不知道究竟如何。但今天站在文學史高度，回顧那時所有歌頌作品，是不是都還當得起那麼高的評價？是不是儘量客觀地說較好一些？請酌。舒蕪上

先生：（主題詞：關於《方珍珠》）

　　解放初有些作品還是好的，雖然也存在著很多的缺點。老舍解放初的劇本，「方珍珠」和「龍鬚溝」是較好的，後來為了趕任務，才出現粗製濫造。至於《新事物》，我採用的是文學史的定評。關於路翎的劇作後面還要寫到，他的劇作最大的毛病是沒有生活，其次是急於作宣傳。永平上

先生：（主題詞：寄小文一篇）

　　再寄小文一篇，題為「胡風談《雲雀》的演出」。仍屬書信集補注部分。
永平上

　　胡風談〈雲雀〉的演出
　　1947 年 6 月 30 日胡風自上海給杭州的阿壟去信，信中寫道：

　　　　「二十一日早坐車到南京，二十八日夜回來。劇，沒有失敗，
　　但也沒有成功。演員努了力，但導演不成，王品群根本不是那回事，
　　因而其餘的人物也只能表現出片斷。工作真難，但他們肯做，而且
　　做到了這樣，在他們已經算了不起。」

　　該信被收入《胡風全集》第 9 卷，編者為這段文字加注云：「胡風到南京觀看路翎話劇《雲雀》的演出。『王品群』為劇中人物。」

　　（下略）

　　wu，您好！（主題詞：沒有明白）

　　我沒有看明白，胡風對演出的反應，路翎所記述與胡自己信中所說，為什麼那麼相反？所謂「不利的聯想」，又是什麼？

　　舒蕪上

　　先生：這篇文章的寫法是「展示」，純客觀的述說。胡風在路翎面前的表示與在阿壟信中的表示完全不同，也許是有原因的。但我沒有發掘，而只是讓讀者去發現，自己去評說。

　　如下一段使您產生了疑問：

　　然而，胡風為何在上面那封信中評價為「沒有失敗，但也沒有成功」？大概與這樣兩個原因有關：第一，該劇素材來自於朋友阿壟的婚姻悲劇，路翎未及將其典型化，使胡風觀劇時產生了不利的聯想。

　　所謂「不利的聯想」，是從藝術上說的。由於路翎的素材取自身邊人物，沒有典型化，這樣胡風觀劇時也就會聯想到原型人物上去，這種聯想是「不利」於欣賞藝術的。現代藝術有「距離」一說，又有「陌生化」一說，說的都是典型化與原型的問題。

　　路翎沒有典型化的一個突出表現就是在寫陳立人時總強調他當過兵，是一個兵，參加過上海抗戰。實際上，這些對塑造陳立人的形象並無幫助，反而只會讓胡風把陳立人與阿壟混淆起來。

　　永平上

　　wu yongping，您好！按而不斷是一個好方法，但補注者尚未發掘出原因掌握在心之時，單單「展示」出來，讀者能夠「去發現去評說」麼？胡風不是普通觀眾，看藝術形象要與原型有距離的道理他不會不懂，但既然深知原型，意識裏總難免拿原型來衡量，也是人之常情，似乎與劇作者做到典型化與否無多大關係。至於陳立人當過兵這一節，路翎大概認為形成人物性格的關鍵正在於此哩。舒蕪上

先生：（主題詞：沒有明白）

　　待我再想想，如何才能表述清楚胡風的這種矛盾狀態。

　　我的本意是不想說出胡風在《雲雀》劇上所表現出的兩面，而讓讀者通過敘述來發現的。這個「原因」我心裏是掌握著的。至於這「兩面」的意蘊：是沒有看出《雲雀》的弱點，或是看出了弱點而不說，而轉而責怪導演和演員。我沒有把握。

　　永平上

Wu yongping，您好！

　　意圖請待再領會。舒蕪上

先生：（主題詞：明白）

　　今天收到《粵海風》第 6 期，拙文《阿壟公案的歷史風貌》已發表

〔註 145〕。永平上

先生：（主題詞：請看《粵海風》第 6 期）

　　中午看了《粵海風》第 6 期，意外地發現一篇文章，題為《另一種真實》（汪成法），副標題「也談賈植芳『拒認』舒蕪事件」。文章寫得很亂，揣測之處甚多，彌漫著「仇恨哲學」。請您看一看。文章還沒上網。永平上

wu yongping，您好！我這裡沒有《粵海風》。舒蕪上

　　先生：編輯部給我寄來兩本，一本要交院科研處備案，手頭只留存一份。因此，無法寄給您，請原諒。

　　《粵海風》的文章都是要上網的，大概在出版的半個月後，待該文上網後，我複製下來給您，行嗎？

　　永平上

Wu yongping，您好！不急。舒蕪上

先生：（主題詞：找到《魯迅頌歌》）

　　偶然在《胡風自傳》中找到了他寫的「魯迅之歌」，歌詞為：

　　　　你向黑暗的社會復仇，舉起了戰士的投槍，你為痛苦的人民伸
　　冤，敞開了仁者的懷抱，在遍地荊棘的祖國，你開闢了革命的血路
　　一條。由於你，新中國在成長，由於你，舊中國在動搖。啊，先生，
　　中國人民高舉起你的大旗，中國人民響遍了你的戰號。

　　歌詞載於《希望》上海版第 4 期，原題為《魯迅先生頌歌：由於你，新中國在成長》，胡風詞，董戈曲。

　　永平上

Wu yongping，您好！我記憶還是不錯。可見毛之嫉恨在此。舒蕪上

2006-12-05　談路翎劇本《雲雀》，補注：「雲雀」之二

　　先生：胡風的《魯迅頌歌》雖然找到，但此事不太好入文，只能放在心裏。永平上

wu yongping，您好！《魯迅頌歌》，不知毛看過否，有人向他彙報過否。

〔註 145〕《阿壠「引文」公案的歷史風貌——羅飛〈為阿壠辯誣〉一文讀後》，載《粵
　　　　海風》2006 年第 6 期。

據說電影《武訓傳》之所以犯忌，就因為其中說到光是殺、殺、殺不行，人民有文化才能夠解放，而那時民主黨派正有「中國解放不全是解放軍之功，民主黨派也有一份」之論。如果毛知道《魯迅頌歌》公然把新中國成長、舊中國動搖歸功魯迅，恐怕更要赫然震怒。此事當然暫時只好存之於心，但將來如有確據，仍然可以寫出。舒蕪上

先生：暫時只能如此了。且等待更多的史料浮出水面吧。永平上

先生：（主題詞：寄一小文）

再寄一篇關於《雲雀》的。永平上

（摘引開頭數段如下。吳注）

胡風讓路翎改雲雀劇本臺詞

1947 年 11 月 2 日胡風自上海給杭州的阿壟、化鐵去信，寫道：

《雲雀》，燕大不知是否排演？（北平另有幾處想演。）馬上去信，改正一句臺詞：

（第一幕）李：（笑笑）我不會寫。我不高興那些所謂作家！

此句不要。

此事與興兄（路翎）談一談，也許他有別的改法，或者把提到人名的地方都改一改。那些風潮鼓動者竭力想挑起郭。茅當然已經是他們後臺。

該信被收入《胡風全集》第 9 卷，編者未對改正臺詞事加注。

（下略）

wu，您好！一、「催阿壟讓對方……」。「對方」不清楚，不如直說「路翎」或「劇作者」。二、為什麼據修改本不能評演出？〔註146〕僅這一句臺詞問題，還是別有許多問題？最好說清楚。

先生：（主題詞：接受意見）

接受意見，寫清楚一點。但這樣「補注」是否太瑣碎。

永平上

〔註146〕文章末尾一段為「順便提一句，中國戲劇出版社，1986 年 2 月出版的《路翎劇作選》，收入的是《雲雀》的修訂本，據此是不能評論該劇 1947 年的公演的。」舒蕪先生對此有疑問。

wu yongping，您好！先竭澤而漁，而後再沙汰好不好？舒蕪上

先生：行！先儘量地寫，不過多考慮簡繁問題，寫出來再「沙汰」罷。永平上

2006-12-06　談阿壟，補注：胡風談蔡儀

先生：（主題詞：關於蔡儀）

再寄一小文，關於蔡儀的。永平上

（文章題為《胡風談蔡儀的〈新美學〉》，引開頭數段如下。吳注）

胡風 1947 年 11 月 2 日自上海給杭州的阿壟、化鐵去信，信中寫道：

> 「弄朱光潛，很好。我們就和正面敵人對一對給他們看看罷。
>
> 蔡的美學，日內請老闆代你買一本寄上。不過，只作為對美學參考
>
> 之用，還值不得去批評罷。」

該信被收入《胡風全集》第 9 卷，編者未對「蔡的美學」加注。

「蔡的美學」指蔡儀的新著《新美學》，初稿寫成於 1944 年底。據說，郭沫若曾讀過該書的原稿，給予了很高的評價，並介紹給上海群益出版社出版。近年來，有評論稱蔡儀的《新藝術論》〔註 147〕和《新美學》〔註 148〕為「中國最早的馬克思主義的美學著作」〔註 149〕。

（下略）

wu，您好！一、「正面的敵人」要解釋一下。朱從來被列為資產階級教授理論家，而蔡是馬克思主義理論家。批蔡，可能會被指為「打內戰」；所以要批朱，「我們就和正面敵人對一對給他們看看罷。」二、中央日報評論是否需要引？〔註 150〕

舒蕪上

〔註 147〕《新藝術論》，重慶商務印書館，1942 年出版。

〔註 148〕《新美學》，上海群益出版社，1947 年出版。

〔註 149〕陳浩望：《志當存高遠》，載《武漢文史資料》2003 年第 03 期。

〔註 150〕文章引用了《中央日報》「書林平話」第 30 期（11 月 10 日）發表的一篇書評文章，該文寫道：「這書有它的新體系，無論這用新的方法所闡發出來的路線是正確抑疵謬，但至少對於舊美學的若干矛盾問題是解決了，故而這一冊書是從破壞入手的。破壞了舊的美學系統，於是來建立新的系統，而處處可以發現在破壞的一方面優於建設的一方面，這是任何新科學的必然途徑、必然性質……」

先生：收到對蔡儀文的意見，我考慮一下，明天回覆。永平上

先生：（主題詞：接受意見）

寄上關於蔡儀的修訂稿。永平上

Wu yongping，您好！胡蔡經歷比較有沒有必要？二人經歷有許多相同，似乎不足以作為胡不該輕視蔡的證據。舒蕪上

拙文中有如下一段談胡蔡經歷，如下（吳注）：

胡風比蔡儀年長 4 歲〔註 151〕，他們的經歷卻有著許多相似處：同年（1925年）考入北京大學預科，同年（1926年）棄學返鄉參加大革命，同年（1929年）赴日本留學，同年（1931年）投身左翼文藝運動，同年（1938年）在三廳下從事對敵（日）宣傳，同年（1940年）在文化工作委員會任職。當然，他們也有一些不同點：胡風 1923 年參加共產主義青年團，蔡儀 1926 年入團；胡風曾加入日共（1931年），蔡儀加入的是中共（1946年），胡風任文化工作委員會專任委員，蔡儀是文工會的職員。此外，胡風研究的是文藝學，蔡儀研究的是美學。

胡風的文藝理論大成於抗戰時期，蔡儀的美學大廈也奠基於斯時，胡風似沒有如此輕視蔡儀的理由。

先生：（主題詞：接受意見）

我只是想藉以說明他們本該是戰友，不應做冤家。如不妥，刪去並無妨。又，寄去的《粵海風》文章收到否？永平上

wu yongping，您好！還是刪除好。胡區分友仇，從來不管經歷之異同。他之輕蔡，大概正由於郭之譽蔡，如同伐姚由於茅之譽姚也。是不是？舒蕪上

先生：（主題詞：《粵海風》文章）

昨晚我找了個掃描儀，把《粵海風》第 6 期的那文章掃描識別複製下來了。可能有錯別字，如有疑問，來函，則查對原件。

請看附件。永平上

（附件：汪成法《另一種真實——也談賈植芳「拒認」舒蕪事件》）

〔註 151〕胡風出生於 1902 年，蔡儀出生於 1906 年。

wu yongping，您好！文章太妙了。謝謝。該刊什麼時候上網，請通知我。
舒蕪上

先生：再寄一小文，與阿壟有關。永平上

（文章題為《胡風建議阿壟書名為〈詩學〉》，引開頭數段如下。吳注）

1947 年 8 月 31 日胡風在致阿壟的信中寫道：

> 「現在，倒是弄厚些反更為書店所歡迎。因為，讀者歡迎厚的，
> 看來成了『體系』的東西，他們想一下子得到一門總的學問似的。
> 就『混水摸魚』，索性弄厚些罷。書店要大的書名，那就叫做《詩學》
> 或《現代詩學》，也未始不可以。有人提議叫《阿壟詩論》呢。」

該信被收入《胡風全集》第 9 卷，編者借用了阿壟的原注：「此處指我的
論文集《詩與現實》，當時東西少，也未出版成功。」

按：此信談的似乎不是阿壟的《詩與現實》（五十年代出版社，1951 年 11
月出版），而是他的另一部詩論《人和詩》（上海書報雜誌聯合發行所，1949
年 6 月出版）。阿壟是位有著獨特風格的詩人，四十年代中期才開始撰寫詩
論。不過，直到胡風寫上面這封信的時候，他的詩論寫得還不夠多，即使全
部結集出版，大概也不會太「厚」。況且，後來收入《詩與現實》中的許多著
名的「片論」，當時還根本沒有措筆。

（下略）

wu，您好！是否僅與安慰阿壟有關？是不是還與對兩人文章評價不同有
關？「原則性與靈活性」，可酌，哪是原則？哪是靈活？舒蕪上

（拙文分析了胡風對待阿壟和舒蕪出書的不同態度。錄如下。吳注）

> 若在正常的情況下，胡風是不會建議青年朋友用這種「大排場」
> 的書名的。
>
> 前一年（1946 年），舒蕪打算出版一本雜文集，擬以《左道樓
> 雜文集》或《舒蕪雜文集》為書名，胡風即去信批評道：「為什麼這
> 樣急地用大排場的書名呢？這對己對讀者都沒有生氣的。XX 論著
> 或文集之類，將來再用罷。」〔註152〕舒蕪於是改題為《掛劍集》。
>
> 胡風這樣做，並非此一時，彼一時，而是既有原則性，又有靈
> 活性。

〔註152〕胡風 1946 年 11 月 27 日致舒蕪信。

先生：在網上查到汪成法的又一文章，去年的，談您的周作人研究，寫得也極過分。請閱附件。永平上

先生：（主題詞：《粵海風》文章）

《粵海風》那人文章寫得太無道理。

您如要撰文，不須等文章上網，昨天我在網上還沒見到，連上期的內容也找不著，大概刊物改變了以往的做法，不急著上網了。

下午要出去開個會，阿壟文章修改的事情可能要放在明天了。

永平上

wu yongping，您好！只是問問。我不想撰文，邏輯以外的文章，太難說什麼了。舒蕪上

2006-12-07

先生：（主題詞：關於阿壟文的修改）

關於阿壟文最後兩段修改如下。永平上

若在正常的情況下，胡風是不會建議青年朋友用這種「大排場」的書名的。

前一年（1946年），舒蕪打算出版一本雜文集，擬以《左道樓雜文集》或《舒蕪雜文集》為書名，胡風即去信批評道：「為什麼這樣急地用大排場的書名呢？這對己對讀者都沒有生氣的。XX論著或文集之類，將來再用罷。〔1〕」舒蕪於是改題為《掛劍集》。

胡風當年對阿壟、舒蕪的不同態度，大致取決於他們對「整肅」運動的不同表現。1945年胡風發起整肅「主觀公式主義」和「客觀主義」的運動後，站在潮頭上的有阿壟、路翎、方然、石懷池、綠原、冀汸、化鐵諸人，舒蕪基本上沒有介入。不久，石懷池溺水，阿壟喪妻，方然和綠原「總脫不了一種恃才的文學青年的氣氛似的」〔2〕，舒蕪更「逐漸遠去」〔3〕，真正能投入戰鬥且能讓他滿意的人就不多了。在這種情況下，他當然期待阿壟能趕快振作起來，而對舒蕪則相對不甚看重了。

〔1〕胡風1946年11月27日致舒蕪信。

〔2〕胡風1947年9月13日致阿壟。

〔3〕舒蕪1947年2月12日致胡風信。

　　wu，您好！「站在潮頭」與「投入戰鬥」可酌。舒蕪上

先生：修改如下。

　　胡風當年對阿壟、舒蕪的不同態度，大致取決於他們在「整肅」運動中的不同表現。1945年胡風提出整肅文壇「主觀公式主義」及「客觀主義」傾向的號召時，積極呼應的有阿壟、路翎、方然、石懷池、綠原、冀汸、化鐵諸人，舒蕪基本上沒有介入。不久，石懷池溺亡，阿壟喪妻，方然和綠原「總脫不了一種恃才的文學青年的氣氛似的」，舒蕪更「逐漸遠去」，真正能夠撰文且能讓他滿意的人就不多了。在這種情況下，他當然期待阿壟能趕快振作起來，而對舒蕪則相對不甚看重了。

　　wu，您好！關於阿壟文的修改，沒有建議了。舒蕪

先生：（主題詞：關於蔡儀文的修改）

　　經考慮，把胡風與蔡儀經歷對比的一段刪去。

　　永平上

先生：您好。

　　收到朱正先生公子朱曉寄來的「序」。附件中一份是初稿（他寄錯了），一份是修訂稿（他補寄的）。兩份均寄上，請過目。

　　朱正先生所談的都是書中的關鍵，他看得很準。

　　永平上

　　wu yongping，您好！大家滿意就好了。舒蕪上

先生：說的是。朱正先生在這篇短序裏已經鮮明地表明了他的觀點。我打算把序也寄往江蘇文藝出版社，上月把書稿寄給他們後，迄今沒有準信。我想，可能是遇到困難了。上面對省級的出版社管得很嚴，相對來說，對大學出版社則鬆一些。如果他們不能出，我想聯繫一下大學出版社，如剛出了我那本書的河南大學出版社，但它太小，影響不會太大，故暫時還不想給他們。

　　再等等機會吧。

　　永平上

　　wu，你好！朱正先生今晚離京去海南旅遊，大約兩週回來。尊稿已有出版處否？對他的序言如有需商量處，還有時間提出。舒蕪上

先生：書稿只交給了江蘇文藝出版社副社長看，但他沒有明確答覆，打算明年再另找出版社，是否給河南大學出版社看看，我還沒有拿定主意。

對「序」，無意見。我先前在給朱正先生的信中說過，哪怕他寫批評意見也無妨。對現在的「序」，當然不會有意見。請轉告朱正先生，就說我很滿意，並代為致謝。

永平上

wu，您好！如果沒有別處，河南大學出版社也無妨，這種書靠自身內容，出版社與影響大小似乎關係不大。舒蕪上

先生：（主題詞：滿意）

您這樣說了，我就沒有什麼顧慮了。

晚上給江蘇文藝出版社寫封信，他們如不願出，我馬上寄河南大學。

永平上

wu yongping，您好！（主題詞：以快為上）

是的。以快出為第一。舒蕪上

先生：好！我抓緊時間聯繫出版社。永平上

2006-12-08　補注：胡風為阿壠開的批判單子

先生：（主題詞：關於阿壠的小文）

寄上一小文，關於胡風讓阿壠批判一些詩論家的。永平上

（文章題為《胡風為阿壠開的批判單子》，引開頭兩段。吳注）

1947 年 8 月 31 日胡風在致阿壠的信中寫道：「朱光潛、朱自清、李廣田、穆木天的一本詩歌做法，艾青等，要看一看，把他們的問題找出來。他們是有了影響的。」

該信被收入《胡風全集》第 9 卷，編者借用了阿壠原注：「此處指我打算寫的計劃。」

（下略）

wu，您好！比較客觀，不刺激，做到了。但似乎又有另方面問題：讀者不知道這是怎麼回事，不知道這件事有什麼值得談？結論性的判斷放在心中，不直接說出來，是好的。但要稍稍點明，使讀者一思即得，不使之思索不得才好，是不是？舒蕪上

先生：說的也是。待我在胡風全集中找段話放在結尾處，用他自己的話來點明。

此外，還覺得寫法有點問題。下面寫的幾篇都與胡風致阿壟的信有關，有時一封信要補注幾次，也許要調整一下。如用一個總的小標題，如「胡風致阿壟信補注」，引用原信全文，然後一一補注。其他部分也可照辦理，如「胡風致路翎信補注」、「胡風致舒蕪信補注」，等等。只是不知這種寫法是否侵犯了對方的著作權。

永平上

wu yongping，您好！先定要批的對象，才找他的「問題」來批。是不是這個性質？已經公開發表的東西，引用而加以補注，該不算侵犯著作權吧。舒蕪上

先生：關鍵處就在您說的先定對象，再找問題。這裡就有著宗派主義的氣味。

還是先零星地補注吧，寫成後，調整相對比較容易。永平

wu yongping，您好！「先定對象，再找問題。」這八個字可以明白點出，不算不客觀。舒蕪上

先生：可以明白地點出。永平上

先生：修改了最後兩段。如下。wuxuyu@tom.com

胡風信中提到的幾本詩論，書名、出版社、出版時間大致如次：朱光潛《詩論》，重慶國民圖書出版社，1943 年出版；朱自清《新詩雜話》，上海作家書屋，1947 年出版；李廣田《詩的藝術》，開明書店，1944 年 12 月出版；穆木天《怎樣學習詩歌》，生活書店，1938 年出版；艾青《詩論》，上海新新出版社，1946 年出版。這幾本詩論大都於抗戰期間或勝利後不久出版，出版後有較大的影響。錢理群、溫儒敏、吳福輝著《中國現代文學三十年》指出：「（抗戰後期）對詩歌藝術（包括詩歌形式）的探索成為理論家、詩人注意的中心，出現了艾青《詩論》、朱自清《新詩雜話》、李廣田《詩的藝術》、朱光潛《詩論》等把新詩藝術探討提到理論高度的學術著作，現代新詩終於有了自己的現代詩學的雛形，這是現代新詩趨向成熟的又

一個重要標誌。」

　　　應該指出，上述「有了影響」的詩論家都是非「胡風派」的。胡風先定好了批判對象，再讓阿壟去尋找問題，這裡多少帶著點主觀主義或宗派主義的影子罷。

　　wu yongping，您好！這就明白了。但「主觀主義或宗派主義的影子」似尚可酌。且不上到「主義」，也不下到「影子」，只說「主觀或宗派的味道」，何如？舒蕪上

　　先生：不用「主義」，極佳。就用「味道」罷。永平上

2006-12-09　補注：胡風建議批判克家等

wu yongping，您好！

　　想起：是不是選一篇先向《新文學史料》投稿，例如「《論主觀》發表的前後」，爭取早一點問世，何如？舒蕪上

　　先生：是有這個打算。這陣子在忙於寫補注，不想分心。過半個月左右，再精心修改《論主觀發表前後》一節，投給他們試試。

　　永平上

先生：（主題詞：關於阿壟的小文）

　　寄去一個附件，裏面是關於阿壟的兩篇小文。永平上

　　（附件：《胡風對阿壟批臧克家和李廣田的建議》和《胡風讓阿壟撰文論李廣田全人》）

2006-12-10　舒蕪談「生活態度」

wu，您好！對於以下三條，我的理解不大相同。

　　一、他對阿壟提出的要求是：「切要以他（們）的所謂進步民主的地位來衡量他（們）的所作」。換言之，即要求從作品的內容入手來揭示作者的立場。

　　二、他要求現實的人民實踐要求得到誠實的、豐富的、有思想力的表現，因而反抗不健康的、虛偽的東西。

　　三、所謂「（生活）態度和政治內容」，前者考察的是作家的政治立場，後者考察的是作品的政治傾向。毛澤東在《延座講話》中提出的「兩個標準」，

胡風似乎只取了其一。

　　按照胡風派的理論，「生活態度」是第一位的，是高於「政治立場」之上的最高標準。「生活態度」如果是「不健康的、虛偽的」，「政治立場」即使再好，文藝上也不可能「得到誠實的、豐富的、有思想力的表現」，所謂「政治立場」也是空的，假的，甚至有害的。胡風要求阿壟對李廣田作這樣的批評，就是所謂「以他的所謂進步民主的地位來衡量他的所作，這樣才不但可以避去副作用，而且可以真正解消他的姿勢的。」怎樣判斷生活態度的健康與否呢？還是要從作品看。如果作品裏的內容「不健康、虛偽」，就反證其「進步的民主的」立場是空的，假的，甚至有害的。您說：「換言之，即要求從作品的內容入手來揭示作者的立場。」這是對的。但您說：「所謂『（生活）態度和政治內容』，前者考察的是作家的政治立場，後者考察的是作品的政治傾向。毛澤東在《延座講話》中提出的『兩個標準』，胡風似乎只取了其一。」似乎就有些問題。可以說胡風是提出了三個標準：一生活態度；二政治；三藝術。也可以說他是以生活態度標準壓倒、代替、取消了政治標準。更可以說他只有一個標準：（藝術裏所見的）生活態度。後來阿壟提出的「藝術即政治」，即源於此。因此，大作中關於李廣田當時政治情況的介紹，似乎也不大必要，胡所要否定的並不是這些情況的存在，而是把這些看作只待「解消」的「政治姿勢」。鄙見如此，對不對，請酌。

　　舒蕪上

先生：（主題詞：關於「生活態度」）

　　您所說的胡風的批評標準，對我很有啟發。對於「生活態度」的內涵和外延，我還要再想想。這是胡風文藝思想中最獨特的部分，也是中外文學理論所沒有的。

　　拙著《隔膜與猜忌》中有如下一段：

　　　　石懷池的文學批評方法和批評角度深受胡風思想的影響。胡風非常重視作家對於題材和人物的選擇，熱衷於從作家作品文本中尋找反覆出現的意象和表達方式，並據此以評判作家的「生活態度」，他的所謂「生活態度」是政治立場和道德觀念等的別名，捕捉到作家的「生活態度」之後，再藉此推測判斷作家作品的藝術得失。胡風的這個批評方法來自日本「納普」理論家藏原惟人，他曾表示：「藏原惟人從政治道德上衡量作家對人物的態度這一點啟發了我。

〔1〕」此外，胡風對於文藝批評的角度也有特殊的規定，他在《今天我們的中心問題是什麼》（1940 年）中曾概括總結為如下兩個不同角度：

（其一）我們的基本要求是從特定作品或特定作家底創作過程所達到的生活內容和形象的統一關係裏面去探求他和生活的接觸方法，他把握生活的真實程度。

（其二）反轉來，對於特定作品和特定作家底創作過程的評價的分析，就能夠說出特定作家和客觀生活的聯結情況或聯結程度。

其實，不難看出，這兩種論證的流程是相同的，無非是以作品文本的分析為基礎，推測作家的「生活態度」，以確定作品的藝術真實性，其中的關鍵環節便是對於作家「生活態度」的評判。這種批評方法有一個很大的弱點，就是以對作家的政治思想鑒定來代替對作家作品的具體分析。而當批評者面對的是不同創作方法、不同藝術風格、不同表現方式、不熟悉的生活層面的作家作品時，往往很輕率地根據作品的選材和人物，簡單地搬用階級分析的方法，先對作家作出政治上的定性，界定作家的「生活態度」，進而從藝術上否定作家作品。石懷池的文藝批評或多或少地表現出胡風文藝批評方法論的上述弱點。

先生，上述解釋是正確的嗎？永平上
〔1〕胡風《略談我與外國文學》（1984 年）

wu yongping，您好！尊論大體同意。但所謂「簡單地搬用階級分析的方法，先對作家作出政治上的定性，界定作家的『生活態度』，進而從藝術上否定作家作品。」仍然和我的理解有區別。我理解的，大體是我在《什麼是人生戰鬥？——理解路翎的關鍵》〔註153〕中所說，並非用階級分析的方法，而是看普通平凡的生活中有沒有「主觀戰鬥精神」，其實就是有沒有激情、熱情、瘋狂性、痙攣性等等，大體上就是要求《約翰·克里斯多夫》那樣的作品。這個理解大概是胡風派的人們雖未明言，都能接受的。舒蕪上

先生：接受意見，刪去「階級分析」這一提法。改如下：

〔註153〕舒蕪：《什麼是人生戰鬥——理解路翎的關鍵》，收入張環、魏麟、李志遠、楊義編：《路翎研究資料》，北京十月出版社，1993 年版。

　　胡風的這個批評標準來自日本「納普」理論家藏原惟人，他曾說過：「藏原惟人從政治道德上衡量作家對人物的態度這一點啟發了我。」〔註154〕40 年代初他在《今天我們的中心問題是什麼》（1940年）一文中對這個標準作了完整的闡釋，即：「我們的基本要求是從特定作品或特定作家底創作過程所達到的生活內容和形象的統一關係裏面去探求他和生活的接觸方法，他把握生活的真實程度。」或者，「反轉來，對於特定作品和特定作家底創作過程的評價的分析，就能夠說出特定作家和客觀生活的聯結情況或聯結程度。」不難看出，胡風的批評標準是以作品文本為基礎，據以分析作者創作過程中「主觀戰鬥精神」的有無，並作出對其「生活態度」的評判的。直言之，這種批評標準是 30 年代「無產階級文學運動」機械論的遺留，當年太陽社、創造社就是從魯迅的一兩篇作品中的人物來揣測其「政治道德」及所屬「階級」的。胡風在 40 年代發展了這一偏向，並以此作為衡量作家作品是否墮入「主觀公式主義」、「市儈主義」或「客觀主義」的文本依據。

改動部分寫入了關於阿壠的小文中。永平上

wu yongping，您好！您找出了「生活態度」論的娘家，使我得益極多，謝謝。但他比「納普」似更有發展，「納普」是據生活態度來判定階級，他是據生活態度來判定政治立場的真偽。二者是不是還有區別？對於毛的兩個標準來說，則是以「生活態度」標準第一，取代了政治標準第一。舒蕪上

先生：胡風的「生活態度」標準，與毛的「政治第一標準」，在本質上是一致的。只是著眼的角度不一樣，毛是從作家政治立場看作品，胡是從作品看作家立場。

阿壠批臧克家李廣田文作了修改，融入了您的一些意見，寄上請指正。但「判定政治立場的真偽」還未及融入，待後再修改。

毛要求「政治標準第一」，胡風則是「生活態度」標準第一。

毛要求知識分子在社會實踐中改造，胡風則是要求在創作實踐中改造。
永平上

wu yongping，您好！我仍然認為「生活態度」完全不等於「立場」。「立

〔註154〕胡風：《略談我與外國文學》（1984 年）。

場」是政治，「生活態度」則是道德，是精神，是愛愛仇仇的閃光，它高於政治，包容政治。所以再進一步就是「藝術即政治」。請酌。舒蕪上

先生：我大致能理解到「生活態度」的根子是「政治道德」（胡風有時表達為「戰鬥道德」），也感到它比「政治立場」更泛一些。聽先生的具體解釋，我有所感悟。但如何把這些理解表達出來，還是有一定的困難。我還要慢慢地調整。永平上

2006-12-11　討論「生活態度」

wu yongping，您好！（主題詞：關於生活態度）

抗戰中期，左翼知識分子中，普遍存在兩種情況。由於國共合作，在國統區相對自由，公開以左翼身份出現並沒有太大危險，特別是左翼的中上層名流，形成各種小圈子，陶醉在裏面，而又享受到青年群眾的愛戴尊重，和共產黨的信任，他們當然認為自己的政治立場已經解決了。另一部分下層左翼知識分子，對那些左翼名流不滿，但也不否認他們的政治立場，更不否認自己的政治立場，於是認為光講政治立場不夠，還得要求別的東西，於是胡風代表他們出來要求「生活態度」，要求「主觀戰鬥精神」，陳家康三人也是這麼回事。所以「生活態度」論，是把政治立場看得太容易，實際上解消、顛覆了延安所要求的政治立場。但延安當時也並不要求國統區左翼知識分子立刻「與工農兵結合」，只要他們在反對國民黨的大前提下，承認自己立場尚待改造就行。胡風卻肯定了他們立場已經沒有問題，問題只在生活態度不對，這又與延安相反了。大致背景如此。所以說胡的「生活態度」論是「納普」機械論的殘餘，是否有些問題？舒蕪上

先生：（主題詞：關於生活態度）

您說的都有道理。我只是想發掘出胡風在「生活態度」論上的獨特性，陳家康他們在抗戰中期提出這一觀點有他們的理由，胡風贊成他們的觀點也有自己的理由，我覺得他們之間是有區別的。

此外，我還認為胡風當時只是認為與他接近的人解決了立場問題，也解決了「生活態度」問題，而其他的進步作家則沒有，他的批評「主觀公式主義」和「客觀主義」都是立足在這個基點上。後來，他激怒了一些人，又被中共文化圈子的人說成是偽裝馬克思主義，與這也有關係。不知這種分析對不對？

永平上

wu yongping，您好！您這個分析我完全同意。毛認為所有知識分子都需要長期的甚至是痛苦的改造，胡風認為所有左翼知識分子（包括已經解決生活態度問題的和尚未解決生活態度問題的）立場問題都早已解決，此其所以為「偽裝馬克思主義」也。是不是？舒蕪上

先生：（主題詞：關於生活態度）

基本是這樣。但胡風並不認為「所有左翼知識分子（包括已經解決生活態度問題的和尚未解決生活態度問題的）立場問題都早已解決」，這個問題可參看路翎寫的與「港派」論爭的文章，他列舉了很多人名，認為他們是不堪改造的，其中包括已去世的徐志摩，小說家姚雪垠，戲劇家吳祖光、梅蘭芳，等一批人。這樣，胡風和路翎對知識分子的態度就比中共更加激烈。拙著《隔膜與猜忌》談了這個問題，提出他們這樣做是不應該的。

胡風的這個態度在 1954 年兩會主席團擴大會議上講話中也有表現，他說阿壠批評國民黨詩人，青年黨詩人，頹廢的現代派等，都是從立場上說的，並不止於「生活態度」。

永平上

wu yongping，您好！我說的是「左翼」知識分子，當然不包括被認為國民黨詩人、青年黨詩人、頹廢現代派詩人的。但「左翼」中，如果生活態度被認為不行，則其立場也被認為假的，更有害的。所以實際上就是生活態度標準第一，取代了政治標準第一。舒蕪上

先生：（主題詞：關於生活態度）

正如你所說，胡風制訂了一個稍稍有別於毛澤東的標準，他的「生活態度」比毛的「政治標準」更寬泛，因而也更難把握。

另外，被胡風稱之為國民黨詩人、青年黨詩人、頹廢現代派詩人的那些人，都還是中共要團結的（解放初）對象，卻被他推到了敵人的一邊。如穆旦，是參加過遠征軍的，可能因此被胡風稱為了「青年黨詩人」；而《詩創造》同人，則被他說成是頹廢現代派詩人，放在敵人那個陣營裏。至於姚雪垠、碧野等人，更不應該被視為敵人的。

胡風的政治意識太「左」，就「左」在這些具體的對象上。

永平上

wu yongping，您好！其「左」，是「左」得可怕的。唯我獨革。本派以外，幾乎都是敵人，至少是可鄙棄之人。這不是政治意識的「左」，只能說是最強烈的宗派意識。所以他總把進步文壇描繪成一團污穢黑暗，而我對此一開始就有懷疑，他也敏銳地覺察到，不斷敲打我。後來的分歧，導源甚早也。舒蕪上

2006-12-12　舒蕪談宗派主義

先生：（主題詞：關於生活態度）

您說的對。胡風這樣做，其實是孤立自己，也害了朋友。而且，在中共文化圈子中人看來，宗派發展得過了頭，就是政治問題。胡風是從宗派問題發展到政治問題上去的。永平上

wu yongping，您好！（主題詞：最最主線）

極好極好！「從宗派發展到政治」，這一下抓住了最最主線，我懇切贊同。希望您緊緊這條主線貫徹全部胡風研究。舒蕪

先生：（主題詞：主線）

「從宗派發展到政治」，在解放初那幾年表現得非常清楚。直到 1952 年胡風文藝思想討論會時，上面仍把他的問題看成是宗派，對他的政治立場是肯定的。1954 年他在萬言書中把宗派糾紛上升到政治問題，產生了反作用，引起上面的警惕，才發生那種結果。這是誰也想不到的。在這個過程中，您批評的始終是胡風的宗派主義，這也是一個證明。

近日在弄胡風全集第 7 卷裏的胡風回憶錄。先把全書掃描，然後放在電腦裏研讀。《胡風回憶錄補注》是從東京留學寫起，到 1949 年去解放區止。這是一個完整的階段，而且在我已有的研究範圍之內，我想從明年初開始寫，能夠比較快的成書。另外，《胡風「萬言書」補注》覆蓋的範圍大致是從 1949 到 1954，正好是他文學生涯的下半段，也研究過，可以接著往下寫，這部分也能夠成書。《胡風書信集補注》有一些難點，需要查閱許多資料，譬如全部的《希望》《泥土》《呼吸》雜誌，由於科研經費有限，不能經常出差，我想放在後一步寫。

初步打算是，從明年初開始寫《胡風回憶錄補注》，爭取年內完稿。《胡風書信集補注》繼續弄，先就一個個小題目做，擇機發表。

永平上

　　wu yongping，您好！您整個《補注》寫作計劃甚妥，我看可以就這樣進行。至於我與胡的關係的首尾，現在也可以明確一條主線，就是我一開始就與他的宗派主義有矛盾，終於發展到分手。我接觸新文學，與路翎之從胡風入門不同。我幼年就仰慕九姑方令孺、大哥方瑋德，仰慕新月派，通過大哥的藏書得讀新文學精華，確立尊五四尤尊二周的基本觀念。對於整個新文學界特別是進步文學界，本來我都有好感。我曾經夢想投稿上文壇，是整個抗戰文壇，不是胡風一派文壇。投稿上文壇夢破滅，當上大學助教後，想改走學者路。認識胡風以後，上文壇夢暗暗重新滋長，胡風敏銳地覺察到了，便不斷予以敲打，把文壇描繪成漆黑一團，污穢至極。而我的體驗總與他的描繪不同。胡對於「主觀公式主義和客觀主義」的那麼深惡痛疾，我曾努力追隨體會，力求同感，總是同感不起來。對郭沫若，我只是在儒墨問題上不滿，對他的浪漫主義的詩，我沒有多大興趣，也沒有多大惡感。對茅盾，本來我很喜歡《子夜》。對沙汀，我十分喜歡他的「三記」。回顧我一生好友，只有開始與路翎在一起，後來臺靜農、譚丕模、王西彥、聶紺弩，都是胡所輕視、蔑視、鄙視、敵視的。我從他們身上，更體會到胡的宗派觀點大成問題。回顧我在《希望》上發表的雜文和書評，只批國民黨，批錢穆、馮友蘭、賀麟，沒有一篇批「主觀公式主義和客觀主義」的，抗戰勝利後的整肅文壇，我完全沒有文章。您在書中說我參加了胡的「啟蒙」運動以後，時時有想退迴學術道路的矛盾。這個是有的，但更主要的恐怕還是我接受不了他的宗派主義的矛盾。這個矛盾一開始就有，後來日益發展，貫徹始終。是否以這條主線來貫串首尾，更加清楚些？請斟酌！舒蕪上

　　先生：誠如您所說，這應該是一條主線。

　　當然，兩種文化的衝突也是存在的。這裡說的是形成個人氣質學養諸因素的文化。

　　昨天，我單位一位老同志去世。今天及以後幾天要去幫忙料理，可能上網的機會要少些。

　　永平上

　　wu yongping，您好！謝謝您的理解。舒蕪上

　　先生：您好！我已與河南大學出版社 xxx 聯繫，下面是他的答覆。今天上午將《舒蕪胡風關係史證》書稿寄去。永平

永平兄：您好！

因自上月下旬以來，我一直在外出差，所以兩封來信今天才看到，遲覆為歉。《隔膜與猜忌》上月底已印出，樣書及所購書我將很快寄去。請告知你的存摺銀行賬號（銀行名、分支行或儲蓄所名、賬號），以便直接轉撥稿費。關於胡風與舒蕪的書稿，我亦甚感興趣，請發到我的另一容量較大信箱中。順頌

撰安　　xxx06-12-14

wu yongping，您好！全書能早日問世最佳。但《〈論主觀〉公案》作為單篇論文，爭取在《新文學史料》上先出來也有意義。如何？舒蕪上

先生：說的是。忙過這一陣，先把《〈論主觀〉公案》整理出來。永平上

2006-12-15　舒蕪再談「賈拒認舒」

Wu yongping，您好！（主題詞：關於「賈拒認舒」的文章）

bikonglou@163.com

（附件：張業松《「賈拒認舒」材料補》）

先生：您好！

承寄張業松的文章，此文與汪成法的文章所用材料幾乎一樣，或者說汪成法與張的文章一樣。一個事情說來說去，單憑臆斷，真是無聊得緊。

即使「拒」為真又如何呢？拿這件事，反覆地炒，炒出了極為惡劣的宗派的氣味。

看來，為師的宗派情緒，學生們也要承繼下來不可了。

永平上

wu yongping，您好！我本來不想辯論此事之有無，只是略一揭露其人如何憑空捏造，至再至三，可見其他地方也多大言欺世，不可輕信。看來這目的可以達到了，我決定再不答覆他們。舒蕪上

2006-12-16　續談有關賈拒認舒問題

wu，您好！（主題詞：續談有關賈拒認舒問題。）舒蕪上

（附件中有如下兩信。）

緒源兄，您好！信悉，拙作小文刊出，居然放在頭條，謝謝您

的盛意。前天藍英年兄在電話中說:「你的道理,想起來是對的,但是對於兩百年前的蒲松齡,要求是不是太嚴格些?」不知邵燕祥兄說什麼,雍容說什麼,真想早點知道。賈拒認舒事,已經炒得很無聊,我不想再炒。四次文代會上有沒有,其實也是沒有,但我沒有直接證據來否認,只能說我的記憶裏沒有:「同是以髦耋之年,回憶二十多年前的事。他記憶之有,不足以否定我記憶之無;我又怎敢單憑我記憶之無,否定他記憶之有?何況『說有容易說無難』,是考據的常識哩。」本來也已經說清楚了。可是,《粵海風》第六期上載有汪成法的《另一種真實》,本意是駁我,卻替我舉出否認的鐵證,就是賈自己公開發表的日記:

中國作家協會第四次會員代表大會 1984 年 12 月 29 日在北京召開,1985 年 1 月 5 日閉幕,如果在此期間發生了賈植芳「拒認」舒蕪的事件,也許賈先生的日記中會有所涉及,這就只好期待日記的進一步公開了。但既然在 11 月 12 日還將自己的小說選寄贈舒蕪,可見二人之間還是保持著一種比較客氣的友好狀態的,似乎看不出賈植芳先生有什麼理由會忽然改變對舒蕪的態度,進而做出「拒認」的舉動來。

但也許就是在 1984 年年底的中國作家協會第四次會員代表大會期間,舒蕪先生的其他行為再次不能見諒於賈先生,因而賈植芳先生在他登門拜訪時有了「拒認」之舉;或者賈先生再度回首往事而終於不能原諒舒蕪在 1950 年代的所作所為,因此對自己和舒蕪之間的這段「親密接觸」感到後悔,於是,他就在考慮如果下次有了和舒蕪接近的機會時自己應該採取什麼樣的態度來對待他。就像梅志先生在整理書目時可以刪去本屬於「七月文叢」的《掛劍集》一樣,賈植芳先生也打算在面對相識的舒蕪時說出「我不認識你」。或者因為賈植芳先生確實年齡太大了,結果就把自己幻想中的「應然」當成了現實中的「已然」,並且對身邊的朋友講述了這一「故事」。而那些「傳說」這一「故事」的人們,恰如李輝先生所說,「相信賈先生能夠這樣做」,更是把賈植芳先生的這一「應然」視為「當然」、「必然」,所以才會對這一「故事」重新進行講述,或加以詮釋。

　　實際上就是賈植芳自己感到後悔，考慮如果下次有了和舒蕪接近的機會時自己應該採取什麼樣的態度來對待他，把自己幻想中的「應然」當成了現實中的「已然」，並且對身邊的朋友講述了這一「故事」。他解釋得如此清楚，我還有什麼可說？您看是不是？

　　　　舒蕪上

　　　　舒蕪先生：

　　　　您好！大作刊出後，反響強烈。邵燕祥先生也寫來一文，擬再下週刊出。雍容有一信感謝你，準備一起登。

　　　　另外，在《萬象》上又看到談「賈拒舒」的文章。此事我覺得您上回確有沒說清楚的地方，即我後來問您的：李輝說的「另一次」到底有無？建議再在《萬象》上寫一極短文，把我上回問您的問題也公開回答一次，那樣，這段公案才會告一段落也。不知您以為如何？

　　　　　　緒源 16 日匆匆

　　先生：讀過你與緒源先生的通信。「賈拒舒」，也許真是存於賈先生想像的東西，他的那些學生引師自重，於是要炒。這本是您與賈先生兩人之間的事情，說清楚很簡單，說不清楚也很簡單，外人根本不必強唱。

　　永平上

先生：已將書稿目錄及朱正先生序寄出。

　　我想多聯繫幾家出版社，爭取明年上半年能出版。

　　以這本書的實證研究來回答某些人的臆測。

　　永平上

wu，您好！（主題詞：再續談有關賈拒認舒問題。）舒蕪上

　　（吳注：舒蕪先生信中附有與劉緒源先生的來往信件數封，僅錄舒蕪先生信一封如下，其餘略去。吳注）

　　　　緒源兄，您好！附上一信，就在《筆會》上登，好嗎？我不想再發《萬象》了。舒蕪上

　　（舒蕪先生的信題為《關於「拒認」的信》）

2006-12-17

先生：您和緒源先生來往信件均收到。賈門弟子既然打上門來，發一小文作為答覆也無不可。

收到 xxx 先生回信，轉寄給您看看。

書稿還未寄，因他還要我寫作者簡介和內容提要，今天沒有時間弄。

但我目前不知他的身份，他同時為其他社作叢書，是不是在當「掮客」？從中提成呢？

永平上

wu yongping，您好！多方進行，極是。舒蕪上

先生：（主題詞：賈拒認舒問題）

讀過「信」。引用汪成法「另一種真實」的說法，極妙。

汪成法寫這文章前肯定已遍觀賈之日記，找不到相關記載，所以才這麼寫。

說「現實」如何，「內心」如何，把其師寫成兩面人，其實是給其師丟面子。

永平上

wu yongping，您好！本不想糾纏了，劉緒源先生一再相勸，才覆了那一信。他說他轉到《萬象》去，就這樣吧。人生至此，其實還是無聊。舒蕪上

先生：（主題詞：關於朱學勤）

附件中有關於朱學勤魯研文章。永平上

（附件：方舟子《朱學勤偽造魯迅遺囑》和西風獨自涼《朱學勤的思想長版》）

wu yongping，您好！此人不足道。舒蕪上

2006-12-18

先生：昨天開了一天會，選舉湖北省文藝理論家協會第三屆領導班子，忝列副主席（主席於可訓，副主席 8 人）。我本無意於此，無奈上面非要，只得充數。

永平上

wu yongping 兄，您好！榮任副座，總歸是可賀的也。舒蕪奉賀

　　wu yongping，您好！我與劉緒源先生因知堂研究而相識。一九九四年他在上海出版了《解讀周作人》一書，我寫了書評《真賞尚存，斯文未墜》。書和書評被何滿子一起罵過。劉指出，厭惡不是批評。何堅持說厭惡糞便就是批評了糞便，堅持要做厭惡家。我們就這樣結識起來。劉這本書聽說最近要出新版。舒蕪

　　先生：呵，原來你與緒源先生是這樣相識的。
　　河南大學出版社說《隔膜》書已印出，我讓他們快寄來。收到即奉上。
　　永平上

　　wu yongping，您好！大作《隔膜》待拜讀。舒蕪上

　　先生：《隔膜》書稿曾寄先生指教過，看清樣時，刪改了涉及先生的幾小段。有些地方本想再改改，但編輯說版面變動不宜太大，於是只小動了一下。
　　（下面談到拙文《胡風與第一次文代會》被抄襲而被迫打著作權官司事，略）
　　本來我想算了，但朋友們都說不能放縱學術腐敗。於是還是決定起訴。
　　永平上

　　wu yongping，您好！打官司也好，難得這方面經驗。不知《〈論主觀〉公案》何時能完成？舒蕪上

2006-12-19
　　先生：您好！如無其他事情干擾，打算月底前改成《〈論主觀〉公案》。改成後奉上。永平上

　　wu yongping，您好！《〈論主觀〉公案》的發表，對於全書的出版會有促進作用。全書其實就可以以《論主觀》《從頭學習》《第一批材料》三篇文章概括之。舒蕪上

　　先生：謝謝提示。忙過這一陣就動手。永平上

　　wu yongping，您好！文章寫成後投稿方向，本來《新文學史料》較有權威，但它是季刊，發表週期太長。近來見長沙的《書屋》還不錯，也可以考慮。舒蕪上

先生：我曾在長沙《書屋》發表過文章，可直接投稿。只是該雜誌近年來似乎對胡風問題不太感興趣，後來投寄的幾篇均未採用。

這篇文章如何寫，還要考慮。因為剛發過一篇《舒蕪〈論主觀〉寫作始末考》，載《粵海風》第 3 期。這篇不能重複，打算只寫胡風對《論主觀》態度的變化，即幾個「說」：批判說，雙簧說，失察說。

永平上

先生：xxx 先生剛才打電話來，問書稿的一些具體事情。他建議書名另起，「史證」作為副標題。他說 50 萬字太厚，建議分為兩本。他說想給中青社看看。

他還問道是否引用了您剛發在《新文學史料》上的書信，我只得老實地告訴他在發表前即已看過，並對其中某些注提過意見。他問您是否知道這本書稿，我只得告訴他曾寄您讀過，但觀點是我自己的。他問到我對您及胡風的基本態度，我告他說，拙稿只甄別考辯史料，無意作道德或政治判斷，等等。

他建議從中選取若干篇寄《隨筆》先發表，他說與刊物關係很熟，等等。

就這些，下一步如何做，我得再想想。

永平

wu yongping，您好！

一、xxx 與《隨筆》的關係：該雜誌現在主編是秦穎，秦穎接主《隨筆》之初，向是「特約副主編」，名列別的原來副主編之前，幾期之後，又改為「特約組稿」，這個名義很有些奇怪，似乎內部有什麼矛盾，不得其詳。現在向又主張將您的書選寄《隨筆》，我不知道其中原因，也許可以一試吧。

二、《隨筆》與胡派關係：「賈拒認舒」第一個版本即是『隨筆版』。何滿子許多文章都在《隨筆》上刊發，與綠原同是該刊臺柱作家。

三、《隨筆》與我的關係：我本是該刊老作家，但「六四」後我除了婦女問題外不寫別的雜文，有如陳寅恪詩所云「著書唯剩頌紅裝」，沒有合適稿子給該刊，斷了聯繫。秦穎是朱正的舊部，朱正介紹他來找我，態度甚為友善。他主編《隨筆》後，我寄去《「賈拒認舒」版本考》，卻一直被壓著不發。後來我問他，他說是他怕惹麻煩的緣故，我才改寄《萬象》的。

四、《書城》既是那樣，當然可以緩圖。

　　舒蕪上

先生：（主題詞：《隨筆》）

　　《隨筆》既如此，我就先寄《書信特殊用語考》中的一兩小文去試試，看看他們的態度。永平上

　　wu yongping，您好！也好。學術論文體制的，反正與該刊風格也不大合適。但尊作為什麼不題為「補注」呢？又，上信未說到，朱正有一篇關於胡風的文章，與胡派文章唱反調，載《隨筆》，倒是秦穎主動向朱正組稿的。舒蕪上

先生：說的是。應該趁此機會把「補注」打出去。我馬上寫信給 xx 先生，讓他更正。永平上

xx 先生：剛寄出的兩篇文章副標題均應改為「胡風書信集補注」。

　　我正在做一個較大的課題，書名暫定為《胡風全集補注》，其中分為若干部，如《胡風書信集補注》《胡風回憶錄補注》《胡風萬言書補注》等。

　　這兩篇文章是從已完成一部分的《胡風書信集補注》中抽出來的，其他文章以後整理出來也要以這個副標題發表。我想，還是現在就統一為好。

　　順頌
　　健康！
　　永平 2006-12-19

2006-12-20　恭賀新年

Wu yongping，您好！（主題詞：恭賀新年）

　　恭賀 2007 新年。舒蕪上

先生：您好！

　　同喜同喜！新年大吉！多福多壽！

　　學生永平上

先生：轉上 xx 先生信。他還是要《舒蕪胡風關係史證》中的文章。永平上

　　　　（永平兄：您好！所賜大作二題收到，感覺很好，但仍屬考據
　　史料性的文字，考慮到隨筆的文字風格，可否選一思想性強的章
　　節？或者從胡舒關係考中選一節如何？請酌。當然此二稿我還是可

轉去的。Xx）

wu yongping，您好！（主題詞：文字考據性）

《史證》中文字也難免考據性，奈何？舒蕪上

先生：（主題詞：考據性）

我考慮先把《舒蕪撰「反郭文」始末》給他試試。永平上

wu yongping，您好！好的。有許多注解，恐怕就不適合他們的風格。且看吧。舒蕪上

先生：既然 xx 要這樣的稿子，我就給他。也許他還有其他的途徑發表。永平上

先生：

xx 挺有趣，他把張曉風的郵箱也告訴我了，也許他認為我應該與她交流一下胡風研究心得。

我對此雖無興趣，但也許可以與她交換點書吧。

但我還不打算近期與她聯繫。

永平上

wu yongping，您好！有趣。不妨。舒蕪上

2006-12-21

先生：上午九時與律師約好去武漢中級法院遞交訴狀，下午再聊。

永平上

wu，您好！（主題詞：答《粵海風》的信）

我回應《粵海風》答劉緒源的信，他轉給《萬象》了，說是四月號發。舒蕪上

先生：《萬象》發稿好慢，但慢總比無好。

上午已去武漢中級法院立案，何時開庭等通知。

永平上

先生：（主題詞：《隨筆》事）

果然被您言中，《隨筆》不適合考據類文章。下面是向繼東剛來的信，

請閱。

　　　　永平兄：您好！所發四篇大作都匆匆瀏覽了一下，都屬考證類
　　文字。我最後把「形象思維」推薦給隨筆了。有消息即告。大著我
　　已先送廣西師大鄭總了，他已回覆說看後答覆我。順告。向繼東

　　信中提到的「形象思維」，指的是我的一篇舊文，題為《胡風是國內倡導
「形象思維」的第一人嗎？》，其實也是考據文章。永平上

2006-12-22

先生：（主題詞：寄上一篇論文）

　　寄上一篇關於「反郭文」的文章，請閱示。永平上

　　（《從舒蕪何時識胡風說起──細讀舒蕪〈回歸五四〉後序》

wu yongping，您好！（主題詞：一篇論文讀後）

　　文章是好的，但顯然不合於《隨筆》。舒蕪上

先生：（主題詞：收到朱正先生贈書）

　　收到朱正先生惠寄的兩書《魯迅回憶錄正誤》及《重讀魯迅》。先翻看
了《正誤》，發現他也是以單篇文章的形式來寫的，考證工夫了得，非常佩
服。我正在寫的《胡風書信集補注》，也可採取這樣的形式，心中有底了。永
平上

　　wu yongping，您好！他的考據工夫，程千帆贊為「戴段錢王之風」，他自
己說是讀中學時愛好幾何的影響。這兩本書，他自己說一是考據之學，一是
義理之學。其實《重讀魯迅》中的義理，仍然建築在考據的基礎上。例如關於
民權保障同盟的考證，就非常精確可佩。他是以完全崇拜魯迅起步，而現在
能夠這樣平等對待魯迅，能夠這樣申魯迅之是與正魯迅之非並舉，尤其可
貴。是不是？他現在正重寫《魯迅傳》。舒蕪上

先生：（主題詞：朱正先生）

　　「反郭文」不是為《隨筆》寫的，這只是為寫胡風對《論主觀》看法的演
變軌跡而作的準備。沒有「反郭文」，就不會有《論主觀》。我要先讓自己進入
到那個歷史氛圍裏去。

　　朱正先生的《重讀魯迅》還未及讀，今晚開始，認真地體會體會。

　　永平上

先生：（主題詞：意見讀過）

　　稿子看過，根據您的意見改了。剛寫完便寄給你，沒有仔細地讀讀，我太馬虎了。其中有兩個錯誤是不能原諒的：一是誤把陳家康寫成副刊編輯，我把他與胡繩搞混了；二是誤把陳家康當成墨學大家，其實我並沒有查到他有墨學研究文章，但寫著寫著就忘記了。如果沒有先生的及時指點，我的文章還不知會有多少漏洞。謝謝！

　　永平上

2006-12-23

　　wu yongping，您好！偶然疏誤人所難免，何必過謙？拾遺補缺朋友常道，何足言謝？陳家康迷戀墨學，的確到了入迷程度。他曾說將來新中國建立，他第一要做的事是找老雕版工人刻出一部最精美的《墨子》，我聞而自愧沒有如此熱心。但這只是圈子裏面人知道，外人並不知道。他沒有研究文章發表，從他的談論中也沒有聽到對墨學本身的什麼深刻見解。到了新中國，他忙於外交，熱心購買清代外交官的出使日記，不知道墨學的興趣還有沒有了。舒蕪上

2006-12-24　談朱正先生的治學

　　先生：這兩日在讀朱正先生的《魯迅回憶錄正誤》。有幾個感受：一，有幾篇引文很多，很長，有長至兩三頁者。我沒有這個魄力。二，由於引證資料多出於魯迅全集，文章不用腳注，只在引文後加括號注明卷數頁碼。三，作鐵板釘釘似的考證，著眼於一個謬說，旁及其他，堵塞所有誤解的可能性。四，表述語言極平易，既不咄咄逼人，也不強加於人。五，不對考據對象作意圖（目的）評價。

　　這些都是我要學習的。

　　永平上

　　wu yongping，您好！尊論可謂朱正先生的知音。邵燕祥先生有句云：「海內何妨存異己，人間難得是知音。」蓋見道之言也。舒蕪上

　　wu，你好！網上見向繼東文章一篇，錄奉參考。

　　（向繼東《正視歷史與開創未來——編輯〈2006 中國文史精華年選〉感言》

2006-12-25

先生：下面轉寄給您的是江蘇文藝出版社副社長 xxx 的來信。他們不敢出。
河南大學出版社方面尚無明確回答。

永平上

（信附如下，有刪節。吳注）

永平兄：

好。很抱歉拖到現在才給你回信。主要因為是年底事情較忙，雜事太多，還有一個原因，是想看看能不能爭取社裏出。我對你的書稿質量是毫不懷疑的，現在已經很少人能像你這樣花工夫寫一部書稿。但最近社裏幾本書出了事，其中一本僅僅一句話涉及到領袖人物，宣傳部長到集團領導都批了示，我兩次被叫到局裏受訓。一把手意思，在這種情況下，還是少惹麻煩為好，擔心此中涉及的一些敏感內容，都易引起不必要的麻煩。包括西南分局領導的政治轄和他們之間的歷史恩怨，因為明年要開十七大，限制太多。剛剛拿到一本張詒和的一部談戲劇藝術的稿子，也因某些不能明言的原因不讓出版。所以特地告訴你，我這邊只能割愛。我知道這是部好東西。請你理解。希望下次有機會再合作！

祝新年快樂！

xxx 二十五日

2006-12-26

Wu yongping，您好！（主題詞：生逢盛世，總有希望的）

生逢盛世，看來還未可樂觀。讓我們抱著希望等待吧。舒蕪上

先生：我想，出版事總是有希望的。

拙著已於上午寄出，請查收。另寄朱正先生拙著兩本，《小說家老舍》與《隔膜與猜忌》。大約五天後可收到，收到請覆函。

讀馮雪峰給朱正先生的信，有一封談作者態度問題。由此想到「態度決定一切」的話，對我觸到極大。

永平上

先生：（主題詞：煩事脫不開）

近期有雜事要忙幾天，可能很少時間上網。

敬祝新年愉快！永平上

wu yongping，您好！您忙吧。新年愉快。舒蕪上

2006-12-27

你好！近作小文一篇，大約《萬象》明年四月號刊載，先發上求教，請看有什麼問題，還來得及改。舒蕪上

（舒蕪《清俗紀聞》）

先生：（主題詞：請看附件）

文章寫得有趣。既先生發話，不揣冒昧，提出幾小點參考意見，請酌。

主要是對第一小段、幾個標點及寬正年號。

永平上

wu yongping，您好！意見極其感謝。寬正兩說，無力深考，只好取其一，含糊過去。改本如下——

讀書人高論漢唐，卻不知道漢朝人怎樣吃飯，這是章太炎說過的。其實豈但漢唐，兩百年前清朝人怎樣請客吃飯，今天也未必了然。例如現在舉行宴會，不論請什麼貴客，多麼隆重，不論前幾天有哪些必要的禮儀，請完就了了，當天以後就沒有什麼事了。兩百年前卻不然。一本書裏記載道：「賓客如是貴人，主人則於次日立即登門拜謝，說：『昨蒙光駕，蓬蓽增輝，特來拜謝。』客人如在家，則請主人到堂上見面，說：『昨蒙厚待盛設，多謝多謝。』並獻茶。敘談片刻而後告辭。若不在家，則請接待者轉達謝意而歸。客人亦在一兩天之內往主人家拜謝。雙方在拜謝時，均持紅紙名帖前往。」如此繁文縟節，不看這本書不知道。

這本書是《清俗紀聞》，是日本人對於中國情況的調查記錄。主持調查者中川忠英，字子信，是日本寬政時代長崎一個地方官。調查對象是在長崎做生意的中國商人。1799 年，日本寬政十一年，中國清朝嘉慶四年，中川忠英派遣部下官吏向這些中國商人系統詢問了當時中國社會情況、風俗習慣，內容涉及一年四季、生老病死、冠婚喪祭、衣食住行……，非常廣泛全面，進行歷時一年，作了詳盡記錄，繪製了各種事物的精確圖像，編為《清俗紀聞》一書，寬正十七年東都書林堂出版。全書六峽十三卷，總目如下——

舒蕪拜上

先生：（主題詞：學得一法）

　　含糊得有趣，我又學得一法。呵呵！

　　永平上

2006-12-28

wu yongping，您好！見笑了。舒蕪上

　　先生：那只是小事情。開個小玩笑。天天在外面跑，年底了，事情多，沒有辦法。永平上

2006-12-30

bikonglou：您好！下面轉來河南大學編輯室主任的來信，他們似乎有接受書稿的意思。我打算按照他的意見，在春節前把書稿修訂一下，成兩本書，突出「關係」的幾個轉折點。永平

　　（下面是我寫給河南大學編輯室主任的信及他的覆信）

　　喜生先生：您好！

　　　寄贈的十本樣書收到，封面裝禎典雅，甚合我意，謝謝。

　　　流通部寄書尚未收到，稿費轉帳還未去銀行查問。便中請代問一下，是否已寄出或已轉帳。

　　　書稿《舒蕪胡風關係史證》給朋友看過，他們建議分為兩本出，書名也稍微改動一下。原書名作為副標題。

　　　這部書稿原分為上下兩部，有著相對的獨立性。如分為兩本，第一本書名擬定為《感傷的合作：舒蕪胡風關係史證（1943～1949）》，第二本書名擬定為《決絕的告別：舒蕪胡風關係史證（1949～1955）》。但願能早日列入貴社出版計劃。

　　　又，書稿請舒蕪、朱正先生讀過，他們提出一些小意見，書稿不會有太大的改動了。

　　　恭祝

　　　聖誕節、元旦、春節諸節，萬事順遂！愉快安樂！

　　　湖北吳永平上

　　永平兄：

　　　昨日自京返汴，25、28兩次來函一併收到，知樣書、購書均收

到。稿費在我上周赴京前已由總編室結算出來，須等社長簽字後方能轉帳。社長近日亦一直在外開會，聞知一兩天內可以回來，估計元旦前後可將稿費轉去，待元旦假期過後，你可到銀行詢問一下。

關於胡風與舒蕪的書，同意分兩冊出版。因 2007 年年度選題計劃 11 月初已上報省局，現在已無法將尊作列入其中，我準備在明年 3 月將其作為第 2 季度補充選題報批。現在盡可進一步加工完善，望能在春節前後定稿。此致

敬禮

喜生　06-12-29

2006-12-31

wu，您好！（主題詞：雙喜聯翩）

昨晚接《隔膜與猜忌》，今天開機又接來信，雙喜聯翩。能分兩冊出版很好，但不知「合作」為什麼是「感傷」的？《隔膜與猜忌》俞序寫得好，可謂知音。正文讀來至感親切，但所云領導心目中只把胡定位為統戰對象，似未盡恰。統戰對象如老舍、葉聖陶，政治上不如胡之左，文藝思想上則又沒有胡那樣敵對，此中區別微妙。兄以為如何？

舒蕪上

先生：來信收到。

《隔膜》一書是兩年前寫好的，書中所署時間都是出版社改的，他們建議應突出是近作。

更為重要的是，該書是結識您之前寫的。當時過多地考慮到姚雪垠這一面，對胡風的研究尚嫌不夠。因此評價也難稱公允。其實，姚雪垠的創作也是有很多問題的，胡風批判他並不是毫無理由。只是為了矯枉，而不能不過正而已。

至於「統戰對象」，這說法確實有些欠妥，其實他們對胡風存在著很大的戒心。

又要忙去了。敬頌

新年好！

永平上

wu，你好！剛才的信上忘記說，昨天知道朱正先生遊了海南後不回北

京，直接回長沙，春節以後才回北京。所以大著寄來，不會得到他及時回信的。特告。

bikonglou@163.com

wu yongping，您好！姚的抗戰作品，我實在一篇也沒有認真讀過，胡的批判我也未能領會。我只不滿姚的《李自成》的借古頌今到了太過分程度，以及他對此書的自戀自誇，還有他的「家雞打得團團轉」論。您以為如何？舒蕪上

三、2007 年全年

2007-01-01　舒蕪談「家雞」論

先生：您說的很對。

我對姚的研究止於 1957 年。

他的「家雞」論，是真實的情感流露，但也生動地表現出他的侷限性；然而，他無法超越這種侷限，也不可能理解為何應該超越。時代畢竟比人強，他的生活經歷、交際範圍及他所賴以成為作家的一切都決定了他的成就和侷限。

永平上

wu yongping，您好！謝謝。但他發「家雞」論的時代，當即受到同時人的譏嘲了。那年我到合肥去，陳登科一見面就問：「那個姚家雞怎麼樣了？」我還楞了一下才明白指誰，哈哈一笑。按陳登科的出身經歷，他本該更有侷限。但當然也不是據此一點就要否定姚的全人。舒蕪上

（附件：《歲月艱難——吳法憲回憶錄》（節選））

2007-01-02　續談「家雞論」

先生：您好。（主題詞：家雞）

姚雪垠與陳登科的區別也是有的。

陳的《風雷》，我讀過幾遍，覺得氣氛有點壓抑，但總的來說還是喜歡的。後來，就沒有讀到他的新作了。姚的《李自成》得到過中共幾代領導人的青睞，否則，他也不會公開提出「家雞」論的。

說起來，這也與當年撥亂反正後出現的一種輿論有關，那時有許多知識分子說「母親打錯了孩子，孩子不怪罪母親」。這可以說是「家雞」論所由產

生的文化氛圍。

　　永平上

先生：我與俞汝捷先生交換了一下對「家雞論」的看法，以下是他信中的一段：

> 「家雞論反映的是封建的愚忠思想。這種思想讓姚老與杜甫發生共鳴，也使他贊同鄧小平對白樺的批判。文革前這種思想極普遍，惟其如此，傅聰當年的出走才顯得不同凡響。」

　　俞先生當過八年姚雪垠的秘書，既合作也批評，他一向對「家雞」論有微辭，只是不好當面對姚老指出而已。

　　如俞先生所說，文革前這種思想狀況極普遍，也極正常。撥亂反正後再說「家雞」，就有點媚上的意思了。今天這樣說的人還有，我單位還有人在鼓吹「忠誠文化」哩。

　　永平上

wu yongping，您好！

　　「家雞」妙論，知人論世，恕察寬平，佩服受教。

　　舒蕪上

2007-01-07　舒蕪談主觀戰鬥精神

wu，你好！（主題詞：隔膜與猜忌）

　　昨晚讀完《隔膜與猜忌》，對姚雪垠的情況和胡、姚關係增進瞭解不少，是現代文學史研究中可傳之作。缺點是對「主觀戰鬥作用」這一理論核心沒有把握好，幾次解釋為「政治立場」的同義語。這就誤會了。二者決不是同義語。政治立場當然要，但必須充實以主觀戰鬥作用，否則那政治立場一錢不值，甚至還更加有害，文學上就是客觀主義，就是逆流，就是混亂。這才是他的理論精華。又，姚是特務的流言既然來自延安，則非胡派所創造，胡派在此負什麼責任？也似乎沒有明確。這兩點妄言請斟酌。舒蕪上

　　wu，您好！姚不能出席文代會，恐怕不是胡能夠決定的吧。舒蕪上

2007-01-08　續談主觀戰鬥精神

先生：您好！（主題詞：隔膜與猜忌）

　　胡對姚不能出席文代會，負有兩方面的責任：第一是 1947 年與阿壟誣陷

姚為特務，此事影響及後果甚大，此後上海進步文化活動都不邀請姚參加；第二是胡為文代會籌委會提名委員會委員，姚未獲提名，與第一點有密切聯繫，在提名的操作階段，胡也難辭其咎。

永平上

wu yongping，您好！（主題詞：聞命）

聞命矣。舒蕪上

先生：您好！

關於「主觀戰鬥精神」，確實如你所分析的那樣，是胡派在政治立場上附加的不可或缺的東西，用他的話來說，這是要通過「血肉」的感受才能得到的東西，沒有它，政治立場便是虛偽的。過去，我一直不太懂為什麼胡風要鄙視茅盾、姚雪垠、吳祖光這樣的站在同一政治立場上的作家，近年來在撰寫「史證」的過程中才逐漸有所領悟。

至於「特務」的流言，確實是從延安搶救運動中傳來的。胡風在 1947 年因私怨，指使阿壟擴大這個流言，並指導他撰文公開「暗示」（幾乎是明示）姚是國民黨的文化特務，胡應該負相當大的責任。這一節的內容前兩年就寫成過單篇文章，曾寄給南方週末，被總編否決了，其他刊物也都不敢發。修訂後收入書中，似乎把語氣改得緩和了一些。三年前我在《炎黃春秋》上發的題為《胡風清算姚雪垠始末》中提到胡風應對姚雪垠未能出席第一次文代會負責，那時還沒有寫到 1947 年阿壟的「飛碟」事，湖北的姜弘還寫了文章反駁我，文中提到姚的「政治歷史問題」，去年底姚的家屬為此事與姜打官司，已開過一次庭，還沒有正式宣判。

胡風對范泉、李健吾的政治誣陷，及解放初對您的政治誣陷，都和對姚的方式類似。

永平上

wu，您好！

按照胡派理論，「主觀戰鬥精神」不是「附加」的，它高於政治立場。只要有了它，用它來堅持「人生戰鬥」，就用不著到群眾中去，用不著與工農結合，用不著改造，自然成為人民的啟蒙者；沒有它，則虛假的政治立場更為有害，會成為客觀主義，市儈主義，甚至法西斯。

舒蕪

先生：您好！（主題詞：書評不必）

誠如您所說，「主觀戰鬥精神」在胡派看來不是附加的，而是本流派內在的，且高於政治立場，據此他們可以傲視一切人。但在派外人看來，這精神確實是外在的，附加的，且無法權衡度量的，充滿了主觀主義和宗派主義的色彩。

我在某處曾提到，胡風的政治標準比毛派更嚴酷，說的就是這個意思。毛的標準嚴格，畢竟有個黨派的標準，胡的標準嚴酷，則完全出於主觀臆斷。

我還得有兩天忙，然後就閒了，可以動手改稿了。

永平上

wu yongping，您好！尊論「主觀戰鬥精神」標準比毛論政治標準更加嚴酷，完全為宗派霸權服務，極是極是。因此，尊論有時說胡的理論不脫日本福本機械論影響，似乎不全準確，是不是？舒蕪上

先生：關於胡風理論與日本納普理論的聯繫，我只抓住了以下幾點：一、文學進入列寧階段的「黨派性」，二、文學必須為階級政治任務服務的「工具論」，三、文學家的政治立場決定其文學表現的真實性，四、文學必須強調「情感」，以「情感」作為生活實踐不足的補充。

在以上四點中，胡風其後發展了第三及第四點，將「政治立場」發展為「主觀戰鬥精神」，將「情感」提高到他人未及的地位。

我的理解不知是否正確？

永平上

wu yongping，您好！似乎不是將「政治立場」發展為「主觀戰鬥精神」，而是將「情感」發展為「主觀戰鬥精神」，壓倒政治立場，乃至取消政治立場。舒蕪上

先生：您好！

您說的有一定道理，但「主觀戰鬥精神」的起源委實很難用一句話說清。目前研究胡風的文章，各說各的，原「胡風派」成員的理解也不一致。我想，還是那句話，胡風的理論具有不明確性，有著某種隨心所欲的特點。

永平上

2007-01-12

先生：您好！（主題詞：參考資料）

我在前信中曾提出將書稿分為上下兩部出版，第一本書名擬定為《感傷的合作：舒蕪胡風關係史證（1943～1949）》，第二本書名擬定為《決絕的告別：舒蕪胡風關係史證（1949～1955）》。

您曾問及，為何要說「感傷的合作」。當時正忙，定不下心來回答。現在重新想想，所謂「感傷」，指的無非是合作並不愉快，在合作的過程中不斷地發生衝突，且雙方在回顧往事時都有許多遺憾。

我曾有個想法，即認為你與胡風在文化觀念上有深刻的分歧，在學術知識結構、學術趣味及學術追求上均有著很大的差別。但在文中表現得不夠。這主要是考慮到文章體例的問題，既是談「關係史」的演變，就不宜於放筆寫「文化觀念」的差別。當然，這裡還存在著缺乏資料的困難。

春節前我打算把書稿改完，關於兩個書名，請先生提出意見，怎樣才能最恰當地概括關係史的精要？

又，「第一個歌頌毛澤東的詩人及其他」，被許多網站轉載。似乎還有些讀者讀出了其中的微言大義。

永平上

wu yongping，您好！一、「感傷」似乎和「不愉快」不同。二、觀念差別在這本書裏還是說得更明顯些好，能找到簡明的說法吧。三、哪些網站？舒蕪上

先生：您好！

「感傷」是與「不愉快」不同，程度也許更重一點。這書名在修訂過程中可能會有變化，現在還說不准。且待修訂時再考慮吧。

關於網上轉載。您用百度搜索查「誰第一個歌頌」主題詞，所有轉載了該文的網站都可見到。

我說的微言大義，指的是如下一篇網評：

（《學術與政治的故事：敘述的幾種可能性》，略）

永平

2007-01-19　舒蕪談「正誤」和「補注」之別

先生：您好！（主題詞：快要回到電腦桌前了）

　　這半個月簡直不能在電腦前坐下來，好在快忙完了。昨天單位開過迎春運動會，接著就是年終考核及總結大會，節前可能沒有什麼大事了。

　　我的打算是，節前把書稿認真改一改，節後寄給河南大學出版社，看他們能不能確定出版。然後，開始寫《胡風全集正誤》，爭取年內取得初步成果。

　　永平上

　　wu yongping，您好！是叫「正誤」好，還是叫「補注」好？後者是不是更平淡些？舒蕪上

先生：（主題詞：電腦桌前了）

　　「正誤」是俞汝捷先生的建議，他說這樣比較吸引人。兩名都可，暫時不確定吧，先寫起來再說。永平上

wu yongping，您好！

　　「補注」可以包括「略者詳之」「無者補之」「誤者正之」三項內容，「正誤」則不能包括三者。舒蕪上

wu yongping，您好！請看附件。舒蕪上

　　（附件：《毛澤東：鮮為人知的故事》）

先生：您好！

　　讀《鮮為人知的故事》，感到很可怕，但又不敢相信。政治雖然不擇手段，但醜惡到如此地步，卻也不能想像。

　　故事中的有些史實，似乎並不完全正確，詮釋得也有點偏，講故事人的政治傾向性也過於明顯。

　　永平上

　　wu yongping，您好！細讀起來是未可盡信，有矛盾材料時往往只取壞的，不免揣測推論時往往朝壞的方面設想。要在我們自己獨立判斷而已。我最不信的是蔣有意放過紅軍來換取蔣經國回來之說。舒蕪上

2007-01-20

先生：您好！（主題詞：桌前）

　　兩信均收到。

　　關於「故事」，讀到四渡赤水那一段，完全不知所以。

「補注」較平易，且包涵了三個內容，當然是好的。就用這個作書名吧。永平上

wu yongping，您好！「故事」中可信與可疑錯雜，重要的當然是讀者自己的思考判斷。舒蕪上

先生：讀到毛與蘇聯、斯大林、共產國際關係的有關章節，有些材料是很新的，頗具啟發性。但作者的分析顯然有偏向。永平上

wu yongping，您好！關於抗戰期間敵後根據地問題，分析也多偏。試想那時，敵後空出那麼大片地方，八路軍去佔領，有何不對？八路軍無力正面打，鑽到敵後去，有何不對？下圍棋豈不就是這樣下？只是後來不該歪曲歷史，抹殺國民黨正面抵抗之功，宣傳只有自己抗日。舒蕪上

先生：您好！

「故事」作者對中國現代史似乎不甚瞭解，屈從於某種政治，有些地方寫得簡直有些幼稚。永平上

2007-01-21　舒蕪談建國後的政治整肅

wu，你好！（主題詞：羅點點回憶錄，可參考。）

建國後政治整肅不斷，開國元勳和高層領導不斷被打入囚牢，最具諷刺意義的是整人者自己也被整，所以羅瑞卿和彭德懷被關在同一監獄，周揚與胡風一度處境相同，這使人們幾乎諒解了羅、周的當年過火行動，但兩種人的命運其實是不同的：

「文革」時天下大亂，很多高官都被打倒，包括許多昔日的親信。但即使在混亂的環境中，對「走資派」採取什麼樣的處罰方式，開幾次批鬥會，是留在北京還是趕到外省，到外省是在京廣線上還是在偏僻之地，等等，毛都是有嚴格區別和掌握的。這就是鄧小平說的：「雖然誰不聽他的話，他就想整一下，但是整到什麼程度，他還是有考慮的。」辯證法最重要一條，叫做區分不同性質的矛盾。一般而言，「文革」前被打倒的，在毛時代基本上是萬劫不復；而在「文革」中被炮轟的人，到 70 年代中期，已有不少人官復原職。比如賀龍，1959 年後賀曾是彭德懷專案組的組長，彭德懷的事情尚未了結，他自己也被捉了進去。但 1975 年毛親自下令為賀平反，彭德懷卻始終處於監控狀態。這也是周揚和胡風的區別。

bikonglou@163.com

先生：（主題詞：參考）

　　上午讀袁鷹的回憶文章，其中談到胡喬木、鄧拓、林淡秋等人，有所啟發。

　　建國後「整肅」搞得太離奇了，誠如您所說，這都是某人一意為之的。胡風與周揚，先後挨整，他們有相同點，也有區別。但如何提高到從體制上，而不是從個人意旨上進行分析，這應是後來者努力的。

　　永平上